Vampire City

RACHEL CAINE

Vampire City

TOME 4

Traduit de l'anglais (États-Unis)
par Alice Delarbre

hachette

Photo de couverture : © Larry Rostant/Shutterstock.

Traduit de l'anglais (États-Unis)
par Alice Delarbre.

L'édition originale de cet ouvrage a paru en langue anglaise
chez NAL JAM, an imprint of New American Library,
a division of Penguin Group (USA) Inc., sous le titre :

Midnight Alley (Book 3 of The Morganville Vampires series)

Hachette Livre, 43, quai de Grenelle, 75015 Paris.

Aux Retourneurs de temps, qui me poussent sans arrêt
à aller de l'avant…

Et à P. N. Elrod – il sait pourquoi.

L'histoire jusqu'à présent…

Claire Danvers rêve d'aller à Caltech. Ou au MIT. Autrement dit, dans une des meilleures universités du pays… Seulement ses parents ne sont pas très chauds pour soumettre une jeune fille innocente de seize ans à une telle pression. Ils parviennent à un compromis : elle passera une année sur le campus de la petite fac de Morganville, Texas Prairie, à une heure de route environ de chez eux.

Premier problème : en réalité, Morganville n'a rien d'un havre de paix. C'est le dernier endroit où les vampires peuvent vivre en sûreté, ce qui signifie exactement le contraire pour les humains. Car les buveurs de sang règnent sur la ville… et sur tous ses habitants.

Second problème : Claire a réussi à se faire de nombreux ennemis, et pas des moindres, dans le camp des humains comme dans celui des sangsues. Elle vit avec trois colocataires, Michael Glass (récemment transformé en vampire), Eve Rosser (gothique devant l'Éternel) et Shane Collins (fils d'un tueur de vampires). Claire est la seule personne normale du groupe… ou plutôt elle le serait si elle ne connaissait pas les secrets de Morganville. En acceptant de se placer au service de la Fondatrice, Amelie, la jeune fille se lie d'amitié avec le vampire le plus dangereux, mais aussi le plus vulnérable, Myrnin.

Et juste au moment où la situation ne semble pas pouvoir empirer… c'est pourtant ce qui se produit.

Le père d'Amelie, un buveur de sang terrifiant, vient d'arriver en ville, et il est de mauvais poil.

Or quand papa est mal luné, ça n'augure rien de bon. Pour personne.

1.

Difficile d'imaginer que la journée de Claire aurait pu être pire – même selon les critères de Morganville. Et pourtant… Les vampires qui la retenaient en otage réclamèrent subitement un petit déjeuner.

— Un petit déjeuner ? répéta-t-elle, incrédule.

Elle jeta un coup d'œil par la fenêtre du salon pour s'assurer que, oui, il faisait bien encore nuit. Et que le ciel s'assombrissait même de minute en minute.

Trois paires d'yeux étaient braquées sur elle. Claire, que les deux vampires auxquels elle n'avait pas été présentée – un homme et une femme d'une beauté irréelle – mettaient mal à l'aise, sentit sa gêne s'accroître quand les prunelles froides de M. Bishop se posèrent sur elle. Elle aurait voulu se rouler en boule dans un coin.

Elle soutint son regard pendant cinq secondes complètes, avant de baisser la tête. Elle entendit presque le sourire dans sa voix, quand il reprit avec douceur :

— Le petit déjeuner, ou le premier repas de la journée. La journée, pour les vampires, ne commence pas avec le lever du soleil. Et j'aime les œufs.

— Brouillés ou sur le plat ? demanda Claire en s'efforçant de dissimuler sa nervosité.

« Ne répondez pas “ sur le plat ”, je ne sais pas les préparer. Mais pourquoi j'ai proposé ça, moi ? Pas “ sur le plat ”, pas “ sur le plat ”… »

— Brouillés, lâcha-t-il.

Le soulagement de Claire était tel qu'elle expira bruyamment. M. Bishop occupait le fauteuil confortable où Michael s'installait quand il jouait de la guitare. Sauf que dans le cas du vampire il prenait des allures de trône. Ça tenait en partie au fait qu'ils étaient tous debout – Claire et son copain, Shane, qui ne voulait pas la lâcher d'une semelle, Eve et Michael, légèrement en retrait, main dans la main. Claire hasarda un coup d'œil dans la direction de ce dernier : il avait l'air de se maîtriser. Il était en pétard, évidemment, mais au moins il se contrôlait.

Claire redoutait davantage la réaction de Shane, qui avait par le passé, et plus d'une fois, agi sans réfléchir, surtout quand la sécurité des personnes chères à son cœur était en jeu. Quand elle lui serra la main, il lui jeta un regard sombre et indéchiffrable.

Oui, il était décidément imprévisible.

D'un ton tranchant, M. Bishop la tira de ses réflexions :

— As-tu prévenu Amelie de mon arrivée, jeune fille ?

Ça avait été son premier ordre, en effet : avertir sa fille qu'il était en ville… Sa fille ? Amelie, qui tenait les rênes de Morganville, semblait trop inhumaine pour avoir une famille, même composée de membres aussi effrayants que ce M. Bishop. Glaciale, voilà comment Claire aurait défini Amelie.

Voyant qu'il attendait une réponse, Claire se pressa d'expliquer, en s'efforçant de ne pas paraître sur la défensive :

— Je suis tombée sur son répondeur.

Il se renfrogna.

— Ce qui signifie, je suppose, que tu as laissé une sorte de message.

Elle hocha la tête en silence ; il se mit à tambouriner nerveusement sur le bras du fauteuil.

— Très bien. Nous profiterons de notre attente pour manger. Des œufs brouillés, donc. Accompagnés de bacon, de café…

— Et de petits pains, ajouta la femme appuyée au bras du fauteuil. J'adore ça. Avec du miel.

Elle avait un accent traînant, qui rappelait vaguement celui du sud des États-Unis. M. Bishop lui lança un regard attendri – le genre dont un humain couvrait son animal familier. Ses prunelles possédaient un éclat cristallin, et elle se déplaçait avec une rapidité et une grâce si silencieuses qu'elle ne pouvait vraiment rien avoir d'humain. Pour autant, elle ne cachait pas cette part d'elle-même, contrairement à certains vampires de Morganville, qui s'y employaient.

Souriante, elle avait les yeux rivés sur Shane. Claire n'aimait pas du tout sa manière de l'observer. Avec avidité.

— Des petits pains, confirma M. Bishop d'un petit air satisfait. Et je vais même te gâter, ma chère, en ajoutant de la sauce brune.

Son sourire disparut quand il se tourna vers les quatre colocataires plantés devant lui.

— Occupez-vous-en. Tout de suite.

Shane agrippa la main de Claire et la traîna presque jusqu'à la cuisine. Malgré sa précipitation, il fut devancé par Michael, qui poussait Eve devant lui.

— Hé ! protesta-t-elle. Je peux marcher, tu sais !

— Pas assez vite, rétorqua-t-il.

L'habituelle douceur angélique de son visage avait été remplacée par une âpreté anguleuse.

— Bien, dit-il quand ils furent tous en sûreté dans la cuisine. Nous n'avons pas le choix : obéissons à tous ses ordres et croisons les doigts pour qu'Amelie soit en mesure de régler la situation à son arrivée.

— Pourquoi tu ne t'en occupes pas directement ? riposta Shane. Tu es un Grand Méchant Buveur de Sang, toi aussi. Et on est chez toi. Tu ne peux pas les virer tout simplement ?

Sa question était légitime, et il réussit à la poser sans lui donner des accents de défi. Enfin presque. Claire remarqua qu'il faisait plus froid, comme si la température générale de la maison était en train de chuter. Elle réprima un frisson.

— C'est compliqué, expliqua Michael tout en sortant de quoi préparer du café. Oui, on est chez *nous*…

Claire nota qu'il insistait sur ce dernier terme.

— … mais, poursuivit-il, même si je retire mon invitation, Bishop fera ce qu'il veut de nous, je peux vous le garantir.

Shane s'appuya contre la cuisinière et croisa les bras.

— Tu n'étais pas censé être invincible sous ce toit ?

— Censé oui. Sauf que ce n'est pas le cas, dit Michael tout en versant plusieurs cuillerées de café dans le filtre. Et ce n'est vraiment pas le moment de te comporter comme un trouduc… On n'a pas de temps à perdre.

— Mec, ça n'était pas mon intention.

Pour une fois, il était sincère, et Michael lui adressa un regard penaud.

— J'essaie de mesurer la profondeur du merdier dans lequel on est enlisés, reprit Shane. Je ne t'accuse pas.

Après avoir hésité une seconde, il ajouta :

— Comment es-tu sûr que tu ne fais pas le poids ?

— Face à un autre vampire, je sais toujours, d'instinct, évaluer la situation. Je sens qui est le plus fort, qui est le plus faible, quelles sont mes chances si on en vient aux mains.

Michael versa de l'eau dans la cafetière avant de compléter :

— Face à eux, je n'en ai pas une seule, je le sais. Encore moins contre trois, même si la maison assure mes arrières. Ce sont des durs à cuire, mec. De vrais méchants. Seuls Amelie ou Oliver sont capables de s'occuper d'eux.

— Conclusion, lança Shane, un merdier gros comme une décharge. C'est bon à savoir.

Eve le poussa pour poser, avec fracas, les casseroles et les poêles sur la cuisinière.

— Si on ne se dispute pas, autant leur préparer rapidement à manger. Claire, tu nous as transformés en cuisiniers alors qu'on n'avait rien demandé, du coup, tu t'occupes des œufs.

— C'est toujours mieux que de nous transformer en petit déjeuner, fit remarquer Shane.

Eve ricana en lui donnant une bourrade au niveau du torse, dans son tee-shirt usé jusqu'à la corde.

— Et toi, gros malin, tu prépares la sauce brune.

— Tu veux vraiment qu'on y reste tous ?

— La ferme. Je me charge des petits pains et du bacon. Michael…

Elle tourna vers lui ses grands yeux sombres, semblables à ceux d'un personnage de manga avec son maquillage gothique.

— Toi, tu t'occupes du café, conclut-elle. Et de l'infiltration du camp ennemi. Désolée.

Il acquiesça :

— J'irai voir si je peux découvrir ce qu'ils trafiquent dès que j'aurai terminé.

Si assigner à Michael la double fonction de barista et d'espion était logique, cela les laissait tous les trois seuls pour accomplir l'essentiel du boulot, alors qu'aucun n'avait vraiment l'âme d'un chef cuisinier. Pendant que Claire se débattait avec les œufs brouillés, Eve s'énervait contre le bacon et ses projections de graisse. Quant à Shane, son œuvre ressemblait à tout sauf à de la sauce, brune ou pas.

— Je peux vous aider ?

Ils sursautèrent comme un seul homme, et Claire fit volte-face vers la porte de la cuisine.

— Maman !

Elle savait que sa voix trahissait sa panique, seulement elle avait complètement oublié la présence de ses parents – ils étaient arrivés avec Bishop, et les amis de ce dernier les avaient installés dans le petit salon, qui servait rarement, à l'entrée de la maison. Et Bishop avait réussi à obtenir le monopole de l'inquiétude.

À présent, sa mère se tenait sur le seuil de la cuisine, un petit sourire troublé aux lèvres, l'air vulnérable… et épuisée.

— Madame Danvers ! s'écria Eve en se précipitant vers elle et en l'entraînant vers la table. Merci, mais nous n'avons pas besoin de votre aide. Nous préparons juste… un petit encas. Vous n'avez pas encore mangé, si ? Et monsieur Danvers ?

La mère de Claire, qui faisait soudain chacun de ses quarante-deux ans en dépit de ses efforts pour cacher son âge, semblait un peu absente. Et inquiète aussi. Elle avait, autour des yeux et de la bouche, des rides dont Claire n'avait aucun souvenir – ce qu'elle ne trouva pas très rassurant.

— Il… commença Mme Danvers avant de plisser le front et de l'appuyer sur la paume de sa main. Oh, j'ai si mal à la tête. Je suis désolée. Que disais-tu ?

— Votre mari, où est-il ?

— Je vais le chercher, déclara Michael.

Il sortit de la cuisine avec la vivacité d'un vampire – mais un vampire qui était dans leur camp. Eve fit asseoir leur invitée tout en échangeant un regard impuissant avec Claire, puis elle se mit à bavasser nerveusement : la route avait dû être longue jusqu'à Morganville, leur installation en ville était une formidable surprise, Claire se réjouissait tellement de les avoir près d'elle, etc.

Assommée par la situation, Claire continuait à remuer les œufs dans la poêle. « Je dois être en train de rêver. Mes parents ne peuvent pas être là. » Pas maintenant. Pas en même temps que Bishop. Un véritable cauchemar.

— Je pourrais vous aider, proposa sa mère sans se lever malgré tout.

Tout en fusillant Claire du regard, Eve lui souffla en silence : « Dis quelque chose ! » Elle ravala la bulle de panique qui montait dans sa gorge et se concentra afin de contrôler, au moins en partie, sa voix.

— Non, maman, merci, on s'en sort très bien. Écoute, on va aussi préparer à manger pour papa et toi, si vous avez faim. Reste assise et détends-toi.

Sa mère, qui se transformait habituellement en tyran dès qu'elle posait le pied dans une cuisine, encline à diriger toutes les opérations – même aussi anodines que mettre de l'eau à bouillir –, parut soulagée.

— Entendu, trésor. Je suis là si tu as besoin de moi.

À cet instant-là, Michael fit entrer le père de Claire dans la cuisine. Si sa mère semblait éreintée, lui paraissait tout simplement… ailleurs. Hébété. Il considéra Michael d'un air concentré, comme s'il essayait de comprendre ce qui se tramait, sans y parvenir.

— Que se passe-t-il ici ? aboya-t-il. Ces gens, là-bas…

— Des parents éloignés, répondit Michael. Ils viennent d'Europe. Je suis vraiment désolé, monsieur. Je sais que vous vouliez avoir du temps avec Claire, mais peut-être devriez-vous rentrer chez vous et nous…

Il s'interrompit et se retourna : quelqu'un se tenait dans l'encadrement de la porte, juste derrière lui.

— Personne n'ira nulle part, dit le compagnon de Bishop. Quelle belle famille nous formons, ajouta-t-il avec un sourire, hein Michael ? Tu t'appelles bien Michael ?

— Quoi, on se tutoie déjà ? rétorqua celui-ci avant de lui claquer la porte au nez. Bien, ajouta-t-il à l'intention des parents de Claire, on va vous faire sortir d'ici.

Il ouvrit la porte menant au jardin, puis reprit :

— Où est votre voiture ? Dans la rue ?

Dehors régnait une nuit noire et vide, sans lune. M. Danvers, qui continuait à considérer Michael avec perplexité, s'attabla à côté de sa femme.

— Referme, fiston, lâcha-t-il. Nous n'irons nulle part.

— Monsieur…

Claire essaya, elle aussi :

— Papa…

— Non, trésor, il se passe des choses étranges ici et je ne partirai pas. Pas sans m'être assuré que vous allez tous bien.

Il dirigea à nouveau son regard défiant vers Michael, puis dit :

— Je veux juste savoir qui sont ces… personnes.

— Le genre de cousins dont on préfère ne pas avoir de nouvelles, répondit Michael. Il y en a dans toutes les familles. Ils ne resteront pas longtemps ici.

Claire s'efforçait de rester concentrée sur ses œufs brouillés. Ses mains tremblaient.

— Hé, lui murmura Shane en se penchant vers elle, pas de panique. On s'en sortira tous.

Elle se sentait rassurée par sa présence à ses côtés, par la chaleur qui se dégageait de son corps massif pendant qu'il remuait ce qui ne ressemblait toujours pas à de la sauce brune. En matière de cuisine, Shane n'avait qu'un seul domaine d'expertise : le chili. Mais au moins il faisait des efforts, ce qui était inédit… et prouvait qu'il prenait la situation très au sérieux.

— Tu as raison, dit-elle, la gorge serrée.

Shane pressa son bras contre le sien, et ce n'était pas accidentel – Claire savait que, s'il n'avait pas eu les mains occupées, il l'aurait enlacée.

— Michael ne les laissera pas nous faire de mal, insista-t-il.

— Tu n'as pas entendu ? souffla Eve, qui venait de les rejoindre pour voir où en était le bacon récalcitrant. Il ne peut rien contre eux. Au mieux, il réussira seulement à se blesser. Tu ferais peut-être bien de rappeler Amelie et de lui dire de radiner sa fraise de Fondatrice illico presto.

— Ouais, bonne idée, énervons le seul vampire capable de nous aider, riposta Shane. Écoute, s'ils avaient l'intention de nous tuer, je ne crois pas qu'ils auraient réclamé des œufs. Sans parler de petits pains. C'est le genre de choses qu'on exige quand on a dans l'idée de s'éterniser.

Son raisonnement se tenait, ce qui n'apaisait pas pour autant le tremblement des mains de Claire.

— Trésor ?

La voix de sa mère la fit à nouveau sursauter et elle faillit renverser une partie des œufs sur la cuisinière.

— Ces gens, poursuivit celle-ci. Quelle est la raison de leur présence ici ?

— M. Bishop... il... euh... il attend que sa fille vienne le chercher.

Il ne s'agissait même pas d'un mensonge.

M. Danvers se leva et remplit deux tasses de café.

— Bois ça, Kathy, tu as l'air fatiguée.

La tendresse qu'il témoignait à sa femme surprit Claire. Son père n'était pas le type le plus sensible de la Terre, pourtant il paraissait sérieusement inquiet, presque autant que sa mère.

Il vida son café comme s'il se désaltérait après avoir passé l'après-midi à tondre en plein soleil. Sans énergie, Mme Danvers ajouta du lait et du sucre au sien, puis le but à petites gorgées. Ils se murèrent tous deux dans le silence.

Michael apporta plusieurs tasses au salon. À son retour, il referma la porte et s'y adossa une minute, les traits crispés et livides. Il n'avait jamais semblé aussi mal depuis sa transformation en vampire. Claire tenta de s'imaginer ce qu'ils avaient dit pour le mettre dans cet état, sans réussir à trouver le début d'une explication. Quelque chose de grave. Non, quelque chose d'horrible.

— Michael, il reste du café ? lança Eve d'une voix tendue en indiquant d'un mouvement de tête les parents de Claire.

Il opina du chef et se dirigea vers la cafetière. Il n'eut pas le temps de l'atteindre : la porte de la cuisine s'était rouverte, livrant passage à M. Bishop et à son sérail.

Avec la morgue d'aristocrates des siècles passés, les trois vampires promenèrent le regard autour d'eux. Si les deux plus jeunes en imposaient, Bishop avait visiblement la direction des opérations. Ça ne faisait pas le moindre doute. Lorsqu'il toisa Claire, elle se sentit vaciller et reporta son attention sur les œufs.

La femme s'approcha pour plonger un doigt dans la sauce que Shane remuait avec application, avant de le porter à sa bouche et de le lécher. Et ce, sans quitter Shane des yeux. Lequel ne détournait pas les siens, ce qui déplut infiniment à Claire.

— Nous allons nous attabler à présent, lança Bishop à l'intention de Michael, et tu auras le plaisir de nous servir. Si tes petits amis avaient l'idée saugrenue de tenter de m'empoisonner, je t'étriperais et, crois-moi, l'agonie d'un vampire peut être très, très longue, quand je le décide.

Michael hocha la tête une fois. Malgré elle, Claire lorgna du côté de ses parents : la sortie de Bishop ne pouvait pas leur avoir échappé.

— Excusez-moi, intervint le père de Claire en se soulevant de sa chaise, seriez-vous en train de menacer ces enfants ?

Alors que Bishop dirigeait ses prunelles glaciales vers lui, elle se demanda si une poêle en fonte brûlante remplie d'œufs chauds constituait une arme efficace contre un vampire. M. Danvers se figea en plein mouvement.

Claire sentit qu'une sorte d'onde traversait la pièce ; aussitôt les regards de ses parents se perdirent dans le vague. Son père s'affala lourdement sur sa chaise.

— Fini les questions, signala Bishop. Votre conversation me lasse.

Une vague de colère monta en Claire. Elle aurait voulu sauter sur le vampire diabolique et lui arracher les yeux. Une seule chose la retint cependant : si elle essayait, il les tuerait tous. Même Michael.

— Un peu de café ?

Eve, qui avait brisé le lourd silence avec une jovialité feinte, arracha la cafetière des mains de son copain et fondit sur les Danvers tel un ange noir vengeur. Un ange de la caféine. Claire ne put s'empêcher de se demander ce que ses parents pensaient de son amie, avec son visage passé à la poudre de riz, son rouge à lèvres noir et son regard de raton laveur, sans oublier ses cheveux noirs dressés en pointes sur son crâne.

Cela dit, elle avait pour elle le café et son sourire.

— Avec plaisir, répliqua Mme Danvers en s'efforçant de sourire à son tour. Merci beaucoup. Alors... vous avez bien dit que cet homme était un parent à vous ?

Bishop quittait justement la cuisine. Le vampire plus jeune et séduisant croisa le regard de Claire et lui adressa un clin d'œil ; elle reporta aussitôt son attention sur Eve et ses parents.

— Non, répondit celle-ci sur le même ton faussement guilleret. C'est un parent éloigné de Michael. Il vient d'Europe. Un peu de lait ?

— Les œufs sont prêts, annonça Claire en coupant le feu. Eve...

— J'espère que nous avons assez de vaisselle, l'interrompit-elle avec une nervosité palpable. Mince, je ne pensais pas dire ça un jour, mais où est le service du dimanche ? S'il y en a un ici.

— Tu veux dire les assiettes qui ne sont pas ébréchées ? rétorqua Shane. Par là, ajouta-t-il en indiquant un placard qui se trouvait au moins à un mètre au-dessus de la tête d'Eve. Pas la peine de me regarder comme ça... Je ne peux pas t'aider. Je suis toujours blessé, tu sais.

Avec les récents événements, Claire l'avait oublié, elle aussi – il allait mieux, cependant il n'était sorti de l'hôpital que depuis peu et aurait encore besoin de temps pour se remettre du coup de couteau qui avait bien failli le tuer.

Raison supplémentaire, si besoin, de ne pas faire de vagues à moins d'y être contraints : sans Shane, leurs chances de réussir à se défendre étaient sérieusement compromises.

Eve grimpa sur le comptoir et tendit les assiettes à Claire, qui relaya ensuite Shane devant la cuisinière et remua le liquide grumeleux censé faire office de sauce brune ; ça ressemblait davantage à du vomi d'extraterrestre.

— Cette fille... commença Claire.

— Quelle fille ? riposta-t-il.

— Celle... tu sais bien. Qui est à côté.

— La sangsue, tu veux dire ? Et alors ?

— Elle te fixait.

— Qu'est-ce que j'y peux, je suis irrésistible.

— Shane, ce n'est pas drôle. Je voulais juste... tu devrais être prudent.

— Je le suis toujours.

Mensonge absolu. Il plongea ses yeux dans les siens et elle sentit une bouffée de chaleur lui monter aux joues. Avec un sourire en coin, il reprit :

— On est jalouse ?

— Peut-être.

— Aucune raison. J'aime les filles qui ont un pouls, fit-il en lui prenant le poignet et en le pressant doucement. C'est bon, tu en as un. Et il bat plutôt vite d'ailleurs.

— Je suis sérieuse, Shane.

— Moi aussi.

Il s'approcha d'elle, ils n'étaient plus qu'à quelques centimètres l'un de l'autre.

— Aucun vampire ne se mettra entre nous. Tu me crois ?

Elle acquiesça en silence. Elle était incapable d'émettre le moindre son. Il avait des iris sombres, d'un marron chaud, ourlés d'un liseré doré. Elle les avait souvent observés ces derniers temps, et pourtant elle n'avait jamais remarqué à quel point ils étaient beaux.

Shane s'écarta en entendant la porte s'ouvrir. Michael leur adressa un regard contrit avant de se tourner vers les parents de Claire.

— Monsieur et madame Danvers, M. Bishop aimerait que vous vous joigniez à lui pour manger. À moins que vous ne deviez rentrer chez vous...

S'il espérait les faire changer d'avis, Claire aurait pu lui dire qu'il perdait son temps. Tant que son père serait convaincu que quelque chose clochait, il n'agirait pas raisonnablement. Ainsi qu'elle s'y attendait, il se leva, sa tasse de café à la main.

— Je n'ai rien contre un petit encas. Je n'ai jamais goûté aux œufs de ma fille. Kathy, tu viens ?

Leur attitude avait beau mettre Claire au désespoir, force lui était de reconnaître qu'elle avait été aussi inconsciente qu'eux à son arrivée à Morganville. Les allusions les moins discrètes lui passaient au-dessus de la tête, tout comme les conseils les plus avisés. Peut-être avait-elle hérité ce trait de caractère de ses parents, en plus du teint pâle et des cheveux ondulés. À leur décharge, Bishop manipulait leurs cerveaux.

Et ils avaient peur pour elle.

Elle les suivit du regard tandis qu'ils emboîtaient le pas à Michael, puis aida Eve à disposer les œufs, le bacon et les petits pains dans des plats de service – très jolis d'ailleurs. Il n'y avait rien à faire pour sauver la sauce grumeleuse, qu'elles versèrent dans une saucière, en croisant les doigts.

Au moment de pénétrer dans la pièce principale, Claire fut frappée – ça lui arrivait généralement aux moments les plus surprenants – de constater que l'humeur de la maison pouvait changer en un battement de cil. Pas seulement l'humeur de ses occupants, mais aussi l'humeur du lieu. À cet instant précis, elle était sombre, froide, inhospitalière. Presque hostile. Et toute cette malveillance semblait dirigée contre les intrus.

La maison, inquiète, se tenait sur ses gardes. Les meubles massifs, remontant à l'époque victorienne, semblaient tapis, prêts à bondir : ils n'avaient rien d'accueillant ou de confortable. Même l'éclairage paraissait avoir faibli, et Claire sentait une présence – comme lorsque Michael était un fantôme prisonnier de ces murs. Ses poils se dressèrent sur ses bras et sa peau se couvrit de chair de poule.

Après avoir déposé les œufs et le bacon sur la table, elle s'éloigna aussitôt. Personne ne leur avait proposé, à Eve, Shane et elle, de rester, même s'il y avait la place. Elle échangea un regard avec son amie, puis se réfugia aussitôt dans la cuisine, trop heureuse de pouvoir échapper aux invités. Michael resta pour remplir les assiettes. Et faire le service. Dans son visage fermé, ses yeux luisaient d'un éclat froid, celui de la peur. Et si Michael paniquait, il y avait vraiment du souci à se faire.

Dès qu'ils furent à l'abri dans la cuisine, Shane poussa Eve et Claire à l'extrémité de la pièce.

— Bon, c'est officiel, murmura-t-il, l'ambiance est carrément flippante. Vous avez senti ?

— Oui, souffla Eve. Je suis persuadée que, si cette baraque avait des dents, elle serait en train de les réduire en bouillie. On doit reconnaître qu'elle a la classe.

— Peut-être bien, mais ça ne nous sert à rien. Claire ?

— Quoi ?

Il lui fallut plusieurs secondes pour saisir le message.

— Ah, oui, bien sûr, lança-t-elle. Je rappelle Amelie.

Elle extirpa son portable de sa poche. Un appareil flambant neuf, dans lequel elle avait préenregistré plusieurs numéros importants. À la touche numéro 1 correspondait celui d'Amelie, la Fondatrice de Morganville. Vampire en chef et patronne de Claire, en quelque sorte. Ici, on parlait de « Protecteur » ou de « Protectrice », mais la jeune fille savait depuis le début que ce terme était un euphémisme pour « Propriétaire ».

Elle tomba à nouveau sur le répondeur et laissa un autre message précipité où transparaissait son désespoir : « Venez vite, s'il vous plaît, nous avons besoin de votre aide. » Elle échangea un regard muet avec Eve qui, après avoir soupiré, lui prit le téléphone des mains et composa un autre numéro.

— Oui, bonjour, est-ce que je pourrais parler au boss ?

Durant le long silence qui suivit, elle eut l'air de se préparer à une épreuve très déplaisante.

— Oliver, c'est Eve. Inutile de m'expliquer à quel point tu es ravi de m'entendre, parce qu'on sait tous les deux que ce n'est pas le cas et qu'on a à parler affaire. Alors remballe ton baratin. Et ne quitte pas.

Eve tendit le portable à Claire. En se renfrognant, cette dernière articula une question silencieuse : « Tu es sûre ? » Son amie lui répondit d'un geste impatient, mimant un téléphone avec son pouce et son auriculaire. À contre-cœur, Claire lança :

— Oliver ?

À l'autre bout de la ligne retentit un ricanement grave et nonchalant. Le propriétaire du Starbucks local possédait une voix chaleureuse – le genre qui avait laissé penser à Claire qu'il était un type bien sous tous rapports, lorsqu'elle avait fait sa connaissance.

— Eh bien, mais c'est la petite Claire. Eve ne voulait pas l'entendre, alors je vais te le dire à toi. Je suis heureux de constater que vous vous tournez vers moi dans les moments de détresse. Car vous avez besoin de mon aide, je me trompe ? Vous n'appelez pas pour des mondanités ?

— Il y a quelqu'un, souffla-t-elle le plus doucement possible. Dans la maison.

Aux accents cordiaux d'Oliver succéda aussitôt une sécheresse agacée :

— Si un rôdeur s'est introduit chez vous, contactez la police. Je n'assure pas le service de sécurité. Michael peut bien…

— Michael ne peut rien du tout, et je crois qu'il vaut mieux éviter d'avertir la police. Cet homme s'est présenté sous le nom de Bishop. Il veut parler à Amelie, mais je ne parviens pas à la…

— Ne t'approche pas de lui, l'interrompit-il d'une voix tranchante. Ne fais rien. Ne dis rien. Pareil pour tes amis, surtout Michael. La situation vous dépasse, et de loin. Je vais trouver Amelie. Obéissez-lui, quels que soient ses ordres, jusqu'à notre arrivée.

Sur ce, Oliver raccrocha. Claire observa le téléphone avec incrédulité avant de hausser les épaules et de se tourner vers ses amis.

— Il a dit de continuer à faire ce qu'on faisait. Obtempérer et attendre de l'aide.

— Merci pour le conseil, ironisa Shane. Rappelez-moi de planquer un kit anti-vampire sous l'évier à l'avenir.

— Tout ira bien, le rassura Eve. Claire a son bracelet.

Elle agrippa le poignet de son amie et le brandit pour montrer le bijou, un jonc fin qui scintillait à la lumière et comportait le symbole d'Amelie. Il signifiait que la jeune fille était la propriété de la Fondatrice, qu'elle avait donné à un vampire tout pouvoir sur sa vie, son corps et son âme en échange d'un certain nombre de protections et d'égards. Claire n'avait pas voulu en arriver là, mais il lui avait semblé qu'elle n'avait pas d'autre solution pour garantir la sécurité de ses amis. En particulier de Shane, qui n'était pas dans les petits papiers des sangsues.

Elle avait bien conscience que le bracelet pouvait lui apporter son lot de surprises, cependant il obligeait Amelie (et peut-être Oliver) à voler à son secours contre les autres vampires. En théorie.

Une fois que Claire eut rangé le téléphone, Shane lui massa légèrement les épaules, avec une tendresse qui la fit se sentir, au moins momentanément, protégée.

— On va s'en sortir, dit-il.

Lorsqu'il voulut l'embrasser, toutefois, il réprima une grimace. Elle lui effleura l'abdomen.

— Tu as encore mal ?

— Seulement quand je me penche. Depuis quand es-tu aussi petite ?

— Cinq minutes, rétorqua-t-elle pour jouer le jeu.

En réalité, elle se faisait du souci. D'après les lois en cours à Morganville, Shane était hors d'atteinte des vampires pendant sa convalescence – le bracelet de l'hôpital autour de son poignet, une bande de plastique blanc éclatant sur laquelle se détachait une grande croix rouge, avertissait les buveurs de sang qu'ils ne pouvaient pas y toucher. Encore fallait-il que leurs visiteurs jouent selon les règles. Ce que Bishop pouvait très bien ne pas faire. Il ne venait pas de Morganville et il n'était pas un vampire comme les autres. Il était bien pire.

— Shane, je ne plaisante pas. C'est très douloureux ? demanda-t-elle tout bas, afin qu'il soit le seul à entendre.

Il ébouriffa les cheveux de Claire avant de déposer un baiser sur le sommet de son crâne.

— Ça va. Il en faut plus qu'un tocard avec un couteau pour venir à bout d'un Collins. Crois-moi.

Ce qu'il ne disait pas, c'est qu'ils avaient affaire, à présent, à une menace bien plus importante.

— Ne commets pas d'imprudence, lança-t-elle. Ou je te tuerai de mes propres mains.

— Aïe ! Et où est passé l'amour inconditionnel ?

— Il s'est lassé de te rendre visite à l'hôpital.

Elle soutint longuement son regard, puis ajouta :

— Je ne sais pas quelle idée tu as dans la tête, mais je peux te garantir qu'elle est mauvaise. Il faut attendre. On n'a pas le choix.

— Ouais, c'est ce que disent tous les vampires. Ça doit être vrai.

Elle détestait quand il prononçait ce mot avec un tel mépris ; dans ces cas-là, elle pensait toujours à Michael, à sa souffrance face aux débordements haineux de Shane. Michael n'avait pas choisi d'être vampire, et il s'efforçait de vivre avec. Le moins qu'on pouvait dire, c'était que Shane ne lui facilitait pas la tâche.

— Écoute, fit-il en lui prenant le visage à deux mains et en plongeant ses yeux dans les siens. Et si vous partiez toutes les deux, avec Eve ? Ils ne vous surveillent pas. Je couvrirais vos arrières.

— Non. Je n'abandonnerai pas mes parents. Je ne t'abandonnerai pas.

Ils n'eurent pas le temps de pousser la conversation, car un vacarme tonitruant résonna dans le salon. La porte de la cuisine s'ouvrit à la volée, et Michael pénétra dans la pièce à reculons, tenu à la gorge par le séduisant vampire qui accompagnait Bishop. Il plaqua le jeune homme contre le mur. Celui-ci se débattait, ce qui ne l'avançait pas à grand-chose. Le premier ouvrit la bouche en crachant et de grands crocs acérés jaillirent de ses gencives telles les lames de crans d'arrêt. Michael l'imita, et Claire eut un mouvement instinctif de recul, qui l'amena contre Shane.

— Hé ! Lâche-le ! s'écria-t-il.

— Non ! réussit à articuler son ami.

Évidemment, Shane n'en ferait qu'à sa tête et ce n'était pas la poigne de Claire qui l'en empêcherait. Eve, en revanche, parvint à l'arrêter en lui brandissant un énorme couteau sous le nez. Après lui avoir, d'un regard féroce, enjoint de se tenir à carreau, elle pivota et pointa l'arme dans la direction du vampire qui tenait Michael.

— Hé, toi ! Laisse-le !

— Pas avant qu'il ait présenté des excuses, rétorqua-t-il en projetant à nouveau le jeune homme contre le mur.

Tous les objets en verre de la pièce tremblèrent. Mais ce n'était pas une conséquence du choc, non… Les murs et le sol de la cuisine vibraient faiblement. Une mise en garde de la maison.

— Je vous conseille de le libérer, dit Claire. Vous ne sentez pas ?

Le vampire la considéra à travers ses paupières plissées tandis que ses pupilles se dilataient dans ses jolis iris verts.

— Qu'avez-vous fait ?

— Rien, répondit Eve. C'est vous. La baraque n'aime pas qu'on s'en prenne à Michael. Maintenant écartez-vous, si vous voulez éviter un acccident.

Même s'il croyait qu'ils bluffaient – Claire le lut dans son regard –, il n'était pas prêt à tenter sa chance. Les lèvres retroussées en un rictus méprisant, il lâcha Michael.

— Range ça, petite imbécile, dit-il à Eve.

Avant qu'aucun d'eux n'ait le temps de cligner des yeux, il lui décocha un grand coup sur la main et envoya le couteau se planter dans le mur, à l'autre bout de la pièce. Eve s'écarta aussitôt.

— Excuse-toi, lui dit-il. Implore mon pardon pour m'avoir menacé.

— Dans tes rêves ! riposta-t-elle.

Les prunelles du vampire lançaient des éclairs quand il se jeta sur elle. Michael se déplaça avec une rapidité dont Claire ne le savait pas capable, si vite qu'elle ne vit qu'une silhouette floue ; puis l'étranger atterrit contre la cuisinière. Il se réceptionna sur les deux mains, et ses paumes entrèrent en contact avec les brûleurs dans un bruit de chair qui grésille. Il poussa ensuite un cri enragé de douleur. La situation allait vraiment dégénérer, et il n'y avait rien, *rien*, à faire. Shane empoigna Eve par l'épaule, Claire par le bras, et les entraîna dans le coin derrière la table, qui leur offrirait une protection partielle. Michael se retrouvait seul, face à un adversaire qui n'était pas de sa catégorie et qui évoquait davantage un fauve qu'un homme.

Il ne fallut pas longtemps, quelques secondes peut-être, pour que Michael montre les premiers signes de faiblesse. Son adversaire le jeta à terre avant de l'enfourcher, toutes canines sorties. La température de la cuisine s'effondra et l'atmosphère devint soudain si glaciale que Claire vit sa propre respiration former un nuage de vapeur. Les vibrations reprirent, entrechoquant les assiettes, les verres et les casseroles.

Tout en hurlant, Eve se débattit pour échapper à la poigne de Shane, même si elle se savait impuissante…

La porte du jardin frémit puis s'ouvrit sous l'assaut puissant d'un courant d'air. Des éclats de bois jaillirent un peu partout dans la pièce. Les verrous avaient cédé avec un bruit de glace brisée.

Oliver, le vampire le plus effrayant de Morganville après Amelie (voire devant elle, certains jours), se tenait dans l'encadrement. Grand et bâti comme un athlète, tout en muscles allongés. Ce soir-là, il avait troqué son habituel déguisement de mec sympa contre une tenue noire, et il portait une queue-de-cheval. Au clair de lune, son visage anguleux semblait taillé dans la pierre.

Il abattit sa paume ouverte dans le vide, à l'endroit où se trouvait le battant en temps normal, et se heurta à une résistance.

— Imbéciles ! cria-t-il. Laissez-moi entrer !

L'étranger éclata de rire avant de faire asseoir Michael et d'approcher ses crocs à quelques millimètres du cou de celui-ci.

— Si vous le faites, je le viderai de son sang. Dois-je vous rappeler les conséquences pour un vampire aussi jeune ?

Claire ne les connaissait pas, mais elle imaginait qu'elles ne devaient pas être très bénéfiques. À supposer qu'elles ne soient pas tout simplement mortelles.

— Invite-moi à entrer, répéta Oliver d'une voix à la douceur vénéneuse. Claire. Tout de suite.

Alors qu'elle ouvrait la bouche, elle fut aussitôt interrompue par une voix de femme glaciale :

— Ce ne sera pas utile.

La cavalerie avait fini par débarquer. Amelie écarta Oliver et traversa ensuite la barrière invisible comme si elle ne rencontrait que du vide – ce qui était le cas, puisque elle était à la fois la créatrice et la propriétaire de la maison. Elle n'était pas accompagnée de ses habituels gardes du corps, pourtant il ne faisait aucun doute, en la voyant franchir le seuil de la pièce, qu'elle avait l'ascendant sur Oliver.

Comme toujours aux yeux de Claire, elle évoquait une reine. Vêtue d'un tailleur en soie jaune à la coupe parfaite, elle portait ses cheveux blond platine ramenés en couronne sur le sommet de son crâne et maintenus par des épingles en or et en diamant. Elle n'était pas particulièrement grande, mais dégageait une aura aussi puissante que celle d'une bombe capable d'exploser à tout instant. Ses grands yeux froids se concentraient exclusivement sur le vampire qui menaçait la vie de Michael.

— Libère ce garçon, dit-elle.

Claire ne l'avait jamais entendue employer un tel ton, et elle ne put réprimer un frisson même si l'animosité d'Amelie n'était pas dirigée contre elle.

— Je n'ai que rarement eu l'occasion de tuer l'un des nôtres, poursuivit-elle, toutefois si tu veux me mettre à l'épreuve, François, je te détruirai. Tu n'auras pas de second avertissement.

L'étranger n'hésita qu'une seconde, puis lâcha Michael, qui s'étala de tout son long par terre. Se redressant d'un mouvement leste et gracieux, François fit face à Amelie. Avant de s'incliner. Claire n'était peut-être pas une spécialiste en la matière, mais il lui semblait qu'on n'aurait pas pu qualifier ce salut de respectueux.

— Maîtresse Amelie, dit-il en rétractant ses crocs. Nous vous attendions.

— Et vous en profitiez pour vous amuser à mes dépens. Viens. Je souhaite m'entretenir avec Maître Bishop.

Elle avait parlé sans ciller.

— Je suis certain qu'il souhaite la même chose, rétorqua François avec un petit sourire satisfait. Par ici.

— Je connais ma demeure, François, fit-elle en passant devant lui. Je n'ai pas besoin de guide.

D'un coup d'œil rapide par-dessus son épaule, elle aperçut Oliver, resté sur le seuil.

— Entre, Oliver. Je réactiverai les protections contre toi plus tard, pour nos jeunes amis.

En traversant la cuisine, il tendit la main à Michael, afin de l'aider à se relever, mais le jeune homme la refusa. Ils échangèrent un regard qui fit frissonner Claire de la tête aux pieds.

Avec un haussement d'épaules, Oliver l'enjamba et disparut à la suite d'Amelie et de François.

Lorsque la porte de la cuisine se referma sur eux, un long soupir de soulagement échappa à Claire, Eve et Shane. Michael se hissa péniblement debout, puis prit appui sur le mur. Shane vint poser une main sur son épaule.

— Ça va, mec ?

Incapable de lui donner une autre réponse, Michael leva un pouce. Shane lui donna une tape sur le dos, juste avant de retenir Claire par le col de son tee-shirt – elle fonçait vers le salon.

— Hé, hé, Flash, tu comptes aller où comme ça ?

— Mes parents sont avec eux !

— Amelie veillera à ce qu'il ne leur arrive rien. Respire profondément. Cette affaire nous dépasse, et tu le sais.

Shane se montrait raisonnable, maintenant ? Waouh ! Qu'est-ce qui lui prenait ?

— Mais…

— Tes parents vont bien, seulement je ne veux pas que tu t'en mêles, d'accord ?

— Mais… répéta-t-elle nerveusement.

— Michael, aide-moi sur ce coup. Dis-lui.

Ce dernier, qui n'avait pas encore repris son souffle et avait le regard perdu dans le vague, murmura :

— Ouais. Ils vont bien. C'est d'ailleurs pour ça que François s'en est pris à moi. Parce que je me suis interposé entre ta mère et lui.

— Il s'est attaqué à ma mère ?

Claire se jeta sur la porte de la cuisine et, cette fois, Shane ne la retint qu'in extremis.

— Mon pote, ce n'était pas ce genre d'aide que j'attendais ! lança-t-il à Michael en emprisonnant Claire entre ses deux bras. Calme-toi… Amelie est là, elle contrôle toujours la situation, tu le sais !

Claire le savait en effet. Toutefois, elle savait aussi Amelie parfaitement capable de sacrifier des humains si ça servait son but. Elle en avait fait l'expérience à plusieurs reprises. Elle se débattit avec plus d'énergie, mais Shane ne la lâcha que lorsqu'elle lui décocha un coup de coude dans le ventre. Elle ne comprit pas immédiatement ce qui se passait… Il recula en vacillant alors qu'une mince ligne rouge apparaissait sur son tee-shirt, puis s'affala sur la chaise la plus proche.

Elle l'avait frappé à l'endroit où il avait été poignardé.

— Bordel ! souffla Eve avant de soulever le tissu pour exposer l'abdomen, encore contusionné.

Les bandages blancs étaient en train de s'imbiber de sang. Claire pouvait même sentir l'odeur métallique… Comme dans un rêve, ou un cauchemar, elle se tourna vers Michael.

Son regard n'avait plus rien de vague à présent. Non. Ses yeux, écarquillés, luisaient d'un éclat intense, et terriblement inquiétant. Il avait toujours le visage livide et impassible, et il ne respirait plus.

— Stoppez l'hémorragie, murmura-t-il. Vite.

Michael avait raison. Shane se retrouvait transformé en appât dans un aquarium rempli de requins, et celui-ci était l'un d'eux.

Shane ne le quitta pas des yeux, pendant qu'Eve s'assurait que le pansement était bien serré.

— Ça a l'air de tenir, conclut-elle, mais tu dois être prudent. Il va falloir le changer. Et peut-être même te refaire un ou deux points.

Elle glissa son épaule sous le bras de Shane pour l'aider à se relever. Il continuait à observer Michael, qui semblait incapable de détacher son regard des compresses rougies de sang sur l'abdomen de son ami.

— Tu en veux ? demanda-t-il. Viens te servir, mon pote !

Il était presque aussi pâle que Michael, et ses traits contractés trahissaient sa colère. Celui-ci réussit pourtant à lui répondre par un sourire.

— Tu n'es pas mon type sanguin, frangin.

— Encore loupé, riposta Shane d'un ton radouci. Désolé.

— Aucun souci, lâcha Michael avant de se tourner vers la porte close. Ils discutent. Écoute, Claire, je vais aller chercher tes parents. Autant réunir tous ceux qui…

— Ont encore un pouls ? compléta Shane.

— Sont en danger, rectifia Michael. Je reviens dans une seconde.

Il hésita à peine, puis ajouta :

— Essayez d'arranger son pansement pendant ce temps-là.

Il disparut aussitôt, comme soulagé de pouvoir se soustraire à l'odeur du sang. Claire échangea un regard avec Eve, qui bien que secouée elle aussi prit rapidement la situation en main.

— Où est rangée la mallette de secours ?

— À l'étage, dans la salle de bains, répondit Claire.

— Nan, elle est ici, intervint Shane. Je l'ai déplacée.

— Ah bon ? Quand ?

— Hier. Je me suis dit qu'il valait mieux la mettre à un endroit où je pouvais l'atteindre facilement, vu que je suis à peu près le seul à m'en servir. Regarde sous l'évier.

Eve sortit une immense boîte métallique blanche ornée d'une croix rouge, dont elle tira le nécessaire.

— Enlève ton tee-shirt, intima-t-elle.

— J'ai des sentiments, tu sais, rétorqua-t-il. Je ne veux pas qu'on m'aime seulement pour mon corps.

— La ferme, minus. Enlève ton tee-shirt.

Shane le fit passer par-dessus sa tête et le tendit à Claire, qui se chargea aussi sec de le rincer dans l'évier. Elle préférait regarder le sang teinter l'eau froide en rose pâle plutôt qu'observer Eve et la blessure de Shane. Ça continuait à la rendre malade : s'il avait terminé dans cet état, c'était, comme toujours, pour protéger les autres. Eve et elle.

— J'ai terminé, annonça celle-là quelques minutes plus tard. Tu n'as pas intérêt à mettre du sang sur mon pansement tout propre, ou je te collerai une étiquette « en solde » sur le front et te laisserai au coin de la rue, à la merci de la première sangsue venue.

— T'es vraiment une peste, répondit Shane. Merci.

Elle lui envoya un baiser en clignant de l'œil.

— Comme si la plupart des filles n'étaient pas prêtes à faire la queue pour jouer les infirmières avec toi.

Un sentiment de jalousie, aussi surprenant que malvenu, s'empara de Claire. Eve ? Non, ce n'était qu'une de ses taquineries habituelles. Rien de plus, hein ? Elle n'était pas… elle ne ferait jamais une chose pareille. Jamais.

Claire tordit le tee-shirt jusqu'à en avoir mal aux mains, puis elle le pressa entre deux torchons afin d'absorber le maximum d'eau. Tandis qu'Eve rangeait la mallette, elle aida Shane à enfiler le vêtement mouillé. Elle ne put empêcher ses doigts de s'attarder sur la peau veloutée de celui-ci – elle ne fit pas beaucoup d'efforts pour les retenir.

— C'est agréable, lui susurra-t-il au creux de l'oreille. Ça va ?

Elle opina. Il lui souleva le menton avec délicatesse et la dévisagea.

— Ouais, ça va, conclut-il.

Il effleura ses lèvres des siennes, avant de reporter son attention sur la porte de la cuisine qui venait de s'ouvrir.

Michael, suivi des parents de Claire. Elle sentit que le nœud dans sa poitrine, celui qui comprimait son cœur, se desserrait. Ils avaient l'air… absents. Le front plissé par la concentration, comme s'ils essayaient de se rappeler quelque chose d'important. Lorsque les yeux de sa mère se posèrent sur elle, Claire réussit à sourire.

— Nous étions censés dîner, non ? demanda-t-elle. Il se fait tard, je crois. Vous comptiez cuisiner, ou…

— Non, répondit Michael, nous allons sortir.

Il récupéra la clé de sa voiture au crochet à côté de la porte.

— Tous ensemble, ajouta-t-il.

2.

Le choix était limité à Morganville quand on voulait dîner à une heure tardive et qu'on n'appartenait pas à la confrérie des canines, mais il y avait quelques restaurants près du campus, notamment un snack ouvert vingt-quatre heures sur vingt-quatre. Ils durent se tasser à six autour d'une petite table, après un trajet tout aussi inconfortable dans la voiture aux vitres teintées de Michael.

Même si les hamburgers étaient bons, Claire avait du mal à se concentrer sur son repas, trop occupée à observer les étudiants dehors. Réunis par groupes sur le parking, ils riaient sans prêter attention aux individus louches qui rôdaient. Ce spectacle lui rappela un documentaire animalier où on voyait des lions guetter des antilopes en train de paître dans l'espoir qu'une ou deux s'éloigneraient du troupeau.

Elle aurait voulu les mettre en garde, et elle ne pouvait pas. Le jonc d'or autour de son poignet le lui interdisait.

C'était Michael qui, naturellement, se chargeait d'alimenter la conversation avec les parents de Claire. Il était plus doué que ses amis et sa présence rassurante donnait l'impression que tout était… normal. Les Danvers n'avaient qu'un vague souvenir de ce qui était arrivé plus tôt dans la soirée – sans doute une conséquence de l'influence de Bishop. Si Claire n'aimait pas l'idée qu'il ait manipulé leurs cerveaux, elle devait bien reconnaître qu'elle en éprouvait un certain soulagement. Un sujet d'inquiétude en moins ! D'autant que l'agressivité de son père à l'encontre de Shane lui suffisait amplement.

— Rappelle-moi ton âge, mon garçon, demanda-t-il en faisant semblant d'être intéressé par le contenu de son assiette.

— Dix-huit ans, monsieur, répondit Shane de sa voix la plus affable.

Ils avaient déjà abordé ce sujet. À plusieurs reprises.

— Tu sais que ma fille n'a que…

— Presque dix-sept ans, oui, monsieur, je sais.

Le ton de M. Danvers se fit encore plus bourru.

— Seize ans et elle a toujours été très préservée. Je n'aime pas l'imaginer dans une maison avec une bande d'adolescents aux hormones en ébullition… Ne le prends pas mal, je suis certain que tes intentions sont très louables, seulement j'ai été jeune, moi aussi. Maintenant que nous nous installons en ville, il vaut sans doute mieux que Claire vive avec nous.

Elle ne s'attendait pas à ça. Pas du tout.

— Papa ! Tu ne me fais pas confiance ?

— Ce n'est pas toi qui es en cause, mon lapin, mais les deux grands garçons avec lesquels tu vis. Et en particulier celui dont tu t'es, je le vois bien, rapprochée. Je te croyais plus maligne.

Claire vit aussitôt rouge. Alors que sa colère gonflait, elle était obnubilée par une image : Shane risquant sa vie pour les protéger, Eve et elle. Shane qui savait toujours mettre un terme à leurs baisers, parce qu'il se contrôlait mieux qu'elle, beaucoup mieux.

Elle s'apprêtait à dire tout ce qu'elle pensait, sans contrôler ni ses paroles ni le volume de sa voix, lorsque Shane lui serra la main sous la table.

— Oui, vous avez raison, répondit-il à M. Danvers. Vous ne me connaissez pas et le peu que vous avez vu ne vous inspire sans doute pas confiance. Je n'ai jamais eu la cote avec les parents. Contrairement à Michael.

Il accompagna sa dernière phrase d'un mouvement du menton en direction de son ami, qui secouait discrètement la tête pour signifier : « Non, ne fais pas ça. »

— Je crois que ce serait sans doute une bonne chose si Claire retournait vivre avec vous, au moins un temps. Vous auriez ainsi l'opportunité d'apprendre à nous connaître tous, et particulièrement moi.

— Qu'est-ce que tu fabriques ? lui lança-t-elle entre ses dents.

Elle se fichait que son père puisse l'entendre – et elle était sûre que Michael n'en perdait pas un mot :

— Je ne veux aller nulle part ! ajouta-t-elle.

— Claire, il a raison. Tu seras plus en sécurité là-bas. Je te signale que notre maison n'a rien d'une forteresse, au cas où tu ne l'aurais pas encore compris. Entre le ballet des invités surprises et mon père qui menace de revenir terminer ce qu'il a commencé…

Claire jeta sa fourchette avec rage.

— Attends une minute. Tu es en train de m'expliquer que c'est pour mon bien, c'est ça ?

— Oui.

— Michael, tu vas réagir ou pas ?

Il brandit les deux mains en signe de reddition. Claire pouvait difficilement le lui reprocher : il avait eu sa dose pour la journée. Eve, en revanche, s'éclaircit la gorge avant de sauter à pieds joints dans le bourbier de la conversation.

— Monsieur Danvers, je peux vous garantir que Claire est très bien avec nous. Nous veillons tous sur elle, et Shane n'est pas du genre à abuser…

— Je ne dirais pas ça, rétorqua le principal intéressé avec légèreté. Tu sais très bien que c'est mon genre justement.

Après l'avoir fusillé du regard, Eve poursuivit :

— Et surtout, il sait que nous le tuerions toutes les deux s'il essayait quoi que ce soit. Mais il n'oserait pas. Claire n'a aucun souci à se faire avec nous. Et elle est heureuse.

— Oui, souligna celle-ci. Je suis heureuse, papa.

Michael, qui n'avait toujours pas ouvert la bouche, observait le père de Claire avec une intensité étrange. Elle pensa d'abord qu'il essayait d'exercer ses pouvoirs de vampire sur lui, pourtant elle changea vite d'avis. Sa perplexité paraissait sincère : il devait simplement chercher quoi dire. M. Danvers n'avait écouté aucun des arguments.

— Je veux que tu emménages avec nous, Claire, un point c'est tout. Je refuse que tu restes dans cette maison. La discussion est close.

Sa mère ne décrochait pas un mot, ce qui ne lui ressemblait pas ; elle se contentait de touiller lentement son café, manifestement absorbée par son assiette. Claire allait balancer une repartie saignante et insolente quand Michael secoua la tête.

— Ne gâche pas ta salive, ils n'ont pas eu cette idée tout seuls. C'est Bishop qui la leur a plantée dans le citron.

— Quoi ? Pourquoi a-t-il fait un truc pareil ?

— Aucune idée. Peut-être espère-t-il nous séparer. Peut-être aime-t-il embrouiller les gens. Peut-être veut-il énerver Amelie. L'essentiel c'est de ne pas te laisser atteindre…

— Ne pas me laisser atteindre ? Michael, mon père vient de m'annoncer que j'étais obligée de déménager !

— Tu n'es obligée à rien, rétorqua-t-il. Pas si tu n'en as pas envie.

Le visage de M. Danvers vira carrément au rouge vif.

— Bien sûr que si ! s'emporta-t-il avec hargne. Tu es ma fille, Claire, et tant que tu n'auras pas dix-huit ans tu m'obéiras. Quant à toi… (Il pointa un index sur Michael.) Si je dois engager des poursuites…

— À quel titre ? s'enquit-il sans virulence.

— À… Écoute, ne crois pas que j'ignore ce qui se passe ici. Si je découvre que ma fille a… a…

M. Danvers ne semblait pas capable de finir sa phrase et Michael, qui continuait à soutenir son regard, n'avait pas l'air de comprendre où il voulait en venir. Claire vola à son secours.

— Papa, dit-elle, les joues empourprées, si tu te demandes si je suis encore vierge, oui.

Sa mère s'écria :

— Claire ! Ça suffit maintenant !

Le silence retomba sur la table. Même Michael paraissait ignorer comment reprendre le fil de la conversation à partir de là. Quant à Eve, qui balançait visiblement entre l'éclat de rire et la grimace, elle finit par plonger dans son sundae au chocolat.

La sonnerie du téléphone portable de Michael retentit à cet instant. Il répondit à voix basse, puis écouta longuement avant de raccrocher sans ajouter un seul mot. Il appela la serveuse.

— On doit y aller, annonça-t-il.

— Où ?

— À la maison. Amelie veut nous voir.

— Tu viens avec nous, intervint M. Danvers.

Comme sa fille secouait la tête, il ajouta :

— Et ne discute pas avec…

— Je suis désolé, monsieur, l'interrompit Michael, elle doit nous accompagner. Si Amelie partage votre sentiment, je la conduirai chez vous. Dans l'immédiat, je vais vous déposer. Et je vous tiendrai au courant dès que possible.

Il s'était adressé à lui d'un ton respectueux mais qui ne laissait aucune place au débat. Bien conscient qu'il n'avait pas intérêt à pousser le jeune homme dans ses retranchements, M. Danvers rétorqua pourtant, le visage fermé :

— Je n'ai pas dit mon dernier mot.

— Oui, monsieur, je n'en doute pas. Nous n'en sommes qu'au tout début.

Le trajet jusqu'à la maison fut encore plus inconfortable qu'à l'aller – et pas uniquement à cause du manque de place dans la voiture. Le père de Claire était exsangue, sa mère mal à l'aise, et Claire, elle-même, si furax qu'elle ne pouvait pas les regarder. Comment osaient-ils ? Même si Bishop avait exercé une influence sur leurs esprits, elle ne leur pardonnait pas leur docilité. Ils l'avaient toujours assurée de leur confiance, ils avaient toujours tenu à ce qu'elle prenne ses décisions toute seule ; et dès qu'ils étaient confrontés à la réalité, ils attendaient d'elle qu'elle redevienne une petite fille sans défense.

En tout cas, ils se fourraient le doigt dans l'œil s'ils comptaient sur sa coopération. Elle avait acquis trop d'indépendance pour ça.

Michael se gara devant la nouvelle résidence des Danvers – réplique presque parfaite de la leur, à l'exception de la pelouse, ornée d'un immense chêne surplombant la bâtisse et bruissant comme du papier sec dans la brise nocturne, et de l'encadrement des portes et des fenêtres qui, dans la pénombre, paraissait d'un noir terne.

Après être descendu de voiture, le père de Claire lui adressa un dernier regard :

— J'attends de tes nouvelles très rapidement. Pour savoir quand tu comptes rentrer à la maison. Et par maison, j'entends ici, avec nous.

Elle ne répondit pas. Il la scruta longuement au fond des yeux avant de claquer la portière. Michael redémarra aussitôt, sans enfoncer l'accélérateur mais sans traîner non plus.

Ils poussèrent tous un soupir de soulagement retentissant quand ils virent la bâtisse disparaître dans la nuit, derrière eux.

— Le moins qu'on puisse dire, lâcha Shane, c'est que ton daron n'est pas commode. Remarque, il a des chances de se plaire à Morganville.

— Arrête, riposta Claire, en proie à des sentiments contradictoires (colère, frustration, inquiétude, terreur…).

Ses parents n'avaient rien à faire ici. Ils étaient très bien là où ils se trouvaient, jusqu'à ce qu'Amelie décide de les arracher à leurs repères et de les attirer ici. Afin d'obtenir, grâce à eux, un nouveau moyen de pression.

Et d'en fournir un à Bishop par la même occasion.

Shane lui prit la main.

— Du calme. Michael a raison, tu n'es pas obligée d'y aller si tu n'en as pas envie. Même si je ne te cache pas que je préférerais te savoir dans un endroit mille fois plus sûr.

— Je ne parierais pas sur le fait que la maison des Danvers sera plus sûre que la nôtre, intervint Michael. Ils ne connaissent pas les règles et ne mesurent pas les risques… ils ne sont pas ici depuis assez longtemps. Je pense que Bishop cherche à jouer avec les nerfs d'Amelie et que, quelle que soit notre opinion à son sujet…, il est pire. Je peux vous le garantir.

— C'est elle qui t'a appelé au restaurant ? l'interrogea Claire.

— Non, répondit-il avec une certaine gravité. Oliver. Je vous avoue que je ne suis pas rassuré. Il ne s'est jamais réellement rangé du côté d'Amelie. Si ça se trouve, il a pris le parti de Bishop… et on fonce tête la première dans un piège.

— Est-ce qu'on a vraiment le choix ? lança Shane.

— À mon avis, non.

— Alors tant pis. Je suis fatigué, dit-il en bâillant. Allons nous faire bouffer. Au moins, après, je pourrai pioncer.

Personne ne trouvait la situation très drôle – Shane encore moins que les autres sans doute –, cependant ils n'avaient pas de meilleure option. La ville était silencieuse derrière les vitres teintées ; Claire distinguait à peine l'éclat de lumières qui auraient pu provenir des rares lampadaires ou des maisons. Elle avait un peu l'impression d'être dans une navette spatiale… avec des sièges mieux rembourrés.

Arrivé devant chez eux, Michael coupa le contact. Alors qu'Eve s'apprêtait à descendre, il prit la parole :

— Les amis… Je n'ai pas vraiment eu accès à un savoir supplémentaire au moment de… de ma transformation, mais j'ai une certitude. Ce Bishop est synonyme d'ennuis. Des ennuis sans doute plus gros que ceux auxquels on a déjà été confrontés. Je ne suis pas tranquille. Alors surveillons nos arrière et j'essaierai…

Il ne paraissait pas savoir comment conclure sa tirade. Eve lui effleura la joue et il se tourna vers elle, lèvres entrouvertes. Ils échangèrent un regard si intense que Claire et Shane se sentirent de trop. Celui-ci s'éclaircit la gorge.

— On va se serrer les coudes, mec. Tout ira bien.

Michael ne répondit rien. Mais peut-être n'y avait-il rien à ajouter à ça. Il sortit de la voiture et les trois autres l'imitèrent. L'air se rafraîchissait, et le vent qui soulevait les cheveux et les vêtements de Claire semblait à la recherche de la moindre parcelle de peau pour la couvrir de chair de poule. S'emmitouflant dans sa veste, elle pressa le pas.

La cuisine était exactement telle qu'ils l'avaient quittée, en bazar. Les casseroles et poêles jonchaient la cuisinière – heureusement ils avaient pensé à couper le feu. Les relents de graisse de bacon et de sauce épaisse flottaient dans l'atmosphère, à peine atténués par l'odeur de vieux café brûlé.

Ils rejoignirent le salon sans s'arrêter. Bishop était parti. Avec ses deux acolytes. Il ne restait qu'Amelie et Oliver, assis à la grande table en bois. Dans un coin, ils avaient empilé sans soin les assiettes, les tasses et les verres afin d'installer un plateau d'échecs entre eux. Claire, qui ne l'avait jamais vu auparavant, doutait qu'il appartienne aux Glass : il était trop vieux, trop usé et trop raffiné pour ça.

Amelie avait les pièces blanches. Elle ne releva même pas la tête lorsqu'ils entrèrent. Installé face à elle, Oliver se carra dans sa chaise les bras croisés, puis leur lança à tous les quatre un regard indéchiffrable. Il paraissait aussi à l'aise que s'il était chez lui, ce qui fit fulminer Claire… sans parler de Michael. Oliver avait tué ce dernier – il l'avait arraché à son existence humaine et l'avait rendu prisonnier d'un état intermédiaire, mi-humain mi-vampire. Ça s'était passé dans cette pièce, presque à l'endroit précis où il se tenait. Il avait agi avec une violence meurtrière, et Michael n'avait jamais, même une seconde, oublié qui Oliver était.

Lorsque Amelie avait proposé à Michael de le libérer de cette condition, ou plutôt de cette malédiction, il avait accepté cette issue, même s'il était, du coup, devenu un vampire à part entière. Jusqu'à présent il ne semblait pas le regretter. Pas vraiment.

— Tu n'es pas le bienvenu ici, dit-il à Oliver, qui haussa les sourcils en souriant.

— Si tu espères que cette maison me chassera, tu peux toujours courir. Amelie, vous devriez vraiment apprendre les manières à vos toutous. Il ne faudra pas longtemps pour qu'ils se mettent à faire leurs griffes sur les tapis et pisser contre les rideaux.

Sans relever la tête, elle rétorqua :

— Efforcez-vous d'être plus civil, Oliver. Vous êtes leur hôte. Et le mien.

Elle déplaça une pièce sur l'échiquier avant d'ajouter :

— Asseyez-vous, tous les quatre. Je n'aime pas qu'on reste debout devant moi.

Sa requête avait la force d'un commandement régalien et, presque sans le décider, Claire se glissa sur l'une des chaises disposées autour de la table. Shane s'installa à côté d'elle. Après avoir hésité, Eve, elle, choisit la place la plus éloignée d'Oliver. Il ne restait plus que le siège voisinant avec ce dernier. Les bras croisés, Michael s'adossa au mur.

Amelie lui adressa un regard sévère mais n'insista pas.

— Vous avez donc fait la connaissance de M. Bishop, dit-elle. Et réciproquement, bien sûr. J'aurais préféré que ça n'arrive pas. Toutefois, puisqu'il est trop tard, nous devons trouver le moyen de vous protéger contre lui et ses associés.

Oliver lui prit l'un de ses fous et le posa à côté de l'échiquier ; demeurant de marbre, elle poursuivit :

— Je crains, sinon, que cette maison doive rapidement se chercher de nouveaux propriétaires.

Oliver éclata de rire, toutefois son hilarité cessa dès qu'Amelie eut déplacé un pion sur le plateau. Il se concentra alors sur la partie d'un air impénétrable.

— Qui est Bishop ? demanda Michael.

— Celui qu'il prétend être. Il n'a aucune raison de mentir.

— C'est votre père, alors ? intervint Claire.

Un long silence plana, et même Oliver ne chercha pas à le rompre. Amelie leva lentement ses prunelles gris acier vers Claire et la fixa jusqu'à ce que la jeune fille éprouve le besoin non seulement de détourner les yeux mais de prendre ses jambes à son cou.

— D'une certaine manière, finit par répondre la Fondatrice, du moins ainsi que vous semblez comprendre ces choses-là. Nous partageons des liens du sang, tant humains qu'immortels. Oliver, dépêchez-vous, j'aimerais être rentrée avant le lever du soleil.

Ils avaient plusieurs heures devant eux : ce devait être l'idée qu'Amelie se faisait de l'humour pince-sans-rire. Oliver poussa un pion, qu'Amelie lui prit sans le moindre effort.

— Peut-être devons-nous plutôt nous demander où est M. Bishop ? lança Michael.

— Parti, rétorqua Oliver. Je l'ai expédié par limousine avec chauffeur. Il logera dans une des maisons originelles.

— Laquelle ? s'enquit Claire.

Elle sentit soudain monter une vague de nausée, qui s'accentua devant le mutisme des deux joueurs.

— Pas celle de mes parents, hein ? insista-t-elle. Si ?

— Je préfère que vous ne connaissiez pas son adresse exacte, dit Amelie.

Ce qui n'était pas une réponse et encore moins celle que Claire voulait entendre. La Fondatrice déplaça sa reine blanche sur l'échiquier, cherchant délibérément à faire du bruit.

— Échec et mat.

Oliver étudia les pièces sur le plateau avant de la dévisager avec le même agacement. Après avoir renversé son roi noir, il grommela :

— Nous devons aborder la question. De toute évidence.

— Vous voulez discuter de votre déplorable absence de talent aux échecs ? riposta Amelia en haussant ses sourcils couleur de givre. Je réfléchis encore à ce que nous ferons de nos invités. Pour l'heure, rentrez chez vous, Oliver. Je vous remercie de vous être déplacé.

Elle avait prononcé ces mots sans le moindre soupçon d'ironie : si elle pouvait le congédier comme un domestique, elle tenait à lui exprimer sa gratitude. Le regard d'Oliver s'assombrit, mais il s'abstint de tout commentaire en rejoignant la cuisine. Claire entendit la porte claquer dans son dos.

Amelie se leva alors et dodelina de la tête.

— Je crois que vous serez tranquilles pour ce soir. Ne laissez personne entrer, sous aucun prétexte.

L'ombre fugace d'un sourire, presque invisible, passa sur ses lèvres quand elle ajouta :

— Excepté moi, bien sûr. Vous ne pourrez pas m'en empêcher.

— Et Oliver ? s'informa Shane.

— Je lui ai retiré son invitation. Tant que vous ne commettrez pas d'imprudence, il ne sera pas en mesure de vous embêter.

Ce qui, à la façon dont elle le toisait, ne semblait pas lui paraître inenvisageable.

— C'est à moi de m'occuper de Bishop, poursuivit-elle, pas à vous. Reprenez le cours de vos vies et restez en dehors de ça. Tous les quatre.

— Attendez, mes parents…

Amelie n'attendait pas. Avec une grâce silencieuse, elle quitta la table et gravit l'escalier. Lorsque sa silhouette fantomatique disparut au sommet des marches, Shane lança :

— Où est-ce qu'elle va ? Il n'y a pas de porte là-haut.

Claire ne connaissait que trop bien la réponse.

— Je ne sais pas comment elle fait, mais je peux vous garantir qu'elle est partie.

Tous les regards, y compris celui de Michael, se braquèrent sur elle.

— Il y a forcément une issue, insista-t-elle. Vous vous imaginez quoi ? Qu'elle a apporté son pyjama pour passer la nuit sur le canapé ?

— Tu crois qu'elle en a un ? rétorqua Eve. Parce que je parierais qu'elle dort nue.

— Eve !

— Quoi ? Franchement, tu la vois avec une grenouillère en flanelle ? Ou des pantoufles en forme de lapin ?

Michael s'affala sur la chaise laissée vacante par Amelie et examina l'échiquier. Il entreprit de replacer lentement tous les pions pour une nouvelle partie, même s'il n'avait pas l'esprit au jeu.

— Shane, dit-il, tu peux aller t'assurer qu'on est bien enfermés ?

Celui-ci obtempéra aussitôt et fila dans la cuisine. Claire s'installa en face de Michael, sur le siège qu'avait occupé Oliver.

— Tu es inquiet, remarqua-t-elle.

— Non, répondit-il en tournant et retournant le cavalier blanc entre ses doigts pâles. J'ai peur. Si ce type réussit à rendre Amelie et Oliver nerveux, c'est qu'il joue carrément dans une autre catégorie que la nôtre. Et que celle de Morganville.

Il leva les yeux vers Eve qui, pour toute réponse, serra davantage les lèvres. Claire entendit Shane se diriger vers la porte d'entrée, puis vérifier que les verrous étaient bien poussés avant de s'attaquer aux fenêtres.

— Il faut qu'on se repose, reprit Michael. La journée de demain risque bien d'être longue.

Eve lui effleura la main lorsqu'il se leva et ils échangèrent un regard.

— Ouais, convint-elle, je vais aussi aller me reposer.

Claire lui jeta un magazine qui traînait par terre :

— Prenez une chambre !

— Je paie déjà celle que j'occupe, riposta Eve. Et j'ai bien l'intention d'en avoir pour mon argent.

Elle monta les marches au pas de course et marqua un arrêt juste avant d'arriver au palier afin de jeter, par-dessus son épaule, un coup d'œil à Michael, qui avait un sourire resplendissant aux lèvres. Il secoua la tête comme s'il ne parvenait pas à croire qu'il avait de telles pensées à un moment pareil. Et il s'éclaircit la gorge en remarquant que Claire l'observait.

— Vachement discret, commenta-t-elle. Vous pourriez accrocher une serviette à la poignée, tant que vous y êtes.

— Chut…

Il semblait si heureux, cependant, que Claire se radoucit aussitôt. Elle aimait le voir dans cet état d'insouciance, lui habituellement si… préoccupé.

— Si tu as besoin de moi, ajouta-t-il, tu sais où me trouver.

— J'ai cru comprendre.

Il balaya sa remarque d'un geste de la main et suivit Eve au premier. Shane, qui avait fini de vérifier toutes les issues du rez-de-chaussée, se laissa tomber dans la chaise que Michael avait libérée.

— Où sont-ils passés ?

Elle indiqua la chambre au-dessus de leurs têtes.

— Ah, se contenta-t-il de rétorquer. (Il avait parfaitement compris le message.) Bon… ça te dit de faire une partie ?

— J'aimerais téléphoner à mes parents d'abord. Tu crois vraiment que Bishop s'est installé chez eux ?

— Aucune idée. Appelle si ça peut te rassurer.

Elle sortit son portable et composa le nouveau numéro de ses parents. Pendant qu'elle attendait une réponse, Shane tendit la main à travers la table, vers la sienne. Ce contact apaisa légèrement la nervosité de Claire. Du moins, jusqu'à ce que sa mère décroche.

— Claire ! Je ne m'attendais pas à ce que tu te manifestes aussi tôt. Tu es prête à nous rejoindre ?

Elle se crispa une seconde, puis répondit, le plus calmement possible :

— Non, maman. Je voulais juste m'assurer que vous alliez bien.

— Bien sûr que tout va bien. Pourquoi voudrais-tu que ce ne soit pas le cas ?

— Pour rien, rétorqua-t-elle en fermant les yeux. Votre installation se déroule bien ? Comment est la maison ?

— Eh bien, il va falloir la retaper un peu, tu sais. L'électricité doit être refaite, et je ne parle pas de la déco, tout est à revoir ! Mais je me réjouis d'avance.

— Formidable. Et… vous n'avez pas d'invités ce soir alors ?

— Des invités ? s'esclaffa Mme Danvers. Claire, trésor, j'ai à peine eu le temps de mettre des draps sur notre lit à l'heure qu'il est. Je ne suis pas prête à recevoir des visiteurs !

Enfin une raison de se réjouir.

— Super. Bon… maman, je dois y aller. Bonne nuit.

— Bonne nuit, mon cœur, j'ai hâte de t'avoir auprès de nous.

Claire raccrocha et Shane lui passa un bras autour de la taille.

— Alors, ils vont bien ?

— Pour le moment. Mais il peut s'en prendre à eux, non ? N'importe quand.

— Peut-être. Ou à nous. Écoute, tu ne peux rien pour eux dans l'immédiat. Et dis-toi qu'il n'a aucune raison de leur faire du mal. Tout ira bien.

Shane se montrait optimiste ? Il n'y avait pas de meilleur signe que la situation était vraiment critique… Claire se força à sourire comme une petite fille courageuse.

— Oui. Oui, tout ira bien, répéta-t-elle. Aucun problème.

Shane, qui avait plongé ses yeux sombres dans les siens, vit sans doute qu'elle mentait. Il n'insista pas cependant, trop coutumier du fait lui-même.

— Alors, ça te tente une bonne petite partie d'échecs ?

Un bruit sourd suivi d'un éclat de rire feutré leur parvint à travers le plafond. Il provenait de l'endroit exact où se trouvait la chambre d'Eve.

— Hé ! s'écria Shane. Pas la peine de nous en faire profiter ! On essaie de se concentrer ici !

De nouveaux gloussements, aussitôt étouffés. Shane jeta un coup d'œil à Claire, et elle sentit un sourire plus sincère s'épanouir sur ses lèvres.

— Va pour les échecs, lança-t-elle. Tu commences, gros dur.

Encore un bruit au premier. En secouant la tête, Shane renversa son roi.

— Je déclare forfait. Je préfère tuer quelques zombies à l'écran.

3.

Le lendemain matin, Claire se réveilla... comme n'importe quel autre jour. L'espace d'une précieuse poignée de secondes, elle ne vit pas une ombre au tableau, pas une seule. Son corps vibrait d'énergie, les oiseaux chantaient dehors et le soleil découpait des bandes de lumière dorée sur son lit.

À travers ses paupières plissées, elle jeta un coup d'œil au réveil. Sept heures trente. L'heure de se lever si elle avait l'intention de prendre un café avant son premier cours.

Ce ne fut qu'une fois sous la douche, sous le jet d'eau chaude qui lui remettait toujours les idées en ordre, qu'elle se rappela que tout était loin d'aller bien. Ses parents étaient en ville. Et ils étaient dans la ligne de mire des vampires. Enfin, ils voulaient qu'elle s'installe avec eux.

Sa bonne humeur s'envola sur-le-champ et, lorsqu'elle descendit avec son sac à dos lesté de livres, ses chaussures à la main, elle avait carrément sa tête des mauvais jours. Le rez-de-chaussée était sens dessus dessous. Personne n'avait accompli sa part de corvées, y compris elle. Dans la cuisine, les reliefs figés du repas de la veille collaient dans les assiettes et les casseroles jonchaient la cuisinière. Pendant que le café gouttait dans la cafetière, elle mit l'ensemble à tremper dans l'évier, tout en râlant, puis laissa un message à l'intention de ses colocataires. En particulier Shane, qui s'était montré encore plus négligent qu'à son habitude.

Ensuite, elle enfila ses chaussures et se rendit à la fac.

À la lumière du jour, Morganville ressemblait à n'importe quelle autre ville poussiéreuse et morne du Texas. Les gens se rendaient à leur travail en voiture, faisaient du jogging, se promenaient avec une poussette ou un chien. À l'approche du campus, elle croisa aussi des étudiants, sac au dos. Les visiteurs occasionnels ignoraient, du moins tant qu'il y avait du soleil, à quel point cet endroit était un enfer.

C'était sans doute le but, d'ailleurs.

Elle repéra des camions de livraison garés dans la rue : les chauffeurs étaient-ils au courant ? Faisaient-ils des allées et venues sans jamais rencontrer d'os ? Certaines personnes étaient-elles hors d'atteinte des vampires ? Ceux-ci ne devaient pas être autorisés à chasser n'importe qui. Ils n'avaient vraiment pas besoin que le FBI débarque…

— Salut !

Claire plissa les yeux : une voiture roulait au pas à côté d'elle. Une décapotable rouge vif, aussi éclatante qu'une tache de sang frais en plein soleil. Et à l'intérieur, trois filles arborant le même sourire factice.

Derrière le volant se trouvait Monica Morrell, la fille du maire de la ville. L'ennemie jurée de Claire depuis son arrivée à Morganville. Monica s'était plutôt bien remise de l'overdose qui avait failli lui coûter la vie, en tout cas c'était l'impression qu'elle donnait : aussi brillante et solide que la carrosserie de la voiture. Elle portait ses beaux cheveux bruns lâchés, son maquillage était parfait et, si elle était légèrement plus pâle qu'à son habitude, ça se voyait à peine.

— Salut, répondit Claire en s'écartant d'un pas, histoire de ne plus se trouver à leur portée. Comment tu te sens, Monica ?

— Moi ? En pleine forme. Ça ne pourrait pas aller mieux, lança-t-elle d'un ton guilleret, que démentait néanmoins son regard assombri. Tu as essayé de me tuer, la naine.

Claire en resta clouée sur place.

— Non, pas du tout.

— Tu m'as donné la drogue qui aurait pu me tuer.

— C'est toi qui me l'as prise !

Les cristaux rouges, ceux qu'elle avait dérobés à Myrnin. Parce qu'elle avait cru que ce serait une bonne idée, avant d'être rapidement détrompée : dès qu'elle avait vu leur effet sur Monica, et qu'elle avait observé son propre reflet dans le miroir, elle avait revu son jugement. S'ils ne lui avaient fait aucun mal, ils avaient plongé Monica dans le coma.

— À d'autres ! rétorqua celle-ci. Tu as essayé de me tuer. J'engagerais bien des poursuites, mais maintenant que tu es le toutou de la Fondatrice, ça ne servirait à rien. On va donc devoir trouver un autre moyen de te rendre la monnaie de ta pièce. Je voulais juste te tenir au courant, ma petite… ça n'est pas fini. Ça vient même à peine de commencer.

Après avoir gratifié Claire d'un sourire carnassier, elle enfonça la pédale d'accélérateur et fit crisser ses pneus sur le bitume. Tout en ajustant les bretelles de son sac à dos, Claire jeta des regards nerveux autour d'elle. Personne n'avait accordé la moindre attention à la scène, bien sûr. À Morganville, on évitait de s'occuper des affaires des autres.

Elle devait faire face seule à ses problèmes. Eve travaillait sur le campus, mais Claire ne voulait pas entraîner ses amis dans cette histoire. Ils avaient bien assez d'ennuis comme ça.

En dépassant une boutique dont la vitrine avait été remplacée par des planches en bois, elle sentit un regard sur elle. Elle eut beau tenter de se persuader que son imagination lui jouait des tours, quelqu'un l'observait bien depuis le renfoncement qui accueillait l'entrée du magasin. Il lui fallut quelques secondes pour identifier l'individu dans la pénombre et, lorsqu'elle y parvint, elle eut une mauvaise surprise. Maigreur de junkie, pâleur, cheveux gras et fins. En noir des pieds à la tête. Le frère d'Eve.

— Jason, lâcha-t-elle avant de regarder autour d'elle en quête d'aide.

Personne. Absolument personne vers qui se tourner. Pas même une voiture de police, alors que les flics auraient beaucoup de questions à poser à Jason après son petit tête-à-tête avec Shane. Le souvenir la frappa avec violence : il avait poignardé son petit copain. Tenté de le tuer. Les policiers avaient parlé d'autodéfense, mais Claire n'était pas dupe.

Jason sortit les mains des poches de sa veste puis les plaça bien en vue.

— Ne crie pas, dit-il, à moins que tu n'en aies très envie. Je ne te ferai aucun mal. Pas en plein jour dans une rue passante, du moins.

Il avait l'air… différent. Encore plus bizarre qu'à son habitude – et le degré d'anomalie était élevé en temps normal.

— Qu'est-ce que tu veux ?

Elle enroula la bretelle de son sac à dos autour de son poing – si serré que ses articulations blanchirent. En cas d'urgence, ça pourrait toujours servir d'objet contondant. Elle réussirait peut-être à l'assommer ou, au moins, à le faire trébucher. Elle se trouvait à un pâté de maisons du Starbucks – et Oliver lui devait protection à l'intérieur de son café, même contre un agresseur humain.

— Inutile de t'exciter, la surdouée. Je ne suis pas ici pour te blesser.

Il remit ses mains dans ses poches avant d'ajouter :

— Comment va Shane ?

— Qu'est-ce que ça peut bien te faire ?

— Disons… Écoute, reprit-il en haussant les épaules, je me suis seulement défendu, d'accord ?

— Tu lui as tendu un piège. Tu nous as menacées, Eve et moi, exprès pour qu'il se jette sur toi.

— Ouais, je l'admets, je l'ai un peu titillé, mais il a confondu ma tête avec une balle de baseball au cas où tu l'aurais oublié.

Cette idée avait beau déplaire à Claire, c'était la vérité.

— Et les autres personnes que tu as tuées ? Il s'agissait encore d'autodéfense ?

— Qui a dit que j'avais commis des meurtres ?

— Toi. Tu te souviens ? Tu as déposé le cadavre d'une fille dans notre cave pour que Shane le découvre. Tu voulais l'expédier en prison.

Jason conserva le silence. Il se contenta de la fixer de ses yeux sombres qui, dans la pénombre, semblaient deux trous dans son visage immobile et pâle. Il avait l'air… mort. Plus mort que la plupart des vampires.

— Je dois parler à ma sœur.

— Eve n'a aucune envie de t'adresser la parole, espèce de cinglé. Fiche-nous la paix !

— C'est au sujet de notre père…

Claire s'était déjà détournée, abandonnant derrière elle ce psychopathe et ses problèmes de psychopathe, pourtant elle ralentit.

— Il faut que je parle à Eve, insista-t-il. Dis-lui que je l'appellerai. Dis-lui de ne pas raccrocher.

Claire hocha la tête, une fois. Elle continuait à le haïr, seulement, dans l'immédiat, elle percevait qu'une part de lui… réclamait une trêve, même s'il n'était pas prêt à s'agenouiller et à supplier.

— Je ne te promets rien, finit-elle par répondre.

— Je n'en demandais pas autant.

Il ne la remercia pas, et elle reprit sa route. Quand elle se retourna, il avait disparu. Elle aperçut un bout de sa veste noire à l'angle du bloc d'immeubles. Il était vraiment rapide ! Et si, songea-t-elle en réprimant un frisson, il avait vu son vœu exaucé ? Et si quelqu'un l'avait transformé en buveur de sang, aussi impossible que cela parût ?

Elle résolut de poser la question à Amelie à la première occasion.

Les cours s'enchaînèrent toute la matinée. Ils n'étaient pas particulièrement difficiles, même celui de physique avancée, auquel elle s'était inscrite par défi. Elle avait aussi échangé quelques-unes de ses matières les plus rasoir contre un séminaire de mythologie, ou plutôt Amelie avait insisté pour qu'elle le fasse – ça l'intéressait beaucoup, et elle se réjouissait d'avance. Malheureusement, l'exposé du jour ne portait pas sur les vampires mais sur les zombies, le vaudou et leur représentation dans les médias. La semaine suivante, ils regarderaient *La Nuit des morts vivants*. De tous les étudiants, Claire était sans doute celle qui en savait le moins sur les zombies : à l'exception du jeu vidéo préféré de Shane, elle n'avait jamais eu l'occasion de se pencher sur la question. Bien sûr, depuis qu'elle vivait à Morganville, elle avait revu sa définition de l'invraisemblable.

Après avoir considérablement accru ses connaissances en matière de vaudou – pour ce qu'elle en ferait ! –, Claire put profiter d'une pause avant le début des TD. Elle se rendit au bâtiment central, construction tentaculaire qui accueillait une grande salle de travail occupée par de longues tables, ainsi qu'une librairie, une cafétéria qui servait de délicieux sandwiches toastés et salades, et enfin un café correct.

Il n'y avait pas la queue ce jour-là. Claire paya son Mocha, puis se dirigea vers l'extrémité du comptoir pour récupérer sa boisson. Eve la servit. Sa mine resplendissante n'était pas seulement due au soin qu'elle avait apporté à sa tenue et à son maquillage. Une sorte de contentement irradiait d'elle. Ah… Claire se rappela soudain qu'elle avait dû passer une nuit merveilleuse.

Avec un sourire absolument éblouissant, Eve lui tendit sa tasse.

— Tiens, mon petit rat de bibliothèque. Tout va bien ?

— Oui, et toi ?

— Pas mal. Ça a été plutôt calme après la cohue du matin.

— Alors, tu as passé une bonne nuit ? insista Claire.

Elle sentait qu'Eve avait envie de partager son secret… et elle était curieuse.

— Formidable, soupira son amie. J'ai… ouais. Ce mec me plaît depuis que j'ai quatorze ans, tu sais ? Et je n'existais pas pour lui. J'ai assisté à tous ses concerts, du premier au dernier. Je n'aurais jamais pensé… que ça marcherait un jour.

— Et comment était… ?

Claire laissa la fin de sa phrase en suspens afin de permettre à Eve de l'interpréter dans le sens qui l'arrangeait.

— Incroyable, répondit-elle d'un air coquin.

Elles étouffèrent des gloussements, puis Eve se trémoussa derrière le comptoir. Claire ne l'avait jamais vue aussi heureuse.

La réalité rattrapa Claire pourtant et, soudain, elle se souvint de la raison de sa présence. Elle avait l'intuition qu'elle allait faire exploser ce bonheur en plein vol.

Le sourire d'Eve s'évanouit progressivement, comme commandé par un variateur de lumière.

— Claire, tu as ton air inquiet. Qu'est-ce qui ne va pas ?

Celle-ci marqua une hésitation avant de plonger tête la première :

— Je… j'ai vu Jason. Ce matin.

Eve écarquilla les yeux mais ne dit rien. Elle attendait la suite.

— Il va t'appeler. Au sujet de votre père, semble-t-il. Il ne veut pas que tu raccroches.

— Mon père… répéta Eve. Tu es sûre ?

— C'est ce qu'il a dit. J'ai répondu que je ne lui promettais rien.

Tout en avalant une gorgée de son délicieux Mocha, Claire guettait la réaction d'Eve. Son expression demeurait indéchiffrable.

— Il n'a rien essayé contre moi.

— Évidemment, en plein jour dans un quartier animé, lança Eve. Il est siphonné, pas débile.

Elle semblait distante soudain. Et l'éclat sur son visage, dû au bonheur, avait entièrement disparu.

— Je n'ai pas eu de contact avec mes parents depuis mes dix-huit ans.

— Pourquoi ?

— Ils ont essayé de me vendre à Brandon, répliqua-t-elle d'un ton neutre. Comme une bête de foire. Je ne sais pas ce qui pousse Jason à se montrer aussi nostalgique, soudain ; ce n'est pas comme si nous avions de bons souvenirs avec eux.

— Mais ils restent tes parents.

— Ouais, malheureusement. Je vais te raconter l'histoire des Rosser, la première famille nucléaire. Comme dans « bombe nucléaire ». Toxique même lorsqu'elle n'explose pas.

Eve secoua la tête avant de poursuivre :

— Quels que soient les ennuis de mon père, je m'en cogne. Et je ne m'explique pas pourquoi Jason en aurait quelque chose à carrer, lui.

Un autre étudiant, qui avait payé son café, s'approcha et, après lui avoir adressé un sourire absent, Eve prépara sa commande avec une précision mécanique.

— Ce n'est rien, ajouta-t-elle. Et je lui raccrocherai au nez quand il appellera. S'il appelle. Peu importe ce qui se passe.

À l'évidence, Eve était bouleversée, bien plus que ce à quoi Claire s'attendait. Ignorant quoi répondre, celle-ci prit congé et s'installa à une table voisine pour se plonger dans un livre ardu qu'elle avait emprunté à la bibliothèque. Il était tiré de la thèse d'un type, qui n'avait jamais dû être très doué en orthographe.

Ses équations étaient intéressantes, en revanche. Claire les étudiait lorsque la sonnerie de son téléphone portable retentit. Elle ne connaissait pas le numéro, mais l'appel provenait de la ville et ce n'étaient pas ses parents.

— Allô ?

— Claire Danvers ?

— Oui. Qui est à l'appareil ?

— Le docteur Robert Mills. C'est moi qui ai soigné votre ami Shane à l'hôpital.

Une alarme se déclencha aussitôt dans son esprit.

— Il y a un problème avec…

— Non, non, rien de la sorte, s'empressa-t-il de la rassurer. Écoutez, c'est bien vous qui aviez ces cristaux rouges en votre possession ? Ceux qui ont failli tuer la fille du maire ?

Le soulagement momentané que Claire avait éprouvé se consuma aussi vite qu'une feuille de papier à cigarette.

— Oui, rétorqua-t-elle. Je les ai remis à un médecin.

— Justement, je les ai analysés : où vous les êtes-vous procurés ?

— Je… je les ai trouvés.

(Techniquement, c'était vrai.)

— Où ?

— Dans un laboratoire.

— Il faut que vous me montriez ce laboratoire, Claire.

— Je ne crois pas y être autorisée, désolée.

— Écoutez, je comprends, vous cherchez sans doute à protéger quelqu'un, quelqu'un d'important. Mais si ça peut vous aider, j'ai obtenu l'accord du Conseil pour travailler sur ces cristaux et j'ai vraiment besoin d'informations supplémentaires… Je dois savoir qui les a mis au point, comment, quels ingrédients les composent. Je pense pouvoir vous aider.

Amelie appartenait au Conseil des Anciens et elle n'avait pas mentionné de collaboration avec ce médecin.

— Laissez-moi le temps de me renseigner, répondit Claire. Je vous rappellerai quand je saurai ce que je peux vous dire. Désolée.

— Ne tardez pas. J'ai appris que l'objectif était d'accroître leur effet d'au moins cinquante pour cent au cours des deux prochains mois.

Claire cligna des yeux, surprise, puis demanda :

— Vous savez à quoi servent les cristaux ?

Le Dr Mills, qui avait tout l'air d'un type charmant et normal, éclata de rire.

— Si je le sais ? Sans doute pas vraiment. N'oublions pas que nous sommes à Morganville, la ville qui a inventé le concept du secret. Mais j'ai idée que, quelle que soit leur composition, ils n'ont pas été mis au point pour les humains.

Son interlocuteur avait beau être sympathique, Claire ne voulait pas prolonger davantage cette conversation au téléphone. Après s'être excusée en deux mots, elle raccrocha et appela Amelie. Elle avait l'intention de lui laisser un message – auquel, sans doute, la Fondatrice ne donnerait jamais suite.

Celle-ci décrocha malgré tout. Après avoir un peu bredouillé, Claire réussit à l'informer de la requête du Dr Mills.

— J'aurais dû t'en parler hier soir. J'ai décidé d'accéder à ta demande et de te fournir des moyens supplémentaires pour tes recherches sur ce projet. Le Dr Mills est un homme de confiance, car résident de longue date, et il n'émettra pas de jugements de valeur, contrairement à d'autres, qui ne sauraient pas s'abstenir. Il est tout à fait capable de garder nos secrets, condition sine qua non. Tu comprends pourquoi.

Bien sûr qu'elle comprenait. Ces cristaux aidaient les vampires à combattre les effets de la maladie dégénérative dont ils étaient tous atteints, et qui les empêchait de se reproduire. Même si Amelie était la plus puissante de tous, le mal l'avait gagnée elle aussi. Les cas les plus avancés – ceux qui avaient déjà perdu la raison – étaient enfermés dans le sous-sol de Morganville.

Jusqu'à présent, peu de vampires étaient au courant pour la maladie. Une fois que l'information circulerait, il n'y aurait sans doute plus aucun moyen de les empêcher de rejeter la faute sur d'autres. D'innocents humains, sans doute.

Les conséquences seraient tout aussi catastrophiques dans la communauté humaine. Une fois que les hommes auraient appris que les vampires n'étaient pas invincibles, combien continueraient à se montrer coopératifs ? Amelie avait depuis longtemps conclu que cela pourrait conduire à la destruction de Morganville, et Claire partageait son sentiment.

— Mais... il demande à voir le laboratoire de Myrnin.

Myrnin, son mentor, et même parfois son ami, qui, sentant qu'il perdait la raison, s'était enfermé de lui-même dans une cellule. Tantôt lucide, tantôt... dangereux.

— Puis-je l'y emmener ? ajouta Claire.

— Non. Dis-lui que tu lui apporteras ce dont il a besoin à l'hôpital. Je ne veux pas d'autre humain que toi dans ce laboratoire, Claire. Certains secrets doivent être gardés, et je compte sur toi pour y veiller. Le périmètre de ses recherches devra se limiter à peaufiner la composition chimique que vous avez mise au point, afin d'en accroître les effets.

En réalité, ce qu'Amelie lui expliquait de son ton distant, c'était que, si Claire vendait la mèche, elle le paierait de sa vie. Ou pire.

— Oui, répondit-elle faiblement. Je comprends. Au sujet de mes parents…

— Ils ne courent aucun danger particulier.

Ce qui ne revenait pas à dire qu'ils étaient en sûreté.

— Tu ne verras pas M. Bishop dans l'immédiat, reprit Amelie. Si d'aventure tu croises ses deux associés, n'aie crainte : ils sont sous contrôle.

Peut-être selon les critères d'Amelie. Claire, elle, n'était pas parfaitement rassurée.

— Entendu, rétorqua-t-elle sans conviction. S'il arrive quelque chose…

— Parles-en avec Oliver. Étrangement, nos différends me paraissent beaucoup moins graves depuis la visite de mon aïeul. Rien de tel qu'un ennemi commun pour resserrer les liens entre voisins querelleurs.

Après avoir marqué une pause, elle lança :

— Tu vas bien ? Et tes amis ?

Elle faisait la conversation, maintenant ? Claire réprima un frisson.

— Oui, merci.

— Bien, dit Amelie, qui raccrocha presque aussitôt.

— Au revoir quand même, lança Claire dans le vide avant de ranger son téléphone.

Au moment de quitter la cafétéria, elle aperçut Eve, qui s'affairait le regard dans le vide. Elle n'avait pas retrouvé sa mine réjouie, elle semblait même morose. Et effrayée.

« Bon sang ! se reprocha Claire. Pourquoi a-t-il fallu que je lui gâche sa journée ? J'aurais dû envoyer bouler son psychopathe de frère plutôt. »

Elle consulta sa montre, ajusta son sac à dos et partit d'un bon pas vers ses TD.

Elle retrouva le Dr Mills plus tard dans l'après-midi, à l'hôpital, dans son bureau. C'était un type dans la moyenne – en matière de taille, d'âge, et même de couleur de cheveux et d'yeux. Il avait un sourire avenant, qui promettait que tout irait bien. Claire avait beau savoir que c'était une fiction complète, elle ne put s'empêcher de le lui retourner.

— Assieds-toi, Claire, dit-il en la tutoyant aussitôt et en lui indiquant un des deux fauteuils bleus devant son bureau.

Derrière lui, du sol au plafond, des étagères remplies d'ouvrages médicaux de la même collection – seule petite variable, certains étaient plus récents que d'autres. Sur un coin de son bureau s'accumulaient des magazines et des photocopies d'articles, sur un autre une pile instable de dossiers de patients. Une photo encadrée – mais dont Claire, qui n'en voyait que le dos, ignorait si elle représentait sa famille. Il portait une alliance.

Le Dr Mills ne prit pas immédiatement la parole ; il se carra dans son fauteuil en cuir, joignit ses deux mains par le bout des doigts et l'observa un moment. Elle réussit à ne pas se tortiller sur son siège mais ne put s'empêcher de tirer sur le tissu de son jean.

— Je savais que tu étais jeune, finit-il par lâcher, cependant, je dois bien l'avouer, je suis encore plus surpris maintenant. Tu as seize ans ?

— Dix-sept dans quelques semaines, répondit-elle, résignée à avoir cette même conversation avec tous les adultes de la ville.

Il faudrait qu'elle enregistre sa réponse, ça lui éviterait de la répéter chaque fois qu'elle rencontrait une nouvelle personne.

— Bien, d'après les notes qu'Amelie m'a fournies, tu maîtrises très bien ton sujet. Je ne dirigerai donc pas tes recherches, mais te seconderai pour les différentes expériences. Lorsque je verrai une occasion d'apporter ma contribution, je n'hésiterai pas. De toute évidence, nous disposons d'un matériel plus sophistiqué ici, à l'hôpital, qu'à l'endroit où… où tu as mis au point ces cristaux.

Il feuilleta le contenu d'une grande chemise ouverte au milieu de son bureau, et Claire reconnut sa propre écriture, soignée. Il s'agissait de photocopies de ses notes, qu'elle avait confiées à Amelie.

— J'ai pris la liberté de fabriquer une série de cristaux à partir de ta formule chimique. J'ai découvert que si l'on accélère le processus de séchage, en augmentant la température, on peut accroître d'environ vingt pour cent leur efficacité. J'ai également mis au point une version liquide, plus puissante, qui peut être directement injectée dans le sang.

Elle frissonna à cette idée : elle se voyait mal en train de planter une aiguille dans le bras de Myrnin, surtout quand il était en proie à une de ses crises. Devant la réaction de Claire, le médecin ajouta :

— Ce liquide peut être administré grâce à une fléchette, comme lorsqu'on veut anesthésier un animal. Même si je n'emploierais cette analogie devant personne d'autre que toi. Elle risquerait d'être interprétée comme un manque de respect.

Elle réussit à lui répondre par un sourire.

— Ça sera très… commode. Je n'avais pas essayé d'agir sur le processus de séchage, c'est intéressant.

— Et tu n'avais aucune raison de le faire. Je ne l'ai découvert que parce que je disposais d'un temps limité… Notre laboratoire est débordé et je ne voulais pas qu'on me pose des questions sur mes recherches. J'ai demandé à Amelie de nous fournir une salle réservée, à l'université. Ce sera plus pratique pour toi, et moins risqué pour moi. J'y ferai livrer le matériel nécessaire, à moins que je ne le réclame par l'intermédiaire du conseil.

Il pencha la tête et la scruta à nouveau de ses yeux vifs et malicieux. Comme ceux de Myrnin, la folie en moins.

— Quant à ma requête concernant le laboratoire où tu as fabriqué les cristaux…

— Désolée, c'est impossible.

— Peut-être pourrais-tu interroger Amelie…

— Je l'ai fait.

Il soupira.

— Alors quand serai-je autorisé à examiner notre patient ?

— Jamais.

— Claire, ça ne marchera pas si je ne peux pas établir un bilan du malade et mesurer les améliorations au gré des changements de la composition chimique !

Elle comprenait très bien sa position, mais la perspective de le placer lui, le gentil docteur, entre les griffes de Myrnin lui collait des frissons.

— Je reposerai la question, promit-elle en se levant. Je suis désolée, il se fait tard, je dois…

Le Dr Mills jeta un coup d'œil par la fenêtre de son bureau : derrière les stores, le ciel était en train de passer d'une teinte jean délavé à un indigo plus soutenu.

— Bien sûr, vas-y. Voici un échantillon des nouveaux cristaux. Avant de les lui donner, vois si tu peux recueillir quelques informations succinctes… à commencer par un prélèvement sanguin.

— Un prélèvement sanguin, répéta-t-elle.

Il ouvrit un tiroir et en sortit un petit kit médical, scellé, contenant une seringue, des compresses, des lingettes alcoolisées et deux tubes à essai.

— Vous plaisantez, là ?

— Je ne prétends pas que ce sera simple, seulement si tu ne m'autorises pas à t'accompagner…

Elle se sentait capable de bien des choses, mais pas d'immobiliser Myrnin et de lui faire une piqûre. Surtout quand il ne se contrôlait plus. Elle rangea cependant le kit dans son sac à dos.

— Autre chose ?

Il lui remit un pistolet… anesthésiant. Il ouvrit le chargeur pour lui montrer la fléchette.

— Il contient une dose. Je n'ai eu le temps d'en fabriquer que quelques-unes… c'est long à distiller. En voici deux de plus au cas où.

Pendant qu'elle le fourrait dans son sac, avec le kit, il ajouta :

— Je n'ai pas pu procéder à des tests, alors sois prudente. Je pense qu'il sera plus puissant et durera plus longtemps que sous la forme cristalline, cependant les effets secondaires restent l'inconnue.

— Et les cristaux ?

Un peu plus fins que ceux qu'elle avait fabriqués de son côté, ils ressemblaient à de la cassonade. Ils rejoignirent le reste dans son sac.

— Claire, lâcha-t-il au moment où elle hissait son fardeau, as-tu entendu parler d'un nouveau vampire en ville ?

Elle se figea, puis remarqua que la lumière jouait avec le jonc en or, à son poignet… Comme si elle avait besoin qu'on lui rappelle qu'elle avait signé un contrat avec Amelie.

— À part Michael, non. Mais ça n'est pas si récent.

— Il aurait été question d'étrangers.

— Sans doute de fausses rumeurs, répondit-elle en haussant les épaules.

Elle s'empressa de partir avant d'avoir à pousser le mensonge. Cependant, elle ne put s'empêcher de lui jeter un dernier regard : il la salua avec un sourire.

Bien que rongée par la culpabilité, elle n'était pas prête à discuter de tout, même avec quelqu'un jouissant de la recommandation d'Amelie.

— Tu as pensé au steak haché ?

Claire n'avait pas encore eu le temps de poser son sac à dos dans l'entrée qu'Eve se ruait déjà dessus, comme une fée clochette sous caféine, brandissant une cuillère en bois.

— Euh… quoi ?

— La viande hachée. Je t'ai envoyé un texto.

Oups. Claire extirpa son téléphone de sa poche et constata, sans surprise, qu'une petite enveloppe clignotait sur l'écran.

— Je n'avais pas vu, reprit-elle. Désolée.

— Mince, lâcha Eve.

Elle retourna dans le salon en faisant claquer ses Doc Martens sans égard pour le pauvre parquet.

— Michael ! s'écria-t-elle. Devine quoi ? Tu sors faire des courses !

Il était en train de jouer de la guitare – un morceau rapide et compliqué. Il s'interrompait ponctuellement, ce qui ne lui ressemblait pas, et il ignorait Eve, ce qui lui ressemblait encore moins. En pénétrant dans la pièce, Claire le découvrit posté devant la table : entre deux séries d'accords, il inscrivait des notes sur du papier à musique.

En réalité, ce n'était pas tant qu'il ignorait Eve ; il refusait d'obéir.

— Je suis occupé, dit-il, concentré sur ses mesures, avant de rejouer, à plusieurs reprises, la même phrase.

Il secoua la tête sous l'effet de la frustration, puis gomma ce qu'il venait d'écrire.

— Tu n'as qu'à y aller avec Shane, lâcha-t-il.

— Je cuisine ! riposta-t-elle en levant les yeux au ciel. Ah les artistes… Ils s'imaginent que le monde s'arrête de tourner quand ils créent.

— J'y vais, proposa Claire.

Elle n'allait pas négliger une occasion de se retrouver seule avec Shane, même pour quelque chose d'aussi rasoir qu'un saut à l'épicerie.

— D'autant que j'ai un laissez-passer, moi.

Elle brandit son bracelet. Michael s'arracha à sa composition musicale le temps de la dévisager. Puis, après avoir tapé un rythme complexe sur la table, avec son crayon, il conclut :

— Trente minutes. Aller retour. Pas de surprises. Si vous êtes en retard, je viendrai vous chercher, et je peux vous garantir que je ne serai pas de bonne humeur.

— Compris, papa.

Elle regretta aussitôt ses mots – pas tant à cause de la grimace de Michael que parce qu'ils la firent penser à son propre père. Et que l'horloge continuait à tourner : combien de temps encore lui permettrait-il de rester en colocation ?

Shane sortit de la cuisine en se léchant le bout du doigt.

— Qu'est-ce qui se passe ?

— Dis-moi que tu ne viens pas de plonger ta sale paluche dans ma sauce ! rétorqua Eve, qui pointait la cuillère en bois dans sa direction.

Il retira aussitôt son doigt de sa bouche.

— Primo, elle n'est pas sale, je l'avais léchée avant. Secundo… j'ai entendu parler d'une virée à l'épicerie ? Claire ?

— Ouais, je suis prête.

Il récupéra les clés d'Eve sur la console dans l'entrée.

— Alors on est partis.

Shane conduisait bien et il connaissait Morganville comme sa poche. Il faut dire que la ville n'était pas très grande et qu'elle ne comptait qu'un magasin ouvert le soir, une petite épicerie indépendante. Le parking était aussi éclairé qu'un stade de football pendant une rencontre. Il y avait déjà une quinzaine de voitures dessus, appartenant pour moitié à des humains et pour moitié à des vampires. Shane se gara sous un lampadaire.

— Attends, dit-il en voyant Claire la main sur la poignée. On est venus en cinq minutes, il nous en faut cinq autres pour acheter la viande et cinq autres pour rentrer. Ce qui nous en laisse quinze de rab.

Elle sentit les battements de son cœur se précipiter. Shane la dévorait des yeux.

— Alors, qu'est-ce que tu veux faire ? demanda-t-elle du ton le plus détaché possible.

— Discuter.

Ce n'était pas ce qu'elle avait espéré. Pas du tout.

— Je ne peux pas en parler à la maison, ajouta-t-il. Il y a toujours des oreilles qui traînent.

— Celles de Michael ?

Shane haussa les épaules avant de rétorquer :

— Je veux juste dire qu'il n'y a jamais de véritable conversation privée.

Il n'avait pas tort ; et pourtant, elle répondit d'une voix un peu sèche, qui trahissait sa déception :

— Bien sûr, vas-y, je t'écoute.

— Tu as cru… demanda-t-il, les yeux écarquillés.

— Parle, Shane.

Il s'éclaircit la gorge, puis lâcha :

— J'ai fait des recherches sur Bishop.

La conjonction des concepts de « Shane » et de « recherches » constituait un mélange plutôt explosif.

— Où ? s'enquit-elle.

— À la bibliothèque municipale. Dans la réserve. Je connais Janice, la bibliothécaire, elle était amie avec ma mère. Elle m'a fait entrer dans la salle où ils gardent les ouvrages les plus anciens, ceux qui ne sont pas à disposition du public.

— Le rayon des vampires.

— Oui. Bref, j'ai seulement pu trouver la mention d'un Bishop, peut-être pas le même, qui a massacré beaucoup de gens il y a environ cinq cents ans.

— Ça n'a rien de très surprenant…

— Sauf qu'il ne tuait pas des humains. À ce que j'ai pigé, Bishop tuait ses ennemis chez les vampires. Pour diriger le monde. Ensuite il s'est passé un truc et il a disparu.

— Waouh ! Pas étonnant qu'Amelie et Oliver aient flippé.

— S'il s'est planqué tout ce temps et qu'il a la réputation d'éliminer ceux qui se dressent en travers de son chemin, humain ou vampire… ouais, je flipperais moi aussi. Enfin voilà, je voulais te mettre au courant. Ça pourrait avoir son importance.

— Merci.

Il hocha la tête sans la quitter des yeux.

— Il y a autre chose ?

— Ouais, répondit-il avant de se pencher vers elle pour l'embrasser.

Elle sentit d'abord la pression de son corps contre le sien, qui la plaquait contre la portière, puis toutes ses forces la désertèrent, remplacées par un frémissement, une vibration. Les lèvres de Shane, à la fois tièdes et moites, douces et avides, lui arrachèrent un petit gémissement. Il savait exactement où placer ses mains – une sur sa nuque, l'autre au creux de ses reins, pour l'attirer vers lui. Imbriquer leurs corps.

C'était si agréable, comme nager en plein soleil. Après avoir emmêlé ses doigts dans ses cheveux en bataille, Claire les laissa courir le long de son dos. L'espace d'une seconde, elle se surprit à imaginer ce qui se passerait s'ils le faisaient ici, maintenant, dans la voiture d'Eve. Leur étreinte sembla se prolonger indéfiniment, une éternité plaisante de chaleur…

La main de Shane glissa sur l'épaule de Claire, le long de sa clavicule, puis descendit encore. À nouveau, un petit cri échappa à celle-ci, une invitation à prolonger ce contact, lorsqu'il effleura du bout des doigts la lisière de son soutien-gorge et s'aventura plus bas…

Il brisa leur étreinte avec un soupir, avant de presser sa joue contre celle de Claire. Quand le souffle de Shane lui caressa l'oreille, un frisson la parcourut. Si près… ils étaient si près…

— On ferait mieux… d'aller dans l'épicerie, dit-il.

Il déployait beaucoup d'efforts pour se maîtriser, mais ça ne marchait pas du tout et, lorsqu'il se cala dans son fauteuil, Claire ne vit que l'ardeur qui consumait son regard ainsi que ses lèvres rougies. Des lèvres qui réclamaient qu'on les embrasse. Elle réalisa soudain qu'elle devait renvoyer la même image. Le même désir brut.

— Tu as raison, lâcha-t-elle d'une voix tout aussi tremblante.

Elle se demandait si elle pourrait marcher : son corps entier lui donnait l'impression d'être en caoutchouc, en particulier ses genoux. Elle prit plusieurs inspirations profondes, mais s'arrêta dès qu'elle remarqua le regard de Shane, qui suivait le mouvement de sa poitrine.

— On devrait aller faire ces courses, ajouta-t-elle.

— Non, rétorqua Shane en consultant sa montre. On va devoir récupérer la viande, jeter l'argent au caissier et rouler sans respecter aucune des limitations de vitesse jusqu'à la maison si on ne veut pas que Michael nous envoie l'unité d'intervention spéciale.

Cette pensée les dégrisa sur-le-champ, suffisamment en tout cas pour les pousser hors de la voiture. Ils rejoignirent l'épicerie main dans la main. À l'intérieur, les lumières leur parurent trop vives et l'atmosphère trop glaciale. Des allées entières d'emballages aux couleurs criardes. Quelques clients avec des chariots – certains d'entre eux devaient être des vampires, même si Claire ne parvenait pas toujours à les identifier d'un simple coup d'œil. La plupart d'entre eux se fondaient de mieux en mieux dans la masse. La jeune femme rousse, d'une vingtaine d'années, avec une longue liste de courses ? Ou la dame âgée qui avait installé un petit chien ridicule sur le siège enfant du chariot ? En revanche, le père accompagné de deux enfants en bas âge, à l'air éreinté, n'en était pas un – ça, elle en était sûre et certaine.

Claire n'avait pas vraiment le temps d'approfondir son examen. Shane lui lâcha la main en indiquant – quelle surprise ! – l'allée des biscuits apéritifs, et elle se dirigea vers le rayon boucherie. En matière de viande hachée, la seule question à se poser concernait la quantité (détail qu'Eve avait bien entendu omis de préciser). Claire se décida pour deux paquets.

La chanson diffusée par les haut-parleurs était un tube sirupeux des années 1970, qui parlait de printemps et de soleil. Claire s'amusait de l'ironie des paroles lorsqu'elle contourna le présentoir installé à l'entrée de l'allée où Shane était. Elle l'aperçut soudain, plaqué contre les rayonnages, une femme serrée contre lui.

Il s'agissait de la femme vampire qui accompagnait Bishop. Elle portait un jean moulant, une chemisette marron ajustée et une veste en cuir noir. Des bottines noires à boucles. Elle était féminine et dangereuse à la fois. Ses cheveux sombres tombaient en cascades volumineuses et brillantes sur ses épaules, sa peau avait l'éclat de la porcelaine fine, rehaussée d'une touche de rose aux joues.

Ses yeux étaient plongés dans ceux de Shane. Il était en train d'écraser un paquet de chips, ce qui, de toute évidence, lui échappait complètement. La femme se pencha vers lui et lui huma le cou. Il ferma les yeux, demeurant parfaitement immobile.

— Mmmmm, lâcha-t-elle de sa voix douce et traînante. L'odeur du désir. Je la sens partout sur ta peau. Mon pauvre petit… Pourquoi tant de frustration ? Je pourrais t'aider à assouvir tes envies, tu sais ?

— Laissez-moi tranquille, riposta Shane sans soulever les paupières.

Le vampire abattit sa main sur les rayonnages, à quelques millimètres de la tête de celui-ci. La structure métallique vacilla sur sa base sans tomber néanmoins.

— Pas d'impolitesse, Shane Collins. Oui, je connais ton nom. Tu as fait des recherches sur nous, alors j'ai mené mon enquête, de mon côté. Tu as des ennuis avec ton père, non ? Je comprends. Moi aussi. Je suis prête à partager avec toi mon expérience sur le sujet. Ça me ferait plaisir de raconter mes soucis à un homme fort.

La colère la déserta aussi subitement qu'elle s'était emparée d'elle, la laissant redevenir la petite chatte aguicheuse dont ils avaient fait la connaissance chez eux. Du bout des doigts, elle effleura le torse de Shane…

— Je vous ai dit de me lâcher, insista-t-il en ouvrant les yeux afin de soutenir son regard. Je ne suis pas intéressé, sangsue.

— Je m'appelle Ysandre, chéri. Ni sangsue, ni buveuse de sang, ni aucun autre petit sobriquet auquel tu pourrais penser. Et si tu veux survivre à ma visite dans ce dépotoir qui vous sert de ville, tu apprendras à utiliser mon nom, Shane.

Ses lèvres pâles s'ourlèrent en un sourire, puis elle conclut :

— Ou si tu tiens à ce que d'autres personnes y survivent. Maintenant, soyons amis.

Elle se pencha pour effleurer ses lèvres des siennes ; Claire vit Shane réprimer un frisson avant de se figer complètement. Ysandre partit d'un éclat de rire en s'écartant et attrapa un paquet de chips au passage.

— Mmmm… fit-elle. Tu diras à ta copine que j'aime beaucoup le goût de son gloss.

Shane et Claire restèrent pétrifiés jusqu'à ce que le vampire eût disparu au détour de l'allée ; alors elle se rua sur lui. Lorsqu'elle lui posa une main sur le bras, il flancha légèrement.

— Ne me touchez pas.

Il avait la voix cassée et la veine de son cou palpitait.

— Je ne veux pas… reprit-il.

— Shane… c'est moi, Claire…

Il se cramponna à elle comme un homme en train de se noyer se raccroche à un radeau, et la serra si fort qu'il lui coupa la respiration. Il abandonna ensuite sa tête sur son épaule, et elle sentit le poids de celle-ci. La chaleur moite et enfiévrée de son front sur son cou. Il fut parcouru d'un frisson, un seul, mais qui suffit pour que Claire mesure son malaise.

— Mon Dieu, murmura-t-elle en lui caressant les cheveux, que la sueur lui avait collés dans la nuque. Qu'est-ce qu'elle t'a fait ?

Il secoua la tête sans la soulever. Il ne pouvait pas répondre, ou s'y refusait. Sa poitrine se soulevait au rythme de sa respiration haletante ; au bout d'une longue minute, il commença à se détendre, à se libérer de la tension qui l'étreignait.

Quand il s'écarta, Claire espérait pouvoir étudier son expression, pourtant il se détourna si vite qu'elle n'aperçut qu'un visage flou – des yeux blessés au milieu d'un masque crispé et pâle. Il considéra le paquet de chips qu'il tenait à la main et le laissa tomber par terre avant de s'éloigner.

Après l'avoir remis dans le rayon, Claire se lança à ses trousses. Il ne s'arrêta pas aux caisses. Elle donna le compte exact au caissier impatient, empoigna le sac en plastique et se précipita dehors, dans l'obscurité trouée par la lumière vive des lampadaires.

Shane, qui avait déjà déverrouillé les portières, s'engouffra derrière le volant. Elle était encore à une dizaine de pas de la voiture quand il fit rugir le moteur. Elle vit les feux arrière s'embraser dès qu'il enclencha la boîte de vitesses.

L'espace d'une seconde, la panique gagna Claire : elle crut qu'il allait démarrer en trombe et la planter là, dans la nuit. Il l'attendit, pourtant. Quand elle monta, il n'esquissa pas le moindre geste.

— Ça va ? lui demanda-t-elle.

Il ne lui accorda pas un seul regard.

Enfonçant la pédale d'accélérateur, il laissa des traces de pneus en quittant le parking.

4.

Shane monta directement dans sa chambre et ne redescendit pas manger le dîner qu'Eve avait préparé – des spaghettis sauce bolognaise, avec très peu d'ail par égard pour le vampire qui partageait leur table. C'était sans doute délicieux, seulement Claire avait perdu tout appétit. Elle ne parvenait pas à détacher son esprit du masque froid et impassible qui avait remplacé le visage habituel de Shane, ainsi que de la panique dans son regard. Elle ne comprenait pas ce qui s'était passé, et elle savait qu'il ne voulait pas répondre à cette question. Pas dans l'immédiat.

— Alors ? demanda Eve en enroulant des spaghettis autour de sa fourchette sans quitter Claire des yeux. Ça te plaît ?

— Oh… tes pâtes sont délicieuses, rétorqua-t-elle avec un enthousiasme si forcé qu'il ne trompa personne. Je suis désolée, ajouta-t-elle avec un soupir. C'est juste que…

— Le tragédien en chef ? suggéra son amie en pointant un doigt vers le plafond.

Claire vit une ombre traverser les prunelles bleues de Michael lorsqu'il releva la tête pour lâcher :

— Tu ne sais pas tout, Eve. Laisse tomber.

— Excuse-moi, mais ce mec pourrait se couper avec une feuille de papier et faire passer ça pour une blessure mortelle…

— Je t'ai dit de laisser tomber.

Le ton de Michael, plus cassant cette fois, avait quelque chose d'impérieux. Eve cessa d'entortiller ses spaghettis et l'observa à travers ses paupières plissées.

— Résumons un peu la situation, dit-elle après avoir posé délicatement sa fourchette sur sa serviette. Monsieur est trop occupé à composer pour aller à l'épicerie. Ensuite, Shane pique sa crise et monte s'enfermer là-haut histoire de bouder tout seul dans son coin. Et maintenant tu me donnes des ordres comme si je t'appartenais. On est victimes d'une attaque de testostérone, ou quoi ?

— Eve.

— Je n'ai pas terminé. Si tu t'imagines qu'avoir une paire de crocs fait de toi le patron ici, tu te fourres le doigt dans l'œil. Jusqu'au coude.

— Eve…

Michael se pencha vers elle et Claire retint son souffle. Ses yeux avaient changé, ses mouvements étaient trop vifs, et ses dents trop blanches, trop éclatantes.

Eve repoussa sa chaise, ramassa son assiette creuse et disparut dans la cuisine sans un regard en arrière.

— Bordel, qu'est-ce qui se passe ? lança Michael en se prenant la tête à deux mains.

Claire tenta de déglutir ; elle avait un goût métallique dans la bouche, comme si elle avait rongé sa fourchette au lieu de manger ses pâtes. Elle avait froid, elle avait… besoin d'agir.

Elle empila son assiette et celle de Michael.

— Je vais faire la vaisselle, dit-elle.

Il referma ses doigts autour de son poignet. Elle n'osa pas lever les yeux vers lui, de peur de voir ses pupilles dilatées d'aussi près qu'Eve.

— Je suis incapable de vous faire du mal. Dis-moi que tu le sais, Claire.

Il avait besoin d'être rassuré.

— Bien sûr. C'est juste que… Michael, tu n'as pas encore pris la mesure de ta nouvelle nature. Des changements qui se produisent en toi. Eve a peur de te montrer nos faiblesses. Et je ne peux pas lui donner tort.

Michael la scrutait comme s'il la voyait pour la première fois. Comme si elle venait de muter sous ses yeux, de passer du statut d'enfant à celui d'égal en un clin d'œil. Elle avait la gorge nouée : ce regard l'intimidait, et cependant ce n'était pas le vampire en lui qui l'observait, c'était Michael. Le Michael qu'elle admirait et appréciait.

— Non, finit-il par dire doucement. Je ne lui donne pas tort, moi non plus.

Il effleura la joue de Claire avant d'ajouter :

— Qu'est-il arrivé à Shane ?

— Tu ne crois pas comme Eve qu'il fait un caprice ?

Michael ne lui avait jamais paru aussi sérieux.

— Non, dit-il. Et je pense qu'il a besoin d'aide. Même s'il ne l'acceptera pas de ma part dans l'immédiat.

— Je ne suis pas certaine qu'il voudra de la mienne non plus.

En lui prenant les assiettes des mains, il rétorqua :

— Ne te sous-estime pas.

À l'exception de la faible lueur des lampadaires dans la rue, la chambre de Shane était plongée dans l'obscurité. Lorsque Claire poussa la porte, la lumière du couloir découpa une bande jaune dans le noir, éclairant un pied et le bout d'une jambe : il était allongé sur le lit. Elle referma derrière elle et régula sa respiration, avant de s'asseoir à côté de lui.

Il resta parfaitement immobile. Une fois habituée à la pénombre, elle constata qu'il avait les yeux ouverts. Et rivés au plafond.

— Tu veux en parler ? lui demanda-t-elle.

Aucune réponse. À peine un battement de cils.

— Elle a réussi à t'atteindre, je me trompe ?

Durant quelques secondes qui lui parurent interminables, elle eut l'impression qu'il continuerait à l'ignorer, toutefois il lâcha :

— Ils réussissent à entrer dans ta tête, quand ils sont très forts. Ils parviennent à te faire éprouver… des choses. Vouloir ce dont tu n'as pas réellement envie. Agir contre ta volonté. La plupart ne se donnent pas cette peine, seulement ceux qui exercent ce pouvoir… ils sont les pires.

Claire tendit la main dans le noir, et celle de Shane la rejoignit à mi-chemin : elle était glaciale mais se réchauffa à son contact.

— Je n'éprouve aucun désir pour elle, Claire, pourtant elle a pu me convaincre du contraire. Tu comprends ?

— Ça n'a aucune importance.

— Si, bien sûr. Maintenant qu'elle l'a fait une fois, elle n'aura aucune difficulté à recommencer. Ce sera même plus facile.

Il lui serra les doigts, si fort qu'elle en tressaillit.

— N'essaie pas de l'arrêter, poursuivit-il. Ou moi, le cas échéant. Je dois régler ça tout seul.

— Régler ça comment ?

— Par n'importe quel moyen, répondit-il avant de se retourner. Tu trembles.

Vraiment ? Elle ne l'avait pas réalisé, mais la chambre était froide, très froide, et emplie de désespoir. Shane apportait la seule étincelle d'espoir. Elle s'allongea face à lui. Trop près, sans doute, au goût de son père, même s'ils ne faisaient rien de plus que se tenir la main.

Shane récupéra une couverture à l'autre extrémité du lit et la posa sur eux deux. Celle-ci était imprégnée de son odeur, celle de sa peau et de ses cheveux, et Claire sentit une vague de chaleur l'envahir quand elle la respira.

Elle se colla contre lui, en partie pour se réchauffer et en partie… parce qu'elle avait besoin de le toucher.

Leurs deux corps s'emboîtèrent parfaitement, leurs doigts entremêlés se replièrent. Ils auraient très bien pu s'embrasser à cette distance, cependant ils n'en firent rien… C'était un genre d'intimité inédit pour Claire, cette proximité toute simple. Shane dégagea sa main pour lui écarter quelques mèches de cheveux des yeux. Puis il suivit le contour de ses lèvres légèrement entrouvertes.

— Tu es belle. La première fois que je t'ai vue, j'ai pensé… que tu étais trop jeune pour être seule ici, dans cette ville.

— Plus maintenant ?

— Tu t'en sors mieux que la plupart d'entre nous. Mais si j'avais les moyens de te faire partir, je n'hésiterais pas.

Il avait un sourire fragile, triste.

— Je veux que tu vives, Claire. J'ai besoin de savoir que tu vas vivre.

— Je ne m'inquiète pas pour moi, répondit-elle en caressant les cheveux qui tombaient sur le front de Shane.

— Comme toujours. C'est bien ce que j'essaie de te dire : moi, je m'inquiète. Et pas seulement à cause des vampires, à cause de Jason aussi. Il est toujours dans le coin, et… Et puis il y a moi, aussi. Tes parents ont peut-être raison. Je ne suis sans doute pas le meilleur…

Elle fit glisser ses doigts pour les poser sur ses lèvres, ses lèvres si douces.

— Rien ne réussira à me faire douter de toi, Shane, rien. Même pas toi.

Il éclata de rire dans le noir.

— C'est bien le problème !

— Voilà pourquoi je vais rester ici. Cette nuit.

Shane inspira profondément avant de dire :

— On garde nos vêtements.

— La plupart.

— Tu sais, tes parents ont raison à mon sujet.

— Non, soupira Claire. Personne ne te connaît vraiment. Ni mon père, ni même Michael. Le mystère Shane est trop grand…

Il l'embrassa pour la première fois depuis qu'elle l'avait rejoint dans sa chambre, un baiser tendre sur le front.

— Tu parles, on peut lire en moi comme dans un livre ouvert.

— J'adore les livres, rétorqua-t-elle en souriant.

— Ça nous fait quelque chose en commun !

— Je retire mes chaussures.

— Va pour les chaussures.

— Et mon jean.

— Ne pousse pas, Claire.

Elle se réveilla avec un sentiment de paix absolu. Encore plongée dans les brumes du sommeil, elle mit une bonne seconde à comprendre que la chaleur délicieuse qui irradiait dans son dos provenait de l'autre personne avec elle dans le lit. Shane.

Elle retint sa respiration. Dormait-il encore ? Apparemment, puisque son souffle lent et régulier lui caressait la nuque. Cet instant avait quelque chose de délicieux, c'était un plaisir coupable dont elle se souviendrait longtemps. Elle referma les paupières et tenta de se souvenir de tout, du torse nu de Shane contre son dos, la chaleur de leurs peaux douces en contact. Au terme d'une longue négociation, elle avait obtenu qu'ils retirent leurs tee-shirts – elle portait un caraco à bretelles dessous. Il avait insisté pour qu'ils gardent leurs pantalons, en revanche. Elle n'avait pas précisé qu'elle avait ôté son soutien-gorge, même si elle savait qu'il le remarquerait immédiatement.

Une petite voix lui avait soufflé : « Danger, Claire, ça risque d'aller trop loin. Tu n'es pas prête. » Et pourquoi ? Pourquoi, hein ? Parce qu'elle n'avait pas encore dix-sept ans ? Est-ce qu'un nombre avait autant de pouvoir ? Qui devait décider du bon moment à part elle ?

Shane poussa un soupir dans son sommeil – un profond soupir de contentement qui fit vibrer la moindre parcelle du corps de Claire. Il suffirait qu'elle se retourne et l'embrasse pour réussir à le convaincre de…

La main de Shane reposait sur sa taille, dans le creux juste au-dessus de ses hanches, abandonnée là… Grâce à elle, Claire sut à quel moment précis il se réveilla : celle-ci se tendit, pesant moins lourd tout à coup. Il ne la retira pas pourtant.

Elle sentait le contour des doigts sur sa peau.

Elle demeura parfaitement immobile, contrôlant le rythme de sa respiration. La main de Shane remonta en effleurant à peine le buste de Claire, puis il s'écarta et s'assit au bord du lit, en direction de la fenêtre. Elle roula vers lui en serrant la couverture sur ses épaules.

— Bonjour, dit-elle d'une voix encore ralentie par le sommeil.

Elle aperçut un bout de son visage lorsqu'il se tourna vers elle. Le soleil baignait sa peau d'une lumière chaude, on aurait cru qu'elle avait été saupoudrée d'or.

— Bonjour, répondit-il avec un mouvement de tête. On a été… débiles.

De toute évidence, Claire et lui n'étaient pas sur la même longueur d'onde. Pas du tout. La vision qu'il lui offrit en se levant lui coupa le souffle : son jean tombait bas sur ses hanches et dévoilait les lignes sinueuses des muscles et des os de ses reins, la suppliant de les toucher…

— Salle de bains, grommela-t-il avant de disparaître presque aussi vite qu'un vampire.

Claire se redressa pour l'attendre, puis, constatant qu'il ne revenait pas, rassembla ses affaires. Le soutien-gorge, agrafé. Dessus son caraco, sage et réservé, bien qu'un peu froissé. Elle n'avait pas quitté son jean. Elle était encore en train d'essayer de discipliner ses cheveux coiffés en pétard quand elle reconnut le pas retentissant d'Eve, qui passait devant la chambre de Shane en direction… de la sienne.

Oh, non…

— Claire ? lança celle-ci en cognant à la porte.

En silence, la jeune fille sortit dans le couloir, puis, après s'être composé la mine la plus innocente possible, et s'être assuré qu'elle s'était assez éloignée du terrain miné, elle rétorqua :

— Qu'est-ce qu'il y a ?

Eve, qui avait poussé la porte pour jeter un œil dans la chambre, fit volte-face si vite qu'elle faillit perdre l'équilibre. Elle était en mode ultra-gothique ce jour-là – robe violet foncé à têtes de mort, collants à rayures noires et blanches, ras-de-cou avec crâne. Ses cheveux relevés en une queue-de-cheval formaient une pointe inquiétante, quant au maquillage, il consistait en l'habituelle association poudre de riz et noir charbonneux, sans oublier un rouge à lèvres bordeaux.

— D'où viens-tu ? demanda Eve d'un air soupçonneux.

D'un geste vague, Claire indiqua l'escalier.

— J'en viens, repartit son amie.

— J'étais aux toilettes.

Eve se renfrogna mais, au lieu d'insister, elle expliqua :

— C'est Michael. Il est parti.

— Travailler ?

— Non, parti parti. Au milieu de la nuit, sans me dire où il allait. Et il n'est pas rentré. J'ai vérifié… il ne se trouve pas au magasin de musique. Je me fais du souci, surtout…

Le cours des pensées d'Eve prit soudain une tout autre direction et elle s'écria, les yeux écarquillés :

— Oh, mon Dieu ! Je rêve ou tu portes les mêmes fringues qu'hier ? Je ne pourrai plus regarder tes parents en face si tu as découché !

— Non, non, ce n'est pas du tout ce que tu t'imagines…

Claire sentit qu'elle s'empourprait du cou aux oreilles.

— On… reprit-elle. On a juste discuté, on s'est endormis et… je te jure, on n'a pas… euh…

— Ouais, j'espère bien que tu n'as pas fait « euh », parce que si c'était le cas… Ce serait très mal, conclut Eve en se démenant pour retenir un sourire.

— Je sais, je sais. Mais il ne s'est rien passé et il ne se passera rien avant…

« Avant que je réussisse à la convaincre que je suis prête. »

— Bref, reprit-elle, au sujet de Michael, comment veux-tu procéder ?

— Aller poser des questions. Au Starbucks d'abord, même si je déteste cet endroit. Sam y sera sans doute, et sinon on pourra toujours lui laisser un message. J'ai entendu dire qu'il avait refait surface.

Il s'agissait du grand-père de Michael… un vampire. Il avait failli trouver la mort dans une agression et l'intervention d'Amelie avait été nécessaire pour le sauver. Cet incident l'avait affaibli cependant, et Claire se réjouissait d'apprendre qu'il allait mieux : à son sens, Sam était l'un des vampires les plus fiables.

— Alors ? lança Eve. On y va ou pas ?

Shane n'étant toujours pas sorti de la salle de bains, elle répondit à contrecœur :

— Donne-moi cinq minutes.

Elle pouvait tirer un trait sur la douche chaude ou les vêtements propres – tout était au sale, à part peut-être une dernière paire de dessous cachée au fond d'un tiroir...

Un coup frappé à la porte d'entrée. Autoritaire et pressant. Il était encore tôt et les chances de recevoir une visite à l'improviste plus que restreintes. Claire enfila le moins froissé des deux tee-shirts mettables qui lui restaient ainsi qu'une culotte propre avant de se glisser dans son jean et de débouler dans le couloir. Eve, qui avait une longueur d'avance sur elle, descendait déjà l'escalier lorsqu'elle dépassa la salle de bains. Shane sortit la tête.

— Qu'est-ce qu'il y a ? demanda-t-il.

— Aucune idée ! répondit-elle en se précipitant à la suite de son amie.

Sur le seuil, un facteur lui avait remis une enveloppe contre signature. Quand Eve la retourna, Claire lut sans aucune difficulté le nom du destinataire tracé d'une belle écriture à l'ancienne. Il y avait même une petite arabesque enluminée dessous. Sur le rabat de l'enveloppe, d'un épais papier couleur crème, un sceau doré représentant un bouclier.

Eve la porta à ses narines et haussa les sourcils.

— Ça sent le parfum de luxe.

Elle éventa Claire avec, et celle-ci respira aussitôt les effluves musqués et capiteux, porteurs de promesses et de danger.

Shane les rejoignit, pieds nus, avec pour seul vêtement son jean, et une serviette passée autour du cou. Il ralentit en voyant qu'elles l'observaient toutes les deux.

— Quoi ?

— Monsieur Shane Collins, répondit Eve en brandissant l'enveloppe.

L'air soucieux, il la lui prit des mains, puis l'ouvrit. À l'intérieur se trouvait une carte du même papier luxueux, comportant des lettres noires imprimées en relief. Après les avoir fixées un long moment, Shane rangea la carte dans l'enveloppe et remit le tout à Eve.

— Brûle-la, dit-il avant de remonter.

Comme Eve avait ressorti la carte sans une seconde d'hésitation, Claire se sentit moins coupable en lisant par-dessus son épaule.

Votre présence est requise au bal masqué donné en l'honneur de Maître Bishop, samedi vingt octobre, dans la salle de réception du conseil des Anciens, aux douze coups de minuit.

Cette invitation a été sollicitée par Maîtresse Ysandre, que vous accompagnerez donc, selon son bon plaisir.

— C'est qui, cette Ysandre ? s'enquit Eve.

Claire était trop obnubilée par la signification des derniers mots pour lui répondre.

Elles repérèrent Sam Glass au Starbucks, assis autour d'une table avec deux autres personnes que Claire n'avait jamais vues, mais avec lesquelles Eve échangea un signe de tête. Des humains, ainsi que l'indiquaient les bracelets à leur poignet, qui prirent congé et cédèrent leur places aux deux amies.

Sam ressemblait beaucoup à Michael – en un peu plus vieux, avec un menton légèrement plus large. Et ses cheveux étaient roux contrairement à ceux de Michael d'un blond doré. Hormis ces détails, ils avaient la même taille et la même carrure. Ce qui avait d'ailleurs failli coûter la vie à Sam, lorsqu'il avait été victime d'une attaque visant en réalité son petit-fils. Il ne s'en était pas encore entièrement remis ; ses traits tirés le trahissaient. Cependant, il les accueillit avec un sourire sincère.

— Mesdames, dit-il, quel plaisir de vous voir. Eve, je n'imaginais pas te revoir un jour ici. En tout cas, pas de ton plein gré.

— Crois-moi, si je ne te cherchais pas, je n'y aurais jamais mis les pieds, riposta-t-elle en tambourinant nerveusement sur le plateau abîmé avec ses ongles violet. Sais-tu où se trouve Michael ?

— Il n'est pas au travail ? rétorqua-t-il en haussant les sourcils.

— Il s'est barré la nuit dernière sans dire où il allait. On ne l'a pas revu depuis, et il n'est pas à la boutique. Tu aurais une idée ?

— Pas vraiment, répondit Sam en se calant dans son siège. Il a pris sa voiture ?

— Apparemment oui, pourquoi ?

— Le GPS. Toutes nos voitures sont équipées d'un traceur.

— Bon à savoir, surtout si je décide de me lancer dans le trafic de bagnoles... Alors, qui détient le super matos d'agent secret permettant de le repérer et comment je peux mettre la main dessus ?

— C'est moi qui vais m'en charger.

— Bientôt ?

— Dès que possible.

— Mais je dois le retrouver ! Et si...

Eve se pencha vers lui et abaissa sa voix à un murmure avant de poursuivre :

— Et si quelqu'un le retenait prisonnier ?

— Qui ?

— Bishop !

Sam fit les yeux ronds et plusieurs têtes se tournèrent vers leur table – sans doute des vampires, songea Claire. Eux seuls pouvaient connaître ce nom, au moins de réputation. Et eux seuls étaient capables de distinguer un chuchotement dans le brouhaha d'un café.

— Chut ! souffla Sam. Ne t'en mêle pas, Eve. Vous devez tous rester en dehors de ça. Ce sont nos affaires.

— Ce sont aussi les nôtres. Ce type est venu chez nous. Il nous a menacés. Tu ne peux pas te renseigner tout de suite ? Autrement, je te préviens, j'appelle le FBI et je leur annonce qu'une bande de terroristes se planque ici.

— Tu n'oserais pas...

— Sans hésitation. Ça me ferait même plaisir. Et je leur suggérerais d'apporter des bancs solaires et d'organiser leurs interrogatoires à midi, en plein air.

— Eve…

Elle abattit son poing sur la table ; le bruit, pareil à celui d'une détonation, attira tous les regards.

— Je ne plaisante pas, Sam !

— Si, bien sûr, rétorqua-t-il d'un ton volontairement calme. Parce que si tu étais sérieuse, tu serais en train de proférer une menace à l'encontre des gens qui contrôlent ton prochain battement de cœur, ce qui constituerait une très grosse erreur. Maintenant, dis-moi que tu me laisses m'en occuper.

Sans ciller, Eve lança :

— C'est à cause de Bishop ? Que fait-il ici ? Pourquoi avez-vous si peur de lui ?

Sam se leva ; son expression était froide et distante. Une expression qui rappela à Claire qu'il restait, avant tout, un vampire.

— Rentrez, dit-il. Je trouverai Michael. Je doute qu'il ait des ennuis et je doute que ça ait un quelconque rapport avec Bishop.

Eve se leva à son tour et, pour la première fois, Claire vit en elle une adulte – elle se positionnait en égale face à Sam.

— J'espère pour toi que tu as raison, répondit-elle avec sang-froid. Parce que s'il arrive quoi que ce soit à Michael, je ne resterai pas les bras croisés. Et ce ne sont pas des paroles en l'air.

Elles quittèrent le café sous l'œil de Sam, et de tous les autres clients. Certains semblaient inquiets, d'autres contents. Et d'autres en colère. Mais personne ne les ignora. Personne. Ce qui était… déstabilisant.

Sans décrocher un mot, Eve monta en voiture et mit le contact. Claire finit par se hasarder à poser une question :

— On va où ?

— À la maison. Je laisse à Sam une chance de tenir parole.

Autrement dit, Eve allait faire les cent pas jusqu'à trouer le parquet. Et Claire n'avait pas la moindre idée du moyen de l'aider. Enfin, après tout les amis étaient là pour ça, non ? S'empêcher mutuellement de commettre une imprudence.

Elles étaient rentrées depuis très exactement une heure lorsque le téléphone de la cuisine retentit. Shane s'était installé juste à côté – il avait pris cette place de peur qu'Eve continue à décrocher le combiné pour vérifier la tonalité toutes les deux secondes – et répondit dès la première sonnerie.

— Allô ?

Claire le vit se crisper de la tête aux pieds.

— Va te faire voir, cracha-t-il avant de raccrocher.

Les mâchoires de Claire et d'Eve se décrochèrent aussitôt.

— Bordel ! bredouilla Eve en bondissant sur le téléphone et en pressant frénétiquement les touches.

— Étoile soixante-neuf, suggéra Claire. Shane… qui était-ce ?

Muré dans le silence, il croisa les bras. Eve composa le numéro en question.

— Ça sonne, dit-elle.

À son tour, elle se pétrifia, puis se laissa tomber sur une chaise.

— Tu n'aurais pas dû, commenta Shane.

Eve ferma les yeux, ses épaules s'affaissèrent.

— Ouais, je suis là, lâcha-t-elle d'une voix tendue. Qu'est-ce que tu veux, Jason ?

Claire rencontra le regard de Shane et il dut s'étonner de ne pas lire plus de surprise dans le sien, parce qu'il se renfrogna.

— Tu l'as vu ? s'enquit-il.

Après avoir hésité, Claire opta pour la vérité, même si c'était loin d'être la voie la plus pacifique :

— Oui. Je l'ai croisé hier matin en allant à la fac. Il m'a dit qu'il voulait parler à Eve.

Oh, ce regard qu'il lui lançait… Un regard qui aurait fait fondre de l'acier.

— Et tu as oublié de mentionner ta conversation avec le serial killer du coin ? Trop mignon, Claire. Et très malin.

— Je n'ai pas oublié. Simplement, je… laisse tomber.

Elle se sentait incapable d'expliquer que Jason lui avait paru sincère, surtout à Shane, qui, la dernière fois qu'il avait vu ce cinglé, s'était pris un coup de couteau dans le ventre.

— Je suis désolée. J'aurais dû t'en parler.

Eve leur fit signe de se taire et serra le combiné contre son oreille, comme pour mieux entendre.

— Il a dit quoi ? Tu n'es pas sérieux. Tu ne peux pas être sérieux.

Apparemment, il l'était pourtant. Eve l'écouta quelques secondes supplémentaires avant de lâcher :

— Dans ce cas, d'accord. Non, je ne sais pas. Peut-être. Salut.

Quand elle eut reposé le combiné sur son socle, elle ne put en détacher les yeux.

— Eve ? Que se passe-t-il ? s'enquit Claire.

— Mon père. Il… il est malade. Ils l'ont emmené à l'hôpital. Ils ne pensent pas… ils ne pensent pas qu'il va s'en tirer. C'est son foie.

— Ah, murmura Claire en lui serrant la main droite. Je suis désolée.

Eve avait les doigts froids et inertes.

— Ouais, enfin… il l'a bien cherché, tu sais. Mon père a toujours été un sale alcoolo qui… Disons que Jason et moi n'avons pas eu une super enfance.

Elle plongea ses yeux dans ceux de Shane avant d'ajouter :

— Tu en sais quelque chose…

Il acquiesça en lui prenant la main gauche.

— Nos vieux aimaient bien s'en jeter un petit de temps à autre, expliqua-t-il. Mais le père d'Eve était pire. Bien pire.

Ayant fait la connaissance de M. Collins, Claire avait beaucoup de mal à se représenter une chose pareille.

— Combien de temps… ? demanda-t-elle.

— D'après Jason, un ou deux jours. Pas longtemps.

Ses yeux étaient embués de larmes qui ne roulaient pas sur ses joues.

— Ce salopard… lâcha-t-elle. Qu'est-ce qu'il attend de moi de toute façon ? Que j'accoure à son chevet et le regarde mourir ?

Shane ne répondit rien. Il ne releva même pas la tête. Claire, qui ignorait comment réagir dans ce genre de situation, l'imita. Eve leur serra soudain la main, de toutes ses forces.

— Il m'a jetée dehors, reprit-elle. Il m'a dit que, puisque je refusais de me laisser mordre par Brandon, il n'avait plus de fille. Alors il peut bien crever, je m'en tape.

« Bien sûr que non », aurait voulu rétorquer Claire, qui en était incapable, cependant. Eve cherchait seulement à s'en convaincre. Moins de trente secondes plus tard, elle secoua la tête et les larmes débordèrent, laissant de grandes traînées sombres sur son visage pâle.

— Je t'accompagnerai, proposa Shane. Comme ça, tu ne te sentiras pas obligée de rester si tu n'en as pas envie.

Eve semblait avoir du mal à reprendre son souffle.

— J'aurais aimé que… Michael…

Claire se rappela soudain qu'ils n'avaient pas eu de nouvelles de Sam.

— Je vais rester ici, dit-elle. Je vous appellerai dès que Sam se sera manifesté. Et je dirai à Michael de vous rejoindre là-bas, d'accord ?

— D'accord, répondit Eve d'une voix faible. J'ai… j'ai besoin de mon sac, je crois.

Pendant qu'elle ralliait le salon en se frottant les yeux, Shane et Claire échangèrent un regard. Elle se demanda quels souvenirs cela faisait remonter à la surface pour lui – souvenirs de son père, de sa mère et de sa sœur, mortes toutes deux, souvenirs d'une famille qu'il n'avait plus vraiment. « Le mystère Shane est trop grand » lui avait-elle dit, et ça n'avait jamais été aussi vrai.

— Prends soin d'elle, lui lança-t-elle. Et appelez-moi si vous avez besoin de quoi que ce soit.

Il déposa un baiser sur ses lèvres et, quelques instants plus tard, elle entendit la porte d'entrée claquer. Les verrous cliqueter. Elle patienta à côté du téléphone. Rarement elle s'était sentie aussi seule.

Il sonna au bout de dix minutes.

— Il rentre, décréta Sam, qui raccrocha sans plus d'explication.

La mâchoire serrée, Claire patienta encore.

Au bout de vingt minutes supplémentaires, elle entendit la voiture de Michael et la porte du garage. Il traversa la faible distance séparant celui-ci de la cuisine en trois enjambées rapides, abrité sous un parapluie noir qu'il gardait toujours sous la main. Malgré tout, quand il pénétra dans la pièce, un faible relent de brûlé l'accompagnait et il tremblait.

Ses yeux étaient vides, épuisés.

— Michael ? Tout va bien ?

— Oui. Il faut juste que je me repose.

— Je… Où étais-tu ? Que s'est-il passé ?

— Avec Amelie, répondit-il en se frictionnant le visage. Ça bouge pas mal en ce moment. J'aurais dû vous laisser un mot, je suis désolé. J'essaierai de vous mettre dans la boucle la prochaine fois…

— Eve est à l'hôpital. Son père va mourir.

Michael se redressa lentement.

— Quoi ?

— C'est son foie, à cause de sa consommation excessive d'alcool je suppose. Bref, le pronostic n'est pas bon. Shane et elle sont partis le voir.

Claire le scruta pendant quelques secondes avant d'ajouter :

— Je lui ai promis de l'appeler à ton retour. Si tu ne veux pas y aller…

— Non. Non, j'y vais. Elle a besoin… Elle a besoin d'être entourée de gens qui l'aiment. Ça va être dur pour elle de se retrouver face à ses parents.

— Oui. Elle semblait bouleversée.

Évidemment qu'elle était bouleversée. Elle n'avait rien de plus débile à dire ?

— Je crois que ça lui ferait du bien que tu sois là, reprit-elle.

— Je serai là… Et toi ? Ça t'embête de rester seule ici ?

Claire jeta un coup d'œil à l'horloge murale.

— Tu pourrais me déposer quelque part ?

— Où ?

— Je dois voir Myrnin. Désolée, mais j'ai promis.

Non que la visite au vampire frappadingue qui lui servait de mentor promette d'être plus plaisante qu'un tour à l'hôpital.

5.

Quelqu'un avait aménagé la cellule de Myrnin, et ce n'était pas Claire. Voilà pourquoi, lorsqu'elle pénétra dans la prison, où les vampires les plus malades et les plus dérangés de Morganvilles se trouvaient confinés, elle fut surprise d'apercevoir l'éclat d'une ampoule électrique à l'autre bout… en provenance de son cachot. À mesure qu'elle s'approchait, elle remarqua d'autres détails. De la musique. Un air classique s'élevait doucement d'une chaîne stéréo placée à l'extérieur, près des barreaux. À côté, une télé, éteinte pour le moment.

Le sol de la cellule, autrefois aussi dépouillée que celle d'un moine, était recouvert d'un tapis d'Orient luxueux. La paillasse étroite avait été troquée contre un lit beaucoup plus confortable. Et, dans chaque coin, des livres s'empilaient jusqu'à hauteur de taille.

Myrnin était allongé sur son lit, les bras croisés sur son abdomen. Il semblait tout à la fois jeune – autant que Michael – et, pour une raison indéfinissable, vieux. Ses longs cheveux noirs et bouclés lui tombaient dans la nuque de manière on ne peut plus démodée. Il portait une robe de chambre en soie bleue ornée de dragons, propre et pimpante.

Quelqu'un lui avait rendu visite, et Claire en éprouva de la culpabilité – elle l'avait délaissé. Sans ouvrir les yeux, il lança :

— Bonjour, Claire.

— Salut.

Elle resta en retrait le temps de l'observer. Il avait peut-être l'air calme, mais elle savait qu'il était tout sauf prévisible.

— Comment allez-vous ? demanda-t-elle.

— Je m'ennuie, répondit-il dans un éclat de rire. Je m'ennuie, je m'ennuie, je m'ennuie. Je n'avais pas idée qu'une cellule pouvait ressembler à ce point à une prison.

Il souleva ses paupières, révélant des pupilles immenses et qui brillaient d'une lueur si intense qu'un frisson remonta le long de la colonne vertébrale de Claire.

— M'as-tu apporté quelque chose à manger ? Un mets juteux ?

Il n'était décidément pas dans son état normal. Elle détestait le voir ainsi, cruel et indolent, prêt à dire ou faire n'importe quoi. Comme si le Myrnin qu'elle appréciait s'était… envolé, n'abandonnant qu'une coquille noire.

Il quitta son lit d'un mouvement aussi fluide et silencieux que celui d'un reptile. Agrippant les barreaux de ses doigts blancs et puissants, il fouilla le visage de Claire avec les deux trous noirs qui avaient remplacé ses yeux.

— Ma douce Claire, murmura-t-il, si courageuse de venir ici. Approche donc. Il le faut si tu veux m'aider.

Son sourire découvrit ses dents et, même s'il gardait ses crocs rétractés, Claire sentit le souffle du prédateur sur son cou.

— J'ai de nouveaux cristaux, dit-elle en posant son sac à dos par terre.

Elle en sortit un flacon – Dieu merci il était en plastique, elle pouvait donc le lancer sans crainte de le casser. Elle le fit rouler entre les barreaux et il s'arrêta contre le pied de Myrnin.

— Vous devez les prendre, insista-t-elle.

Il ne se donna même pas la peine de les ramasser.

— Je ne suis pas certain d'apprécier le ton que tu emploies. Je n'ai aucun ordre à recevoir de toi, esclave. Tu es celle qui me doit obéissance.

— Je ne suis pas votre esclave.

— Ma propriété si tu préfères.

Sans perdre de temps, Claire récupéra le pistolet que le Dr Mills lui avait fourni et tira sur Myrnin.

Sous l'impact, il vacilla en arrière, les yeux fixés sur son ventre, puis effleura les fibres jaunes qui ornaient l'extrémité de la seringue.

— Sale petite garce… cracha-t-il avant de s'asseoir sur son lit.

Ses yeux roulèrent en arrière lorsque la substance commença à agir, ensuite il s'écroula de tout son long.

— Je suis peut-être une garce, mais je ne vous appartiens pas, rétorqua Claire sans bouger, le temps de recharger le pistolet.

Elle vit les muscles du vampire se contracter en frémissant et se détendre.

— Myrnin ? hasarda-t-elle.

Il cligna des paupières et elle put constater que ses pupilles retrouvaient progressivement leur taille normale.

— Claire ? demanda-t-il en arrachant la seringue. Aïe !

Après l'avoir examinée avec attention, il la posa à l'écart et ajouta :

— Voilà qui était intéressant.

Il avait l'air d'avoir retrouvé une partie de sa raison, en tout cas.

— Comment vous sentez-vous ?

— Blessé ? l'interrogea-t-il en effleurant la petite plaie qui se refermait déjà. Honteux ?

Son regard glissa jusqu'à elle.

— J'ai la sensation de m'être… mal conduit.

— Je viens juste d'arriver, rétorqua Claire pour éluder la question. Hé ! Qui vous a acheté tout ça ?

Il promena un regard perplexe autour de lui :

— Je… en toute honnêteté, je n'en ai aucune certitude. Il me semble qu'il pourrait bien s'agir d'une des créatures d'Amelie. J'ai fait preuve de cruauté avec toi à l'instant, non ?

— Un peu, convint-elle. Cela dit, je vous ai tiré dessus.

— Ah, oui. À ce propos, as-tu visé le ventre pour une raison particulière ? Plutôt que la poitrine ?

— Il y a moins d'os. Et puis j'avais les mains qui tremblaient. Comment allez-vous maintenant ?

— Mieux, soupira-t-il en s'asseyant. Ne me fais pas confiance pour autant. Nous ignorons combien de temps ça durera, n'est-ce pas ?

— En effet.

Elle posa le pistolet et s'approcha des barreaux. À une distance raisonnable néanmoins.

— Le produit se présente sous une nouvelle forme ? Liquide ?

Elle opina du chef.

— Il est plus puissant, mais je ne sais pas s'il fera effet aussi longtemps. Votre corps l'éliminera peut-être plus vite, nous devons être prudents.

— Lance le chronomètre, dit-il avant de baisser les yeux sur sa tenue et de partir d'un rire contenu. Ma part d'ombre a de meilleurs goûts vestimentaires que moi.

Tout en défaisant la ceinture de sa robe de chambre, il se dirigea vers la console sur laquelle se trouvait une pile de vêtements soigneusement pliés. Il hésita, les sourcils dressés.

— Si ça ne t'embête pas, Claire…

— Oh, pardon ! dit-elle en pivotant sur ses talons.

Elle n'aimait pas lui tourner le dos, même avec la porte de la cellule fermée. Il se tenait mieux quand il se savait surveillé. Elle se concentra sur son petit reflet déformé dans l'écran de la télévision. Elle ne distinguait pas grand-chose, à l'exception de sa pâleur extrême. Une fois qu'elle fut certaine qu'il avait enfilé son pantalon, elle l'observa par-dessus son épaule. Il était de dos et elle ne put s'empêcher de le comparer avec le seul autre homme qu'elle avait jamais vu à demi nu. Shane était solidement charpenté, fort et vigoureux. En comparaison, Myrnin semblait frêle, mais ses muscles, nettement dessinés sous sa peau claire, étaient bien plus puissants que ceux de Shane.

Il se retourna pour boutonner sa chemise.

— Il y avait une éternité qu'une jolie fille ne m'avait pas considéré avec autant d'intérêt.

Elle baissa les yeux, sentant le rouge lui monter aux joues.

— Ce n'est rien, Claire, je ne suis pas offensé.

Elle s'éclaircit la gorge avant de demander :

— Vous remarquez des effets secondaires avec cette nouvelle formule ?

— Une sensation de chaleur. Très plaisante, ajouta-t-il avec un sourire.

— Vous avez trop chaud ?

— Aucune idée. Je n'ai rien éprouvé de tel depuis si longtemps que je ne suis pas sûr d'être capable de faire la différence.

Il enroula ses doigts autour des barreaux, sans les serrer.

— Combien de temps comptes-tu attendre ? s'enquit-il.

— Jusqu'à ce que les effets commencent à s'estomper, histoire d'avoir une première estimation du temps de liberté que nous pourrons vous octroyer. Sans prendre de risque.

— Et tu garderas en permanence ton pistolet sous la main, n'est-ce pas ?

Il s'adossa contre les barreaux avec élégance et décontraction. Son regard conservait un soupçon d'éclat inquiétant.

— De quoi allons-nous parler dans ce cas ? Comment avancent tes études, Claire ?

— Bof, vous savez…

— C'est bien ce que je craignais, le niveau de ces cours est trop faible pour toi.

Elle hésita avant de lancer :

— Nous avons des visiteurs en ville.

Cette information ne parut guère éveiller la curiosité de Myrnin.

— Des visiteurs ? Ce sont déjà les fêtes ? Je ne comprendrai jamais pourquoi Amelie se plie à ces traditions humaines, jamais…

— Des vampires.

Cette fois, elle réussit à capter son attention. Il la dévisagea en silence puis demanda, d'une voix de gorge :

— Qui, nom de Dieu ?

Il resserra les doigts sur les barreaux, les comprimant si fort qu'elle craignit que ses os cèdent. Ou l'acier.

— Qui ? insista-t-il.

Elle ne s'était pas attendue à cette réaction.

— Un certain Bishop. Il prétend être le père d'Amelie…

Le visage de Myrnin devint aussi immobile et blanc qu'un masque de plâtre.

— Bishop… Bishop est… ici. Non. Impossible.

Il prit une profonde inspiration – alors que, contrairement aux humains, il n'avait pas besoin d'oxygène –, puis expira lentement. Ses mains se détendirent.

— Tu as employé le pluriel. Des visiteurs.

— Il est accompagné de deux vampires. Ysandre et François.

Myrnin cracha des paroles incompréhensibles entre ses dents.

— Je les connais tous deux, ajouta-t-il. Que s'est-il passé depuis son arrivée ? Qu'en dit Amelie ?

— Que nous ne devions pas nous en mêler. Sam et Oliver nous ont ordonné la même chose.

— Y a-t-il eu une annonce publique ? Compte-t-elle organiser une fête officielle ?

— Shane a reçu une invitation pour une sorte de bal. Elle précise qu'il doit s'y rendre en tant que cavalier d'Ysandre.

— Doux Jésus ! Elle va donc lui reconnaître du pouvoir. Elle donne ce bal en son honneur.

— Que voulez-vous dire ?

Myrnin secoua soudain les barreaux.

— Laisse-moi sortir. Immédiatement !

La gorge serrée, Claire rétorqua :

— Je… je ne peux pas. Je suis désolée. Vous connaissez les règles, Myrnin. Aujourd'hui, nous testons une nouvelle formule et vous devez rester…

— Immédiatement ! cria-t-il tandis que son regard s'embrasait. Tu n'as pas la moindre idée de ce qui se trame ! Nous ne pouvons pas nous permettre d'être prudents !

— Alors expliquez-moi ce qui se passe ! S'il vous plaît ! Je veux vous aider !

Réussissant à se contrôler, Myrnin abandonna les barreaux pour aller s'asseoir sur son lit.

— Très bien, installe-toi, je vais essayer de te résumer la situation.

Claire récupéra une chaise en acier industrielle – souvenir de l'époque où cette prison était une usine – et l'approcha de la cellule.

— Parlez-moi de Bishop, dit-elle.

— L'as-tu rencontré ?

Elle répondit d'un mouvement de tête.

— Alors tu sais déjà tout ce qu'il y a à savoir. Il n'est pas comme les autres vampires que tu as croisés ici, Claire, pas même les pires d'entre nous. Amelie et moi, nous sommes des prédateurs modernes, des tigres dans une jungle. Bishop, lui, provient d'une époque beaucoup plus dure et violente. Je le comparerais à un tyrannosaure rex, plutôt.

— Mais il est vraiment le père d'Amelie ?

Myrnin opina du chef.

— C'était un seigneur de la guerre. Un meurtrier de masse, à une échelle qui te semblerait inconcevable. Je… je l'ai cru mort, il y a de nombreuses années. Son retour ici, aujourd'hui… est une très mauvaise chose, Claire. Très mauvaise.

— Pourquoi ? Enfin, puisqu'il est le père d'Amelie, il veut peut-être seulement la voir…

— Il n'est pas là pour évoquer leurs bons souvenirs communs. Selon toute vraisemblance il vient se venger.

— De vous ?

Il secoua lentement la tête avant de répondre :

— Je n'ai pas essayé de le tuer, moi.

Claire en eut le souffle coupé.

— Vous voulez dire… Amelie ? Non… impossible. Pas son propre père.

— Garde tes questions pour toi, petite, ça vaut mieux. Tu as juste besoin de savoir qu'il a des raisons de haïr Amelie. Des raisons de venir ici dans le but de détruire tout ce qu'elle a œuvré à bâtir.

— Mais… elle tente de sauver les vampires. D'enrayer l'évolution de la maladie. Il doit le comprendre, il ne peut pas…

— Tu es à des lieues d'imaginer ce qu'il veut ou ce dont il est capable.

Il se pencha en avant, les coudes en appui sur les genoux – il était la gravité incarnée.

— Bishop vient d'un temps, reprit-il, où les concepts de coopération et de sacrifice n'avaient pas cours chez les vampires. Il n'a que mépris pour eux. On pourrait dire que c'est un méchant de la vieille école, et que seul son propre pouvoir lui importe. Il ne tolérera pas qu'Amelie exerce le sien.

— Qu'allons-nous faire alors ?

— D'abord, tu vas ouvrir ma cage. Amelie a besoin de ses amis.

Claire refusa. Plusieurs minutes s'étaient écoulées, et l'état de Myrnin semblait stable, mais elle devait suivre les règles.

— Claire…

Elle leva les yeux vers lui : le visage calme et grave, il paraissait parfaitement maître de lui-même. C'était un Myrnin qu'elle voyait rarement, moins charmant que la version hystérique, moins terrifiant que celle colérique. Un être équilibré.

— Ne te laisse pas entraîner dans ce conflit, Claire. Les humains n'existent pas aux yeux de Bishop, sauf en tant que pions, ou aliment.

— Je pensais qu'il en allait de même pour la plupart d'entre vous.

Il ouvrit grand les yeux et sourit.

— Tu n'as pas tort. Notre espèce souffre en effet d'une absence… d'empathie, répondit-il. Mais au moins nous essayons. Bishop et ses amis, eux, ne s'en donneront même pas la peine.

Le principe actif était beaucoup, beaucoup plus efficace : Myrnin conserva toute sa raison pendant quatre bonnes heures, ce qui le réjouit presque autant que Claire. Cependant, dès les premiers signes de fatigue, de confusion et d'irritation, Claire arrêta le chronomètre, prit des notes, puis vérifia la pièce réfrigérée, au centre de la prison. Elle avait sans doute été construite pour servir de garde-manger, dans le restaurant de l'usine, démonté depuis longtemps ; à présent ce gigantesque frigo évoquait davantage une morgue en acier inoxydable.

Quelqu'un avait négligé de vérifier le stock de sang à l'intérieur. Claire déposa un mot en récupérant les dernières poches. Elle en jeta quelques-unes à Myrnin et ne resta pas pour le regarder s'en repaître. C'était un spectacle qui lui soulevait toujours le cœur.

La plupart des autres vampires, esclaves de leurs instincts les plus animaux, n'étaient pas en état de discuter. Elle remplit un chariot avec le restant des poches afin de les distribuer. Certains des prisonniers se contrôlaient encore assez pour la remercier d'un signe de tête muet ; d'autres, en revanche, la fixaient avec des yeux fous et vides, ne voyant en elle qu'une immense poche de sang sur pattes.

Ça lui collait carrément les miquettes, mais elle ne supportait pas de les voir dépérir. La personne chargée de les nourrir et de nettoyer les cellules ne faisait apparemment pas du très bon travail.

Quand Claire eut terminé, l'après-midi touchait à sa fin. Elle se plaça devant le mur de la prison et se concentra pour faire apparaître le portail qui la ramènerait dans le laboratoire de Myrnin. L'ouverture qui se matérialisa semblait occultée par un voile scintillant. Fatiguée et préoccupée par les révélations que le vampire lui avait faites au sujet de Bishop, elle envisagea d'utiliser un passage pour rentrer directement chez Michael… seulement elle n'aimait pas s'en servir, car ça la vidait de ses forces. Et elle n'avait aucune envie d'avoir à expliquer aux autres pourquoi elle surgissait soudain d'un mur.

— Ce qui signifie que je vais rentrer à pied, lança-t-elle tout haut.

Elle gravit l'escalier menant à la bicoque délabrée et de guingois qui dissimulait l'entrée du laboratoire, puis déboucha dans la ruelle juste derrière la maison de Katherine Day. Celle-ci, construite par la Fondatrice, était également une réplique parfaite de la résidence Glass – seule la couleur des encadrements différait, ainsi que les rideaux aux fenêtres. Katherine Day possédait une balancelle sur laquelle elle aimait se prélasser avec un verre de limonade, un œil sur les passants. Pas aujourd'hui, pourtant. Le siège vide grinçait sous l'effet d'une légère brise fraîche.

Le soleil donnait toujours autant, même si les températures chutaient régulièrement, de jour en jour. Lorsqu'elle déboucha du labyrinthe de rues tortueuses pour s'engager dans West Lot Street, Claire était en nage.

Sa transpiration se glaça quand elle aperçut une voiture de police garée devant la maison. Elle s'élança, ouvrit à la volée le portillon blanc et gravit les marches du perron deux à deux. La porte était verrouillée. Elle se débattit avec son sac pour y trouver les clés et, une fois à l'intérieur, elle suivit les voix qui retentissaient à l'autre extrémité du couloir.

Assis sur le canapé, Shane avait ce qu'Eve aimait appeler son « air de je-m'en-foutiste ». Il soutenait le regard de Richard Morrell, planté juste devant lui. Le contraste était frappant : on aurait dit que Shane avait oublié qu'il possédait une brosse à cheveux, ses vêtements étaient froissés à force d'avoir séjourné trop longtemps dans le panier à linge sale, et il était si avachi sur les coussins que c'était comme s'il avait écrit sur le front : « tire-au-flanc ».

Difficile de croire que, plus tôt dans la journée, il s'était montré aussi prévenant et réceptif à la douleur d'Eve.

Richard Morrell, de son côté, incarnait la réussite : tiré à quatre épingles dans son uniforme bleu marine sans le moindre faux pli, il n'avait pas un cheveu qui dépassait. L'arme à sa ceinture paraissait tout aussi bien entretenue.

Shane et lui fixèrent Claire. Elle se sentait collante de sueur, décoiffée et paniquée.

— Qu'est-ce qui est arrivé ?

— L'officier Morrell est venu me rappeler que j'avais oublié des rendez-vous, répondit Shane.

Son regard était sombre et froid, comme lorsqu'il se préparait à en venir aux mains.

— Et j'étais justement en train de lui dire, reprit-il, que j'allais m'arranger pour trouver du temps.

— Tu as des mois de retard, riposta Richard. Estime-toi heureux d'avoir affaire à moi et pas à quelqu'un de moins sympathique. Écoute, je sais que tu n'aimes pas ça, et personne ne te demande d'apprécier. En revanche, ce qu'on te demande, c'est de ramener tes fesses au centre sanguin.

Shane ne bougea pas.

— Tu comptes m'y obliger, Richard ?

— Je ne comprends pas, lâcha Claire. De quoi parlez-vous ?

— Shane ne paie pas ses impôts.

— Ses impôts ?

Les pièces du puzzle se mirent en place d'un seul coup : le sang qu'elle venait de distribuer aux vampires voraces et hagards. Évidemment.

— Le don de sang, ajouta-t-elle.

Shane brandit son poignet, ceint du bracelet de l'hôpital avec la croix rouge.

— Personne ne pourra me toucher avant quinze jours, désolé.

Richard ne fit pas le moindre geste. Il ne cilla même pas.

— Non, je suis désolé, ça ne marche pas. Cette dérogation te protège contre toute attaque. Elle ne t'empêche pas de t'acquitter de ton devoir civique.

— Mon devoir civique, railla Shane, c'est ça. Si tu le dis, mec. Tu peux y aller, tu as fait ton boulot de messager. Va épingler des criminels ou je ne sais quoi. Peut-être ta sœur… elle l'a sans doute mérité aujourd'hui, puisque c'est un jour qui se finit en « i ».

— Shane, intervint Claire d'une voix suppliante. Où est Eve ?

— À l'hôpital. Je les ai laissés, Michael et elle. C'est plutôt rude, mais elle tient le choc. Je suis rentré m'assurer que tu allais bien.

— Je vais bien, dit-elle même si plus personne ne l'écoutait.

Richard et Shane s'affrontaient à nouveau du regard. Un vrai concours de testostérone.

— Tu refuses donc de m'accompagner au centre sanguin, reprit le premier. C'est bien ce que je dois comprendre.

— Grosso modo, Richard.

L'officier glissa une main dans son dos et décrocha la paire de menottes argentées fixée à sa ceinture. Shane continuait à rester immobile.

— Debout, lui intima le policier. Allez, mon gars, tu connais la chanson. Tu passes cinq minutes une aiguille dans le bras ou tu atterris directement en prison.

— Je ne me laisserai pas bouffer par un vampire, même à distance.

— Y compris Michael ? Parce que quand les stocks sont bas, les vampires les plus jeunes ne sont pas les premiers servis. Ton pote sera le dernier à recevoir du sang. Alors ton attitude ne réussira qu'à blesser tes proches.

Shane serra ses poings tremblants avant de les rouvrir. Il coula un regard à Claire, et elle lut le mélange de rage et de honte dans ses yeux. Il détestait cette situation. Il détestait les vampires et aurait voulu détester Michael aussi, sans y parvenir pour autant.

— S'il te plaît, murmura-t-elle. Obtempère, Shane. J'irai aussi.

— Tu n'y es pas obligée, rétorqua Richard. Les étudiants sont dispensés.

— Mais je peux me porter volontaire, non ?

— Aucune idée, répondit-il avec un geste d'indifférence.

Claire se tourna vers Shane.

— Alors on ira ensemble.

— Dans tes rêves ! lança Shane en croisant les bras. Vas-y, passe-moi les menottes. Je parie que tu meurs d'envie de te servir de ton nouveau Taser.

Claire lâcha son sac à dos et vint se planter sous son nez.

— Ça suffit ! On n'a pas de temps à perdre avec ces bêtises et ce n'est vraiment pas le moment d'atterrir en prison, O.K. ?

Il plongea son regard sur elle si longtemps qu'elle craignit qu'il lui dise de s'occuper de ses oignons… Pourtant, il finit par hocher la tête avec un soupir. Elle s'écarta pour qu'il puisse se lever. Tendant ses bras vers Richard Morrell, il fit :

— Apparemment, vous m'avez eu, monsieur l'agent. Ne me brusquez pas.

— La ferme, Shane. Inutile de rendre les choses plus compliquées.

Claire s'attarda un instant, hésitant à leur emboîter le pas : Richard ne semblait pas du tout s'intéresser à elle. Il parlait dans la radio accrochée à son épaule, donnant des instructions codées. Ce qui ne rassura pas Claire : pourquoi employer un langage aussi complexe dans une ville aussi petite que Morganville, hormis pour évoquer quelque chose de vraiment monstrueux ?

Pendant qu'elle verrouillait la porte, elle vit une grande caravane noire tourner à l'angle de leur rue – si étincelante qu'on aurait dit un requin. Une croix rouge ornait l'avant et, sur les flancs, sous ses vitres teintées, en lettres rouges, s'étalait l'inscription suivante : COLLECTE-MOBILE DE MORGANVILLE. Et dessous, en grandes anglaises : « Sans rendez-vous. »

Shane se figea aussitôt.

— Non, je refuse de faire ça.

Richard dut le traîner au pied des marches du perron.

— C'est ça ou le centre sanguin. Tu connais l'alternative. J'essayais juste de te faciliter la vie.

La gorge serrée, Claire dévala l'escalier à son tour. Elle alla se placer en travers du chemin de Shane et soutint son regard. Elle y lut de la colère, de la peur et autre chose qu'elle ne parvenait ni à définir ni à expliquer.

— Où est le problème ? demanda-t-elle.

— Les gens grimpent dans ce foutu camion et n'en ressortent pas, riposta-t-il froidement. Je refuse de le faire. Ils te ficellent sur une table, Claire. Et personne ne voit ce qu'ils trafiquent derrière ces vitres.

Elle eut un haut-le-corps en imaginant la scène. Le visage du policier restait impassible.

— Richard ?

Il n'appréciait pas qu'elle s'en mêle, elle en était consciente.

— Je ne peux pas vous donner mon avis, répondit-il enfin, mais il devra y passer, d'une façon ou d'une autre.

— Et si vous nous conduisiez tous les deux au centre, plutôt.

Après y avoir réfléchi un instant, il hocha la tête. Il grommela quelques instructions dans sa radio, puis le moteur de la caravane reprit son doux ronronnement et s'éloigna, à la recherche d'une nouvelle victime. Ils la suivirent tous trois des yeux jusqu'à ce qu'elle disparaisse.

— La vache, je déteste ce machin, lâcha Shane d'une voix légèrement tremblante.

À la surprise de Claire, Richard répondit :

— Moi aussi. En voiture, maintenant.

6.

Le centre était encore ouvert alors que la nuit commençait déjà à tomber. Lorsque Richard gara son véhicule de patrouille le long du trottoir, deux personnes que Claire connaissait de vue en sortirent puis, après s'être saluées, s'éloignèrent dans des directions opposées.

— Tout le monde vient ici ? demanda-t-elle.

— Tous ceux qui n'utilisent pas la collecte-mobile, répondit Richard. Chaque humain doit donner une certaine quantité de sang par an. Elle va en priorité à leur Protecteur, et le reste à ceux qui en ont besoin. Les vampires qui ne reçoivent aucun don direct.

— Comme Michael, remarqua Claire.

— Oui, c'est notre dernière cause humanitaire, lança Richard avant de descendre et de leur ouvrir la portière, à Shane et elle.

Elle descendit la première. Après avoir hésité assez longtemps pour inquiéter Claire, Shane la suivit. Les mains enfoncées dans les poches, il examina l'énorme croix rouge lumineuse qui coiffait la porte. Le centre sanguin n'était peut-être pas très hospitalier, néanmoins il restait bien moins terrifiant que la collecte-mobile. D'abord, il disposait de vastes fenêtres offrant une vue dégagée sur une grande pièce propre. Des posters encadrés sur les murs – le genre qu'on trouvait dans n'importe quelle ville – énuméraient les avantages du don de sang.

— Est-ce qu'une partie est utilisée pour les autres humains ? s'enquit Claire.

Richard, qui tenait la porte à Shane, haussa les épaules.

— Demande à ton petit copain. Ils ont vidé plusieurs poches pour lui après son agression, il me semble... Bien sûr que les humains en profitent également. C'est aussi notre ville.

— Tu te fourres le doigt dans l'œil si tu crois vraiment ce que tu viens de dire, ironisa Shane en s'engouffrant dans le bâtiment.

Claire le suivit et repéra aussitôt le changement d'atmosphère – il ne s'agissait pas uniquement de la qualité de l'air, plus frais et plus sec. Un sentiment de désespoir, à peine contenu, flottait dans le hall. Elle pensa aussitôt aux salles d'attente des hôpitaux, impersonnelles et vibrant de peurs, grandes comme petites. Toutefois, il fallait reconnaître à l'endroit sa propreté, son éclairage généreux et ses sièges confortables.

D'ailleurs, la femme d'un certain âge, à l'air maternel, derrière le comptoir en bois de l'accueil, leur adressa un sourire lumineux et avenant.

— Quel plaisir de vous voir, officier Morrell !

— Rose, répondit-il en la gratifiant d'un signe de tête. Je vous amène un resquilleur.

— C'est ce que je vois. Shane Collins, n'est-ce pas ? Oh, mon chéri, j'ai été désolée d'apprendre la nouvelle pour ta mère. La vie a déjà été trop cruelle avec toi.

Elle ne s'était pas départie de son sourire, mais il se faisait plus discret, plus respectueux.

— On peut te prélever deux fois cinq cents millilitres aujourd'hui ? demanda-t-elle. Histoire de rattraper une partie de tes arriérés ?

Shane opina du chef, la mâchoire serrée, les paupières plissées sur ses yeux brillants. Il s'efforçait de se contenir. Claire entrecroisa ses doigts avec les siens, maintenus dans son dos par les menottes.

— Tu te souviens de moi, n'est-ce pas ? poursuivit Rose. J'ai connu ta mère. On jouait au bridge ensemble.

— Je me souviens, réussit-il à lâcher d'une voix rauque.

Richard haussa les sourcils et obtint une réponse tout aussi perplexe de Rose. Il entraîna Shane vers un siège – ils étaient tous vides. Plusieurs personnes avaient quitté le bâtiment, aucune n'était entrée.

Le centre avait un grand avantage par rapport à la plupart des autres salles d'attente : les magazines qu'il proposait étaient à la page. Claire dégota un exemplaire flambant neuf de *Cosmo*. Shane, lui, droit comme un I, ne quittait pas des yeux la porte en bois à l'extrémité de la pièce. Et Richard Morrell entretenait une conversation amicale et décontractée avec Rose à l'accueil. Claire se demanda s'il venait ici pour donner son sang ou s'il faisait appel à la collecte-mobile. Peu importait sans doute : les vampires ne commettraient jamais l'imprudence de s'en prendre à lui – il était le fils du maire en plus d'être un officier de police respecté. Non, Richard Morrell courait sans doute moins de danger que la plupart des autres citoyens de Morganville. Protection ou pas.

Pas difficile dans ces conditions d'être détendu.

La porte en bois s'ouvrit, livrant passage à une infirmière. Elle portait une blouse chirurgicale à motif floral et la coiffe assortie. Comme Rose, son sourire était doux et rassurant.

— Shane Collins ?

Il prit une profonde inspiration avant de se hisser sur ses pieds. Richard s'approcha pour lui ôter ses menottes.

— Tiens-toi bien, Shane, lui enjoignit-il. Crois-moi, tu n'as aucune envie de chercher les ennuis ici.

Le jeune homme acquiesça d'un mouvement de tête raide. Après avoir jeté un regard dans la direction de Claire, il reporta son attention sur l'infirmière qui patientait. Il la rejoignit d'un pas délibérément lent.

— Je peux l'accompagner ? demanda Claire.

Étonné, Richard rétorqua :

— Ils ne lui feront aucun mal, tu sais. Ça se déroule comme n'importe quel don de sang. Ils te plantent une aiguille dans le bras et te remettent une balle en mousse. À la fin, un jus d'orange et des biscuits t'attendent.

— Alors je peux donner le mien ?

Il consulta Rose du regard.

— Quel âge as-tu, ma petite ?

— J'ai presque dix-sept ans, je ne suis pas une gamine.

— Les citoyens de moins de dix-huit ans n'ont aucune obligation de le faire.

— Mais existe-t-il une loi l'interdisant ?

Elle cligna des paupières, ouvrit la bouche pour répondre puis se ravisa. Elle sortit d'un tiroir un petit livre intitulé *Le Don de sang à Morganville : conditions et règlement*. Après avoir feuilleté plusieurs pages, elle considéra Richard d'un air impuissant.

— Je ne trouve rien ici. Je n'ai jamais vu personne se porter volontaire. Bien sûr, nous envoyons la collecte-mobile à l'université de temps à autre, cependant…

— Formidable, l'interrompit Claire. J'aimerais donc donner cinq cents millilitres, s'il vous plaît.

Le ton de Rose se fit aussitôt professionnel.

— Remplis ce formulaire, lança-t-elle en posant une feuille et un crayon sur le comptoir.

Dire que Shane fut surpris de la voir aurait été l'euphémisme de l'année.

Dire qu'il fut content aurait été un mensonge.

Comme elle s'installait sur la table d'examen à côté de lui, il souffla :

— Qu'est-ce qui te prend, bordel ? Tu es cinglée, ou quoi ?

— Je donne mon sang. Rien ne m'y force, mais ça ne me dérange pas.

Du moins, elle le pensait. C'était sa première fois, et le tube rouge qui sortait du bras de Shane et rejoignait en serpentant la poche se remplissant progressivement de sang était un peu effrayant.

— Ça ne fait pas mal, si ? s'enquit-elle.

— À ton avis ? Ils te plantent une énorme aiguille dans la veine... Évidemment que ça fait mal.

Claire remarqua son extrême pâleur, qui n'était sans doute pas entièrement due à la quantité de sang qu'il devait donner.

— Tu peux encore te raviser. Lève-toi et dis-leur que tu as changé d'avis.

L'infirmière amicale qui était venue chercher Shane approcha un tabouret roulant et un chariot.

— Il a raison, intervint-elle. Rien ne vous oblige à être ici. J'ai vu votre dossier, vous êtes un peu jeune.

Elle posa ses prunelles d'un brun lumineux sur Shane avant de les reporter sur Claire et de percevoir sa détermination.

— Vous voulez lui apporter votre soutien ? demanda-t-elle.

— En quelque sorte, reconnut Claire. C'est la première fois que je donne mon sang.

Elle avait les doigts gelés et elle trembla quand l'infirmière lui prit la main.

— Vous avez de la chance, c'est loin d'être une première pour moi. Maintenant, je vais vous piquer le doigt pour procéder à un test rapide, puis on commencera, d'accord ?

Claire acquiesça. La position allongée semblait lui avoir ôté toute envie de bouger. La piqûre fut aussi vive que brève. Claire souleva la tête de l'oreiller pour voir l'infirmière récolter quelques gouttes de sang dans une petite pipette en verre. En moins de cinq secondes c'était terminé, et Claire avait un pansement au bout du doigt. L'infirmière s'affaira autour de son chariot avant d'annoncer avec un sourire satisfait :

— O négatif. Excellent !

Claire dressa faiblement un pouce. La femme lui fixa alors le garrot en plastique au-dessus du coude.

— Parlez avec votre petit copain, ne regardez pas.

Claire tourna les yeux vers Shane, qui la considérait avec pénétration. Il lui fit un petit sourire qu'elle lui rendit.

— Alors, lança-t-elle, vous venez souvent ici ?

Il rit doucement. Elle sentit un objet chaud pénétrer dans sa peau, le pincement fut suivi d'une impression de gêne, puis elle entendit le bruit d'un morceau de sparadrap qu'on déchire. L'infirmière lui colla une balle en mousse dans la paume et la pression du garrot se relâcha.

— Serrez la balle, lui dit la femme, vous êtes prête.

Stupéfaite, Claire baissa les yeux. Un tube sortait de son bras, un tube dans lequel coulait un liquide rouge…

Sa tête retomba sur l'oreiller, et un bourdonnement sourd résonna dans son crâne. Elle eut l'impression que quelqu'un l'appelait, mais ça n'avait pas grande importance. Elle s'efforça de contrôler sa respiration ; après ce qui lui parut des heures, le bourdonnement s'estompa, le monde retrouva ses couleurs et ses contours précis. Il y avait un poster sur le plafond au-dessus d'elle, représentant un adorable chaton dans une tasse de thé. Elle se concentra sur cette image pour éviter de penser au sang qui s'écoulait. « Voilà à quoi ça ressemble, ne put-elle s'empêcher de songer. Voilà ce que Michael a dû éprouver quand Oliver l'a vidé de son sang. Voilà ce qu'ont ressenti tous les gens tués par des vampires. »

Pourtant la quantité qu'elle donnait, elle, était négligeable.

L'infirmière la recouvrit d'un plaid en lui souriant.

— Tout va bien. Vous n'êtes pas la première à vous évanouir. À quoi servirait le dossier inclinable sinon ?

Claire n'avait pas réellement perdu connaissance, mais elle ne se sentait pas non plus au mieux de sa forme. L'infirmière fit pivoter son tabouret vers Shane.

— Terminé, annonça-t-elle.

Claire voulut tourner sa tête vers lui, cependant elle n'avait pas envie de voir l'aiguille sortir de son bras. Quelle chochotte ! Elle ne s'était jamais rendu compte avant qu'elle était aussi impressionnable.

Une main chaude se posa sur la sienne et, quand elle souleva les paupières, elle découvrit Shane à ses côtés, pâle, les yeux enfoncés, mais debout.

— Allez prendre un jus de fruits, lui dit l'infirmière.

— Quand elle aura terminé.

Ayant sans doute compris qu'il serait vain d'insister, elle poussa son tabouret vers lui.

— Alors asseyez-vous, au moins. Je n'ai vraiment pas envie d'avoir à vous relever.

Il s'écoula sans doute moins de temps qu'elle n'en eut l'impression, pourtant Claire éprouva un soulagement infini lorsque l'infirmière vint retirer l'aiguille et lui faire son pansement. Elle évita de poser les yeux sur la poche de sang. La femme prononça des paroles de réconfort, et Claire s'efforça de lui répondre sur le même mode, bien qu'elle ne fût pas très sûre des mots qui franchissaient ses lèvres. Shane la conduisit dans la pièce voisine, où des chaises étaient disposées devant un écran plasma branché sur une chaîne d'information en continu. Il y avait de l'eau, des jus de fruits et des sodas, des biscuits salés et sucrés, des fruits. Claire prit une orange et une bouteille d'eau. Shane lui ne craignait pas l'overdose de sucre : Coca-Cola et cookies.

En frottant le bandage violet autour de son coude, Claire demanda :

— C'est toujours comme ça ?

— Comment ça ? rétorqua Shane, la bouche pleine de pépites de chocolat. Flippant ? Je crois. Ils essaient de rendre ça plaisant, mais je n'arrive jamais à oublier dans quelles bouches ce sang finit.

Submergée par une vague de nausée, Claire cessa de peler son orange ; soudain, l'odeur capiteuse et amère lui parut trop puissante. Elle avala de l'eau plutôt : bien que rafraîchissante, celle-ci lui sembla peser aussi lourd que du mercure.

— Ils s'en servent aussi à l'hôpital, dit-elle. Pour les victimes d'accidents et les trucs dans le genre.

— Bien sûr, ils ne vont pas gâcher les restes, riposta Shane en enfournant un nouveau biscuit. Je déteste ça. J'avais juré de ne jamais recommencer… Et me voilà ! Rappelle-moi pourquoi je n'ai pas abandonné dans cette ville pourrie ?

— Parce qu'ils te traqueront si tu pars ?

— Raison valable, remarqua-t-il en chassant les miettes sur ses mains.

Elle pela la fin de son orange et mangea un quartier avec une détermination méthodique – elle n'avait pas faim, non monsieur, mais elle sentait bien qu'elle tremblait encore. Elle en avala trois autres, puis tendit le reste à Shane.

— Attends, lança-t-elle soudain.

Il allait mordre dans le fruit et se figea.

— Tu ne l'avais jamais fait, si ? demanda-t-elle. Tu as quitté la ville avant d'avoir dix-huit ans, tu n'y étais donc pas obligé. Et depuis ton retour, tu t'es défilé. Je me trompe ?

— Bien vu.

Il termina l'orange et la fin de son Coca.

— Alors, tu n'es jamais monté dans la collecte-mobile.

— Je n'ai pas dit ça. J'ai accompagné ma mère, une fois… Elle voulait que je m'habitue à l'idée. J'avais quinze ans. Ils ont traîné un gars complètement siphonné à l'intérieur. Ils l'ont ficelé avant de le vider de son sang. Ils se sont débarrassés de nous et, quand nous sommes descendus, le type était toujours là. Ils sont repartis avec lui. Et plus personne ne l'a revu.

Claire reprit une gorgée d'eau. Elle se sentait faible, mais elle voulait quitter cet endroit. La pièce confortable lui évoquait un piège, une boîte sans fenêtre et sans air. Elle jeta son eau et les pelures d'orange ; Shane visa la corbeille avec sa canette. Puis il lui serra la main.

— Eve va rester à l'hôpital ? s'enquit-elle.

— Pas toute la nuit. Ce n'est pas très confortable. Son père est redevenu sobre et il lui fait le coup du pardon.

Il accompagna ces paroles d'une grimace trahissant son opinion sur le sujet.

— Et sa mère passe son temps à pleurer, ajouta-t-il. Elle m'a toujours fait penser à un sac de mouchoirs usagés.

— Tu ne les aimes pas beaucoup.

— Tu ne les aimerais pas plus si tu les connaissais.

— Jason s'est manifesté ?

Shane secoua la tête avant de lâcher :

— Il attend sans doute la nuit pour jouer les bons fistons. Ce qui, à la réflexion, lui ressemblerait bien. Enfin bon, Michael a dit qu'il raccompagnerait Eve. Je parie qu'ils sont déjà à la maison.

— J'espère. Est-ce que Michael vous a dit où il était… tout à l'heure ?

— Quand il a disparu sans un mot ? Un truc en rapport avec ce satané bal.

Claire faillit l'interroger sur l'invitation – elle ouvrit même la bouche –, mais elle se ravisa en repensant à son air blessé la veille, à la façon dont il avait été atteint par la perversité d'Ysandre.

Elle ne voulait pas revoir la même expression sur son visage. Autant éviter ce sujet, il en parlerait de lui-même quand il en aurait envie.

Il y avait deux portes : une indiquant SORTIE, une autre muette. Shane dépassa cette dernière, puis marqua une hésitation et revint sur ses pas.

— Quoi ? demanda Claire.

— Une intuition, répondit-il en entrouvrant la porte. Chut.

De l'autre côté se trouvait une salle d'attente, où plusieurs personnes faisaient la queue. Cette partie du bâtiment était plus sombre, les lumières du plafonnier plus éparses. Trois individus se tenaient devant un long comptoir blanc, comme dans une pharmacie, derrière lequel officiait une grande femme vêtue d'une blouse blanche. Le visage fermé, elle était à peu près aussi chaleureuse qu'une bonbonne de nitrogène liquide.

— La vache… souffla Shane.

Presque au même moment, Claire réalisa que le blond en tête de la file d'attente… était Michael. Qui n'était donc pas à la maison.

Il signa un document, en échange duquel la femme lui remit une bouteille en plastique à peu près de la taille de celle que Claire avait prise après le don de sang.

Celle de Michael ne contenait pas d'eau. Du jus de tomate, voulut se persuader Claire, même si le liquide était trop foncé et trop épais pour cela. Son ami l'inclina d'un côté, puis de l'autre, l'air fasciné. Rectification : l'air affamé.

Claire était incapable de détourner le regard. Tout en s'éloignant du comptoir, Michael porta le goulot à ses lèvres et se mit à boire. Avidement. Vaguement consciente que Shane lui broyait la main, elle était clouée sur place, comme lui. Les paupières closes, Michael renversa la tête en arrière pour vider la bouteille. Quand il eut terminé, il ne restait qu'un fin film rouge au fond.

Il passa sa langue sur ses lèvres puis, avec un soupir, ouvrit les yeux et rencontra les leurs. Ses prunelles étaient d'un rouge vif, flamboyant. En un battement de cils, la couleur de braise disparut, remplacée par un éclat irréel. Un nouveau battement de cils, et Michael avait retrouvé son regard habituel. Il semblait partager l'effroi de Claire. Son sentiment de trahison et de honte.

Shane referma la porte et entraîna celle-ci vers la sortie. Ils ne l'avaient pas encore atteinte que Michael déboulait dans le couloir.

— Hé ! s'écria-t-il. Qu'est-ce que vous faites ici ?

Sa peau avait pris une teinte rosée, que Claire se souvenait avoir déjà vue.

— À ton avis ? riposta Shane. Ils m'ont menotté pour me traîner ici, mec. Tu crois que je serais venu si j'avais eu le choix ?

Michael se figea aussitôt et son regard tomba sur leurs bandages. Ils purent voir sur son visage qu'il venait de comprendre… et le choc fut suivi d'une forme de tristesse.

— Je… je suis désolé, dit-il.

— Pourquoi ? Ce n'est pas comme si on venait de découvrir que tu kiffais ce truc.

La voix de Shane trahissait pourtant sa douleur et son dégoût.

— Simplement, ajouta-t-il, je ne m'attendais pas à te voir biberonner ça comme un alcoolo à l'happy hour.

— Je ne voulais pas vous imposer ce spectacle, rétorqua Michael avec calme. Je le bois toujours ici. Je n'en ai à la maison que pour les urgences. Je tenais à ce que vous ne voyiez pas…

— Eh bien, raté ! Mais où est le problème, après tout ? Tu es un buveur de sang. Ça n'a rien d'un scoop, Michael. Bref, on ne va pas en faire une caisse, si ?

— Non, convint Michael. On ne va pas en faire une caisse.

Il reporta son attention sur Claire, qui ne parvenait pas à établir de lien entre les deux images : celle du vampire aux yeux rouges, terrifiants, qui se repaissait de sang frais, et le jeune homme qui se tenait devant elle, les traits empreints d'un espoir mélancolique.

— Ça va, Claire ? lui demanda-t-il.

Elle dodelina de la tête : elle ne se sentait pas capable de prononcer un seul mot.

— Je la ramène, intervint Shane. À moins que tu n'en sois qu'à l'apéro et que tu cherches encore ton plat de résistance.

— Bien sûr que non, riposta Michael, l'air écœuré. Shane…

— Aucun problème, mec, lança-t-il d'un ton apaisé, résigné. Ça ne me pose pas de problème.

— Ce qui te débecte, justement.

Sous l'effet de la surprise, Shane tiqua. Ils s'affrontèrent du regard quelques instants, puis celui-ci entraîna Claire par le bras.

— Allons-y, dit-il. On se voit à la maison, Michael.

— À plus, confirma celui-ci.

Claire réalisa soudain qu'il tenait toujours la bouteille vide. La bouteille tapissée d'une fine couche rouge.

Au moment où la porte se refermait sur Shane et elle, elle vit Michael qui, ayant soudain baissé les yeux sur sa main, jeta violemment la bouteille dans une poubelle.

Par ce petit geste, Claire prit conscience de quelque chose d'énorme : Michael détestait ça. Il détestait ce qu'il était devenu à cause de l'image que lui renvoyaient ses amis.

C'était vraiment nul.

Le reste de la soirée se déroula dans le calme. Le lendemain matin, ils furent tirés du sommeil par le téléphone. Le père d'Eve s'était éteint.

— L'enterrement aura lieu demain, dit-elle sans verser une larme.

Elle n'était que l'ombre d'elle-même ce jour-là : pas de maquillage, vêtue sans soin. Ses yeux étaient injectés de sang, et son nez presque fluorescent. Elle avait pleuré toute la nuit ; Claire avait d'ailleurs été la trouver, mais elle voulait demeurer seule – même Michael s'était fait refouler.

— Tu comptes y aller ? lui demanda-t-il.

Claire trouva sa question étrange – qui n'irait pas ? –, cependant Eve y répondit comme si elle lui semblait naturelle.

— Je dois y aller. C'est vrai ce qu'on dit, sur la nécessité de tourner la page. Tu accepterais… ?

— Bien sûr. Je ne peux pas aller me recueillir auprès de la tombe, mais…

Eve réprima un frisson puis rétorqua :

— Je ne compte pas me rendre au cimetière, de toute façon. L'église sera bien assez pénible.

— L'église ? s'étonna Claire en remplissant trois tasses de café (le téléphone n'avait pas réussi à tirer Shane du lit). Sérieux ?

— Tu n'as jamais rencontré le père Joe, si ? lança Eve avec un pauvre sourire. Tu l'apprécieras. C'est… quelque chose.

— Eve en pinçait pour lui quand elle avait douze ans.

Cette sortie de Michael lui valut un regard foudroyant.

— Quoi ? reprit-il. Je dis la vérité, et tu le sais très bien.

— C'était la soutane, d'accord ? Et j'ai grandi depuis.

Claire haussa les sourcils.

— Le père Joe est un… ?

Plutôt que de finir sa phrase, elle plaça deux doigts sur son cou pour mimer des canines. Ils sourirent tous deux, et Michael répondit :

— Non, mais il est très ouvert d'esprit.

La journée d'Eve se déroula sans encombre : elle l'occupa à faire sa lessive et accomplir la moitié des tâches ménagères de la maison – c'était son jour de congé. Claire avait quatre cours, pourtant, ayant pris de l'avance dans beaucoup de matières, elle n'assista qu'à celui qui lui paraissait capital. Quant à Michael, il annula ses cours particuliers de guitare.

Ils passèrent donc l'essentiel de la journée ensemble… presque en famille.

L'enterrement eut lieu à midi, le lendemain. Claire se retrouva face à un dilemme quand elle voulut se préparer. Ses tenues habillées lui paraissaient trop… festives. Et son jean trop décontracté. Elle emprunta à Eve une jupe noire et une paire de collants noirs, qu'elle assortit à une chemise blanche. Le tout était modérément solennel.

Elle ignorait ce que son amie comptait mettre, puisque, à onze heures, elle était encore assise devant sa coiffeuse, perdue dans la contemplation de son reflet dans le miroir. Et elle n'avait rien d'autre sur le dos que sa robe de chambre.

— Hé ! lança Claire. Tu veux de l'aide ?

— Pourquoi pas. Je relève mes cheveux à ton avis ?

— Ça t'irait bien, confirma Claire.

Elle brossa les épais cheveux noirs d'Eve jusqu'à ce qu'ils brillent, puis les entortilla en chignon qu'elle lui fixa avec des épingles à l'arrière du crâne.

— Et voilà !

Eve voulut prendre sa poudre de riz, se ravisa. Elle croisa le regard de Claire dans le miroir.

— Ce n'est peut-être pas le bon jour, lâcha-t-elle.

Claire conserva le silence. Son amie se mit du rouge à lèvres – sombre mais moins que d'habitude –, avant de fouiller dans sa penderie. Elle finit par arrêter son choix sur une robe noire à col cheminée qui lui tombait jusqu'aux chaussures et un voile de la même couleur. Aux yeux d'Eve, c'était sobre.

Ils arrivèrent à la cérémonie avec quinze minutes d'avance et, lorsque Michael se gara dans le parking, Claire repéra plusieurs voitures aux vitres teintées.

— Il y a plusieurs enterrements aujourd'hui ? demanda-t-elle.

— Non, répondit-il en coupant le moteur. M. Rosser avait apparemment plus d'amis que nous ne le pensions.

Pas tant que ça, en réalité, ainsi qu'ils le constatèrent en pénétrant dans l'église quasiment déserte et en découvrant le registre, qui ne comportait que peu de noms. La mère d'Eve se tenait à l'entrée, prête à assaillir les nouveaux arrivants.

Fidèle à la description que Shane en avait donnée, Mme Rosser semblait incapable de sécher ses larmes. Comme Eve, elle avait choisi le noir intégral, mais sa tenue était encore plus extravagante – robe bouffante en satin noir, haute forme et gants. Claire se fit la réflexion que pour être encore plus excessif qu'Eve il fallait vraiment avoir un grain.

La veuve n'avait pas eu la main légère sur le mascara, et ses joues étaient maculées de traînées noires. Ses cheveux, teints en blond, pendouillaient autour de son visage. Si un club de théâtre du coin montait *Hamlet* et qu'elle voulait auditionner pour le rôle d'Ophélia, elle avait toutes ses chances.

Elle se jeta sur Claire comme la pauvreté sur le monde et se répandit sur son épaule, étalant du mascara sur sa chemise blanche. Claire lui tapota maladroitement le dos.

— Merci d'être venue ! gémit Mme Rosser. J'aurais tellement aimé que vous puissiez connaître mon mari. Un homme si bon, qui a eu une vie si dure…

Eve, l'air absent et légèrement écœurée, intervint :

— Maman. Lâche-la. Elle ne te connaît même pas.

Ravalant un nouveau sanglot, Mme Rosser recula :

— Ne sois pas cruelle, Eve. Ce n'est pas parce que tu n'aimais pas ton père…

De mémoire, Claire n'avait jamais rien entendu d'aussi insensible. Elle échangea un regard interloqué avec Shane.

De son côté, Michael s'interposa entre la mère et la fille, ce qui nécessitait une bonne dose de courage – c'était peut-être son gène de vampire.

— Madame Rosser, je suis désolé pour votre mari.

— Merci, Michael, tu as toujours été un bon garçon. Et merci d'avoir veillé sur Eve quand elle nous a quittés.

Sur ce, elle se moucha, ce qui l'empêcha d'entendre la remarque sarcastique de sa fille :

— Quand vous m'avez jetée à la rue, oui !

Entraînant Eve à l'intérieur, Michael souffla à Claire :

— Inscris-nous sur le registre.

Elle griffonna leurs noms à la hâte, salua Mme Rosser, qui suivait sa fille d'un regard à vous retourner l'estomac, puis prit le bras de Shane.

Elle avait déjà pénétré dans cette église, qu'elle trouvait agréable – pas particulièrement sophistiquée, mais d'une simplicité apaisante. Pas une seule croix visible. Le regard était attiré par l'immense cercueil noir à l'autre extrémité. Claire fut frappée de constater combien le bois était lisse, rond et combien il évoquait la camionnette de la collecte-mobile.

Parcourue d'un frisson, elle serra le bras de Shane et ne le lâcha pas d'un pouce quand ils se glissèrent sur le banc à côté de Michael et d'Eve.

À la quinzaine de personnes déjà éparpillées dans le sanctuaire s'en ajoutèrent d'autres à mesure que les minutes s'écoulaient. Deux hommes en costume (sans doute des employés des pompes funèbres) disposèrent de nouvelles compositions florales de chaque côté du cercueil.

D'une certaine façon, la scène semblait irréelle. Les sanglots ininterrompus de Mme Rosser et les gémissements qu'elle poussait à chaque nouvelle arrivée donnaient à la situation un côté encore plus étrange.

Eve s'approcha du cercueil. Elle le contempla durant de longues secondes, avant de se pencher et de placer un objet à l'intérieur. Elle avait rabattu son voile sur son visage, cependant Claire aperçut l'expression froide et dure de son amie quand elle revint s'asseoir.

— C'était peut-être un salopard, dit-elle en remarquant le regard de son amie, mais ça reste mon père.

Elle se laissa aller contre Michael, qui lui passa un bras autour des épaules. Mme Rosser finit par venir s'installer au premier rang, juste devant eux quatre. L'un des croque-morts lui remit une boîte de mouchoirs en papier. Elle en prit une poignée et y étouffa un nouveau sanglot.

Un bel homme, grand, vêtu d'une soutane noire et d'un surplis blanc, avec une grande écharpe violette autour du cou, apparut derrière les compositions florales et s'approcha d'elle. Il s'agenouilla et lui tapota la main. Le fameux père Joe, sans doute. Il avait l'air gentil – plus sérieux et jeune que l'image que Claire s'en était fait. Des cheveux châtains, des yeux dorés et francs derrière une paire de lunettes rectangulaires à monture dorée. Il écouta d'une oreille compatissante l'éloge funèbre que Mme Rosser fit de son mari, hochant la tête quand elle marquait une pause. À une ou deux reprises, son regard se porta sur l'horloge, et il finit par se pencher pour lui murmurer quelque chose à l'oreille. Elle opina du chef.

Beaucoup arrivaient à la dernière minute, et l'église était maintenant à moitié remplie. Claire aperçut des visages familiers : les inspecteurs Joe Hess et Travis Lowe, qui lui adressèrent un signe de tête en prenant place au fond. Elle reconnut d'autres personnes, notamment quatre vampires en costume foncé et lunettes de soleil.

Parmi eux, Oliver, qui s'ennuyait ferme. Sa présence s'expliquait : la famille d'Eve était placée sous la protection de Brandon et, à la mort de celui-ci, Oliver, son supérieur, avait repris le flambeau. C'était moins son sens du devoir que celui des relations publiques qui l'amenait là.

Le père Joe s'avança jusqu'à la chaire pour chanter les louanges d'un homme que Claire n'avait jamais rencontré et que sa fille ne devait pas reconnaître, hormis les faits les plus simples, telle sa date de naissance. Le pasteur décrivait une personnalité bien plus sympathique que celle brossée par Eve. À la manière dont Mme Rosser dodelinait de la tête en pleurant à chaudes larmes, elle gobait la fable dans sa totalité.

— Quel tas de foutaises, chuchota Shane. Son père la battait, tu sais.

Claire lui jeta un regard ébahi.

— Souviens-t'en, ajouta-t-il. Et ne verse pas une seule larme sur ce type.

Claire ne connaissait personne d'aussi dur que Shane. Non qu'il ait tort. Simplement c'était dur de dire ça.

Pourtant, cette remarque l'aida à résister à la vague d'émotion qui menaçait de la submerger, surtout à cause de l'influence de la mère d'Eve. Ses yeux la piquèrent, mais elle ne versa pas une larme. Une fois que le pasteur en eut terminé, les notes de l'orgue retentirent, et Mme Rosser se précipita la première auprès du cercueil, en poussant des cris outrés à vous glacer les sangs.

— Purée, souffla Eve. Je ferais mieux…

Michael l'accompagna et, effet de sa présence masculine, de son visage angélique ou de sa nature vampirique, il parvint à arracher Mme Rosser à son défunt mari et à la ramener au banc, sur lequel elle s'effondra en pleurant comme un veau.

Eve resta près de la dépouille de son père quelques secondes, le dos raide, la tête inclinée, avant de s'éloigner.

Des larmes muettes roulèrent sous son voile et coulèrent sur sa robe noire.

Claire n'accorda qu'un coup d'œil furtif au cadavre, qui ne lui sembla pas… naturel. Il n'était pas effrayant, non, seulement il n'avait plus rien de vivant. En frémissant, elle prit le bras de Shane et emboîta le pas à Eve, qui dépassa sa mère en silence et se dirigea vers la sortie.

Elle faillit percuter son frère. Il s'était glissé au fond de l'église. À ce qu'en voyait Claire, il ne s'était pas donné la peine de se changer – et ce depuis un très long moment. On pouvait sentir à près d'un mètre qu'il ne s'était pas douché récemment. En prime, il avait l'air défoncé.

— Joli déguisement, sœurette, ironisa-t-il.

Eve s'immobilisa, le dévisagea et souleva le voile qui lui tombait sur les yeux.

— Qu'est-ce que tu fais ici ? demanda-t-elle.

— Je suis en deuil, riposta-t-il avec un ricanement étouffé. Ou un truc dans le genre.

Jetant un regard appuyé dans la direction des inspecteurs Hess et Lowe, qui ne l'avaient pas encore repéré mais ne tarderaient pas à le faire, elle rétorqua :

— Si j'étais toi, je ne m'attarderais pas.

Il lui suffirait d'élever la voix ou de claquer des doigts pour attirer leur attention.

— C'était mon père à moi aussi, fit Jason.

— Alors montre-lui un peu de respect. Et casse-toi.

Elle le contourna, suivie de ses trois amis – Shane ralentissait et Claire dut le tirer pour le forcer à avancer. Jason esquissa alors un geste provocateur.

— Tu n'en vaux vraiment pas la peine, lâcha celui-là.

Ils se retrouvèrent alors aux portes de l'église, dans le petit vestibule de pierre, loin du parfum suffocant des fleurs et de l'odeur subtile de la mort. Claire ne put s'empêcher de se demander : « En quoi cela peut-il aider Eve à tourner la page ? » Pourtant, elle avait l'air d'aller mieux, et rien d'autre n'avait d'importance.

— On va manger un hamburger ? proposa-t-elle.

Tout le monde approuva sa suggestion, et Claire sentit un poids se soulever de sa poitrine lorsqu'ils pénétrèrent dans le parking en sous-sol.

Ils n'eurent pas le temps d'atteindre la voiture de Michael cependant. Celui-ci fut le premier à remarquer quelque chose d'anormal : il se figea et exécuta un tour sur lui-même comme pour repérer l'origine d'un bruit que les autres ne pouvaient pas entendre.

Une silhouette, perchée sur une des poutres en béton au-dessus de leurs têtes, atterrit devant eux en position accroupie, un sourire aux lèvres. Ysandre. Elle se redressa avec grâce et s'approcha.

— Montez dans la voiture, lança Michael. Allez.

— Je ne te laisse pas, riposta Shane sans quitter celle-ci des yeux.

— Ne sois pas débile. Ce n'est pas après moi qu'elle en a.

Shane reporta son attention sur Michael.

— Vas-y, insista celui-ci.

Claire le prit par le bras ; il se laissa entraîner vers la voiture, et Michael lui jeta les clés. Ysandre jaillit à la vitesse de l'éclair et les intercepta en plein vol. Elle se mit ensuite à les faire sauter dans sa main d'un air joueur : le cliquetis métallique résonnait dans le parking silencieux.

— Inutile d'être aussi paranoïaques, commença-t-elle. Je suis juste passée dire bonjour. Après tout, c'est un pays libre.

— Tu te rends coupable d'un vol si tu gardes les clés de ma voiture, rétorqua Michael en tendant la main.

Elle haussa les épaules, puis les lui lança.

— Qu'est-ce que tu veux ? s'enquit-il.

— M'assurer que monsieur Shane a bien reçu mon invitation. Tu l'as eue, chéri ?

Celui-ci ne bougeait ni ne parlait. Claire n'était même pas certaine qu'il respirait.

— À en croire ce petit cœur qui bat la chamade, je parie que oui, reprit-elle en souriant. On se voit samedi, alors. D'ici là, je vous souhaite à tous une excellente fin de semaine.

Elle s'éloigna en faisant claquer ses talons sur le béton et s'évanouit dans les ténèbres. Shane poussa un lourd soupir. Personne ne savait quoi dire. Michael déverrouilla la voiture et le silence se prolongea pendant les cinq minutes que dura le trajet jusqu'au Denny's.

— Ça tient toujours pour le burger ? demanda-t-il.

— Bien sûr, rétorqua Shane. Je ne vais pas la laisser me gâcher l'appétit.

Un long auvent reliait le parking couvert à l'entrée du restaurant – Claire ne l'avait jamais remarqué avant : apparemment, le Denny's de Morganville accueillait aussi bien les vampires que les humains, même en pleine journée. Des affichettes étaient collées sur les portes en verre, et Claire leur jeta un coup d'œil distrait au passage. Elle stoppa si brusquement que Shane la bouscula.

— Hé ! Préviens quand tu t'arrêtes !

— Tu as vu ? se contenta-t-elle de répondre en indiquant une des affichettes.

Celle-ci annonçait : « CONCERT UNIQUE ! » au-dessus de la photo en noir et blanc d'un jeune homme blond avec une guitare. Et dessous était écrit : « Michael Glass revient au Starbucks. » La date indiquée était celle... du jour même.

Shane arracha la feuille, puis happa Michael pour la lui coller sous le nez.

— Ça te dit quelque chose, mec ? Quand avais-tu l'intention de nous en parler ?

La surprise céda le pas à la gêne sur le visage de leur ami.

— Je… je ne comptais pas le faire. Je vois ça comme un test, d'accord ? Histoire de savoir si je suis encore capable de… Je ne veux pas que vous veniez. C'est rien.

— Rien ? s'écria Eve en lui prenant le papier des mains. Michael ! Tu joues ! En public !

— C'est si surprenant que ça ? murmura Claire à Shane.

— Il n'a pas joué ailleurs que dans notre salon depuis…

Il fit le geste désormais consacré pour mimer une morsure de vampire avant de conclure :

— Tu sais. Oliver.

— Ah…

Le visage de Michael s'empourprait légèrement.

— Reposez cette annonce où vous l'avez trouvée, d'acc ? On va pas en faire une affaire !

— Bien sûr que si ! répliqua Eve en l'embrassant. Et je t'en veux de ne pas m'en avoir parlé. Tu comptais filer en douce ou quoi ?

— Exactement, soupira Michael. Parce que si je n'assure pas, je n'ai aucune envie que vous voyiez ça de vos propres yeux.

Claire remit l'affichette à sa place, en veillant à ce qu'elle soit bien fixée, puis elle lança :

— Tu vas déchirer.

— Tu sais que le public féminin t'est acquis de toute façon… lâcha Shane. Aïe !

Claire venait de le pincer.

7.

Michael consacra deux heures à accorder sa guitare – ce qui fut carrément pénible pour ses colocataires –, et il partit de bonne heure. Eve l'accompagna, même s'il continuait à insister : ce n'était rien. Claire et Shane se retrouvèrent livrés à eux-mêmes.

Elle prépara des hot-dogs et s'apprêtait à ajouter du fromage râpé sur le dessus quand celui-ci, qui venait de remporter une victoire triomphale aux jeux vidéo, la rejoignit dans la cuisine.

— Bonne idée, merci, dit-il en enfournant un hot-dog.

— Tu pourrais au moins t'asseoir, soupira-t-elle. On a une table, tu sais. Et même des chaises.

— Tu veux y aller ? marmonna-t-il. Au concert ?

En avait-elle envie ? Claire mordit dans son propre hot-dog, à peine consciente de contrevenir à sa propre règle (elle mangeait debout), et réfléchit à la réponse. D'un côté, cela voulait dire sortir la nuit et aller au Starbucks pour le plaisir, ce qui n'était pas vraiment bien vu ces temps-ci dans leur groupe. D'un autre côté, il y avait Michael. Qui jouait. En public.

— Ouais, finit-elle par lâcher. Ça me plairait bien, si ça ne t'embête pas. Je sais que tu n'aimes pas cet endroit, mais…

— J'y suis moins allergique qu'Eve, crois-moi. Et puis, je n'ai aucune envie de la laisser seule là-bas. Il faut que quelqu'un surveille ses arrières pendant que Michael sera accaparé par ses groupies.

Elle éclata de rire.

— Ça te fait marrer ? Tu aurais dû le voir au lycée. Il lui suffisait de sortir sa guitare pour attirer tous les canons.

— Je parie qu'il en est encore capable.

— Exactement. Alors dépêche-toi de manger, le concert doit commencer vers dix-neuf heures.

Claire engloutit la fin de son hot-dog avant de monter prendre une douche rapide et de se changer. Après une légère hésitation, elle arrêta son choix sur la minijupe et les collants qu'elle portait lorsqu'elle s'était incrustée à la soirée, désastreuse, de Monica, ainsi qu'un haut noir tout simple, assez près du corps pour s'accorder au reste de sa tenue – et assez ample pour ne pas risquer de lui valoir la peine capitale si elle croisait ses parents.

Shane cligna de surprise lorsqu'elle redescendit. Il s'était également changé, mais n'avait pas fait d'effort particulier. À l'exception de sa coiffure : il s'était octroyé un coup de peigne. Un seul.

— Tu es superbe, dit-il avec un sourire.

Claire s'arrêta sur la dernière marche, ce qui la plaçait à la même hauteur que Shane, et il lui donna un baiser. Long et langoureux. Elle sentit d'abord un goût de dentifrice avant de retrouver son goût à lui, et c'était si délicieux qu'elle se hissa sur la pointe des pieds pour s'approcher encore de lui.

— Attends un peu, ma belle. Je croyais que l'idée c'était de sortir ? Quand tu m'embrasses comme ça, j'aurais plutôt envie de rester.

L'idée avait traversé l'esprit de Claire également, elle devait bien le reconnaître. Surtout qu'ils avaient la maison rien que pour eux. Elle vit que Shane songeait à la même chose : l'espace d'une seconde, il écarquilla les yeux et ses pupilles se dilatèrent. La tentation était si grande…

— On ferait mieux d'y aller si on est décidés, lâcha-t-elle à contrecœur. Seulement… comment va-t-on s'y rendre ?

— À ce que j'ai entendu dire, c'est une nuit idéale pour marcher, répondit-il en lui offrant son bras.

— Tu es sûr ?

Il tapota le jonc en or qu'elle portait au poignet, puis son bracelet en plastique blanc de l'hôpital.

— C'est peut-être bien la seule fois qu'on pourra le faire dans cette ville. Vivons un peu dangereusement.

Quel plaisir pour une fois de pouvoir se promener bras dessus bras dessous sans s'inquiéter (en tout cas pas outre mesure) des dangers tapis dans l'ombre.

Le Starbucks se trouvait à un jet de pierre de chez eux, mais il fallait emprunter des rues désertes pour s'y rendre. Claire eut une impression irréelle en évoluant dans l'obscurité que trouaient seulement les fenêtres éclairées des maisons qu'ils dépassaient. Les gens se risquaient rarement dehors après le coucher du soleil et, dans ce cas-là, ils se déplaçaient à plusieurs et en voiture.

Deux personnes seules, la nuit… faisaient tache dans le paysage. À mi-chemin, Claire vit une femme, qui venait de garer sa voiture à quelques mètres devant eux, en sortir précipitamment. Celle-ci tourna vers eux un visage paniqué, et Claire comprit qu'elle les avait pris pour des… vampires. Ce qui était à la fois drôle et triste.

Après avoir agrippé ses sacs de courses, elle se précipita chez elle et les verrous de la porte poussèrent aussitôt un râle métallique. Même si Shane ne fit aucune remarque, Claire avait la certitude qu'il éprouvait un trouble et une culpabilité identiques. Mais qu'auraient-ils pu dire ? « C'est bon, madame, nous ne sommes pas là pour vous mordre » ?

Claire fut soulagée en apercevant le flot de lumière dorée qui se déversait par la vitrine du Starbucks. À l'évidence les affaires marchaient fort ce soir-là – il y avait des voitures garées des deux côtés de la rue et d'autres continuaient à arriver.

— Ça va être de la folie, lança Shane, visiblement réjoui. La prochaine fois, promis, je t'emmène dans un endroit agréable et plus calme.

Claire fouilla dans sa mémoire : les événements s'étaient tellement bousculés depuis sa rencontre avec Shane qu'elle avait du mal à en avoir la certitude, mais il lui semblait bien que c'était leur première sortie en tête à tête. Shane ne soupçonnait sans doute pas à quel point c'était, pour elle, une source d'étonnement et d'émerveillement. Elle savoura le contact de sa main dans la sienne, lui sourit et pénétra dans le café tandis qu'il lui tenait la porte.

Le niveau sonore était impressionnant. Le calme habituel de la journée avait été remplacé par l'animation du début de soirée, et à présent l'excitation était à son comble. Les tables étaient déjà toutes occupées – par des humains pour l'essentiel, même si Claire reconnut quelques vampires en retrait, parmi lesquels Sam. Le seul parent que Michael avait en ville était venu le soutenir. Celui-là agita la main dans la direction de Claire, avec un sourire, et elle lui répondit.

Quant à Michael, il se trouvait dans l'espace libre derrière le bar, l'air tendu et légèrement absent. Vêtu d'un tee-shirt gris et d'un jean, il avait passé sa guitare en bandoulière. C'était la première fois que Claire voyait le collier en corail qui ornait son cou – s'agissait-il d'un cadeau d'Eve ? En guise de porte-bonheur ?

Celle-ci se tenait justement à côté de lui et, même si Claire ne les voyait pas distinctement, il lui semblait qu'ils étaient main dans la main.

Shane et elle se frayèrent un chemin à travers la foule pour atteindre le bar. Après avoir échangé avec Michael un signe de tête – très viril –, il partit chercher des boissons, laissant à Claire le soin de faire la conversation

— Tu vas être super, finit-elle par lancer.

En un battement de paupières, il fixa ses prunelles bleues sur elle.

— Rien n'est moins sûr. C'était censé être un petit truc sans prétention… Je me pointais pour jouer deux trois chansons, histoire de me remettre le pied à l'étrier. Mais là…

Du fond de la salle montèrent des applaudissements, aussitôt repris par le reste du public, et bientôt la vague enfla en rythme.

Michael n'aurait pas pu être plus livide et Claire lut dans son regard qu'il doutait de plus en plus. Eve, qui avait perçu son trac elle aussi, l'embrassa du bout des lèvres.

— Tu en es parfaitement capable, Michael. Allez, en scène. Tu es venu pour ça.

Claire l'encouragea d'un sourire. Il souleva la partie amovible du bar et s'avança sous un tonnerre d'applaudissements. Une petite estrade avait été placée à l'extrémité de la pièce, à côté de la porte indiquant BUREAU. Lorsqu'il monta dessus, les spots embrasèrent ses cheveux dorés et allumèrent son regard d'un bleu magique.

Claire n'en revenait pas. Ce n'était plus Michael… mais quelqu'un d'autre.

Eve se glissa sous le bar pour venir rejoindre son amie. Les bras croisés, un sourire pensif sur ses lèvres d'un rouge diabolique, elle lança :

— Il est beau, hein ? Ouais, il est beau.

Ce n'était pas Claire qui la détromperait.

Après avoir réglé la hauteur du micro et l'avoir testé, Michael fit quelques gammes rapides pour se calmer. Enfin, il sourit à la foule. Claire ne lui connaissait pas ce sourire plus… plus intense, plus joyeux, plus intime. Elle eut des papillons dans le ventre quand il posa, brièvement, son regard sur elle, et fut aussitôt embarrassée.

En même temps, il était absolument irrésistible. Elle comprenait à présent ce que Shane voulait dire en évoquant le charme de son ami. Et elle n'y était pas insensible. Au moment où Michael prenait la parole, Shane effleura l'épaule de Claire et lui tendit un verre.

— Je suppose que vous savez tous qui je suis, n'est-ce pas ?

Sa question lui valut des acclamations de la part des trois quarts de la salle – le reste, sans doute des étudiants venus là par hasard, ou pour tromper leur ennui, ne cachèrent pas leur perplexité. Michael ajusta une dernière fois le pied du micro. Ses mains, assurées à présent, se déplaçaient avec aisance.

— Je m'appelle Michael Glass et je suis originaire de Morganville.

De nouveaux hourras retentirent. Avant qu'ils se soient entièrement dissipés, Michael se mit à jouer un air rapide et complexe que Claire l'avait entendu répéter à la maison. Seulement, pour la première fois, elle pouvait prendre la mesure de son talent immense. Il scintillait comme une pépite d'or, et la musique s'échappait de ses doigts comme autant de rayons de lumière. Ceux-ci s'enroulaient autour de Claire, la drapant d'un voile scintillant ; elle n'osait plus ni respirer ni bouger. Jamais Michael n'avait aussi bien joué devant elle.

Elle réussit à s'arracher à cette vision pour jeter un coup d'œil à Shane, qui avait les yeux collés sur Michael. Elle lui donna une petite bourrade et il lui répondit en secouant la tête d'un air incrédule. Eve, quant à elle, souriait comme si elle l'avait su depuis le début.

Michael conclut cette première chanson par un flot de notes flamboyantes et, tandis que les cordes vibraient dans le silence, le public resta parfaitement immobile. Au bout de quelques secondes, il lui fit une ovation triomphante.

À cet instant précis, Claire songea que le sourire qui s'épanouissait sur les lèvres de Michael méritait qu'on endure l'enfer quotidien de Morganville.

Elle mit un temps à reconnaître l'air suivant, plus doux : une version lente de celle qu'il composait l'autre soir, lorsqu'il s'était dit trop occupé pour aller à l'épicerie. Sa voix conférait aux paroles une mélancolie d'une beauté douloureuse. La chanson était dédiée à Eve.

Claire réalisa qu'elle avait la poitrine comprimée à la fois parce qu'elle retenait des larmes d'émotion et parce qu'elle ne respirait plus. Elle ignorait que la musique pouvait avoir un tel effet. En promenant son regard autour d'elle, elle lut le même transport sur le visage des autres. Même Oliver paraissait fasciné, derrière le bar. Et, dans le noir, Claire aperçut quelqu'un d'autre, Amelie, qui dodelinait de la tête d'un air songeur, comme si, à l'instar d'Eve, elle avait su, elle aussi. Sam avait les yeux humides, mais il souriait.

La voix de Michael se réduisit à un murmure quand il acheva la chanson. Cette fois, les applaudissements furent intarissables, le public était littéralement en furie.

Michael régla à nouveau le pied du micro puis s'écria, pour couvrir le brouhaha :

— Gardez vos forces, les amis, ça ne fait que commencer.

C'était, et de loin, la meilleure soirée que Claire ait passée à Morganville. Elle n'avait jamais éprouvé un tel sentiment de communion dans une pièce remplie de gens si divers. Des étudiants fraîchement débarqués saluaient des résidents de longue date – reconnaissables à leurs bracelets –, et les vampires souriaient sans arrière-pensée aux humains. Même Oliver semblait gagné par l'euphorie générale.

Michael ne quitta la scène, sous des tonnerres d'applaudissements, qu'après trois rappels. Il fondit aussitôt sur Eve, la serra dans ses bras et l'embrassa si fougueusement que Claire dut détourner les yeux. Quand ils reprirent leur souffle, Michael avait toujours son sourire aux lèvres.

— Alors ? lança-t-il. Pas mal, hein ?

Shane lui tendit la main.

— Pas mal du tout. Félicitations, mon pote.

Ignorant la main de son ami, Michael le prit dans ses bras, avant de se tourner vers Claire. Elle n'hésita pas à l'étreindre à son tour. Son corps dégageait plus de chaleur qu'à son habitude, et il était collant de sueur – elle ignorait que les vampires pouvaient transpirer. Peut-être qu'ils faisaient rarement de réels efforts physiques.

— Tu as été incroyable, murmura-t-elle. Je... incroyable. Waouh ! Je t'ai dit que tu avais été incroyable ?

Il l'embrassa sur la joue, puis reporta son attention sur la foule de fans qui voulaient lui serrer la main. Il avait de nombreux admirateurs, et surtout beaucoup de jolies filles. Claire rejoignit Shane.

— Tu vois ce que je veux dire ? demanda-t-il. Heureusement qu'Eve est là. N'importe qui perdrait facilement la tête.

— Même un vampire ?

— Mmm... Particulièrement un vampire.

Il fallut environ un quart d'heure pour que la cohue se disperse et que le café se vide, à l'exception de quelques vrais accros à la caféine qui feraient la fermeture. Pendant qu'Eve aidait Michael à rassembler ses affaires, Claire et Shane s'installèrent à une table.

— Au fait, merci, lui dit-elle.

— Pourquoi ? demanda-t-il en haussant les sourcils.

— C'était le meilleur rancard de ma vie.

— Ça ? Nan, rien d'exceptionnel. Je peux faire beaucoup mieux.

— Vraiment ? rétorqua-t-elle, la tête inclinée.

— Vraiment.

— Tu es prêt à me le prouver ?

Sans qu'elle s'en rende compte, il lui avait pris la main, et elle sentit des frissons remonter le long de son bras quand il lui caressa la paume.

— Un jour, oui. Bientôt. Avec plaisir.

Elle se surprit, une nouvelle fois, à avoir retenu son souffle, absorbée dans la contemplation de tout ce qu'il leur restait à vivre ensemble. Shane lui adressa un petit sourire malicieux et elle aurait voulu lui sauter dessus et l'embrasser très, très langoureusement.

— Prêts ?

Michael était posté devant leur table. Une partie de l'aura qu'il dégageait sur scène s'était estompée, il était redevenu ce bon vieux Michael, et il avait l'air un peu fatigué. Claire vida sa tasse de chocolat chaud avant de hocher la tête.

Même les meilleures soirées avaient une fin.

Claire se préparait pour aller se coucher quand elle entendit Eve hurler – pas un petit cri du style « Arrête de me chatouiller, abruti », non un véritable cri d'alarme, qui transperça les murs de la maison comme une tronçonneuse. Elle enfila son haut de pyjama, attrapa sa robe de chambre au passage et déboula dans le couloir. Shane, qui l'avait précédée, dévalait déjà l'escalier. Il portait un jean et un tee-shirt flou.

Dans l'entrée, ils trouvèrent Michael agenouillé par terre, une fille en sang dans les bras. Eve repoussait les verrous de la porte d'entrée.

— Miranda, souffla-t-il en écartant des mèches collées de sang sur son visage, Miranda, tu m'entends ?

Claire reçut un coup au cœur quand elle découvrit qu'il s'agissait de l'ancienne amie d'Eve, une gamine maladroite, qui avait l'âge où les filles rêvent de devenir femmes tout en le redoutant. Elle s'était un peu remplumée depuis la dernière fois que Claire l'avait vue, mais elle continuait à ressembler à une brebis égarée et efflanquée.

Et blessée. Elle avait le crâne entaillé et le sang qui coulait le long de son cou gouttait sur le jean et les doigts de Michael.

— Aïe, murmura-t-elle avant de se mettre à pleurer. Aïe, je me suis cognée…

— Tout va bien, tu es en sécurité maintenant, la rassura Eve, qui se laissa tomber à genoux en face de Michael, les bras tendus, pour prendre le relais.

Celui-ci ne se fit pas prier : avec ses pupilles réduites à la taille de têtes d'épingle, il semblait différent.

— Tu devrais peut-être… ajouta Eve, monter te nettoyer.

Il approuva d'un geste raide et s'élança si rapidement que Claire et Shane le virent à peine passer.

— J'appelle une ambulance ? demanda ce dernier.

— Non ! Surtout pas ! s'écria Miranda avec frénésie. S'il vous plaît, ne m'envoyez pas là-bas. Vous ne savez pas… vous ne savez pas ce qu'ils feront… le feu…

Eve réussissait à la tenir, même si celle-ci se démenait comme une forcenée.

— D'accord, d'accord, du calme. On n'appellera pas, je te promets. Shane… tu pourrais apporter la mallette de secours ? Des torchons et de l'eau chaude ?

— Je vais t'aider, proposa Claire en le suivant dans la cuisine.

Jetant un coup d'œil par-dessus son épaule, elle vit que Miranda, qui avait cessé de se débattre, s'était abandonnée entre les bras d'Eve.

— Qu'est-ce qui a bien pu lui arriver ? interrogea-t-elle.

— Morganville, répondit Shane en ouvrant la porte de la cuisine d'un coup d'épaule.

Il fondit sur l'évier et se baissa pour récupérer la mallette qui, songea Claire, servait décidément beaucoup ces derniers temps. De son côté, elle fit couler de l'eau chaude et sortit plusieurs torchons propres.

La blessure était moins grave que Claire l'avait craint – elle saignait beaucoup mais restait superficielle – et Eve posa des bandelettes adhésives pour refermer la plaie. Les trous qui ornaient le cou de la jeune fille semblaient récents, en revanche. Lorsque Eve la questionna à ce sujet, Miranda parut gênée et remonta le col de sa chemise.

— Ça ne te regarde pas, répondit-elle.

— C'est Charles, je me trompe ? Quel sale con !

Eve avait une dent contre les vampires qui jetaient leur dévolu sur des mineures – et, à ce que Claire avait compris à demi-mot, Charles était loin d'être le seul. D'autant que c'était illégal. Elle se demanda si Amelie était au courant pour Miranda. Ou si elle s'en souciait.

— Tu ne peux pas le laisser boire ton sang comme ça, Mir ! Tu le sais !

— Il était si affamé, répondit celle-ci, la tête pendante. Tu as raison… Mais ça n'a pas fait mal, pas vraiment.

Prise d'un haut-le-corps, Claire se tourna vers Shane.

— J'en connais un qui mériterait de recevoir un pieu en plein cœur, lâcha-t-il.

Miranda le foudroya du regard.

— Je ne trouve pas ça drôle !

— J'ai l'air de plaisanter ? Miranda, ce type est un pédophile. Ce n'est pas parce qu'il t'a mordu au lieu de…

Shane s'interrompit pour plonger les yeux dans les siens.

— Il n'a rien fait d'autre, hein ?

À en croire le malaise qui la gagnait, Miranda avait saisi le sous-entendu. Elle tenta d'ailleurs de se lever du fauteuil dans lequel ils l'avaient installée.

— Je dois rentrer.

— Eh là, tu tiens à peine debout, intervint Eve en la forçant à se rasseoir. Claire, tu n'irais pas voir Michael ? Histoire de t'assurer qu'il va bien ?

En d'autres termes, Shane et elle s'apprêtaient à poser des questions intimes. Claire obtempéra. Comme la porte de la salle de bains était fermée, elle frappa doucement.

— Michael ?

Aucune réponse. Elle essaya la poignée. Le verrou avait été poussé. Attirée par un bruit dans son dos, elle pivota sur ses talons, mais le couloir était vide. Elle n'entendit pas la porte s'ouvrir et se retrouva nez à nez avec Michael quand elle se retourna.

Elle fit plusieurs pas en arrière. Il avait pris une douche ; ses cheveux, humides et plus foncés que d'habitude, bouclaient dans sa nuque. Comme il ne portait qu'une serviette autour de la taille, Claire découvrit des parties inconnues de son anatomie et elle fut… très impressionnée. Au point qu'elle recula jusqu'au mur d'en face.

— Désolé, dit-il.

Pourtant le ton de sa voix démentait ses excuses : il paraissait surtout très nerveux.

— Elle est encore là, ajouta-t-il.

Ce n'était pas une question, toutefois Claire répondit en hochant la tête.

— Elle ne peut pas rester, conclut-il. On doit la faire sortir d'ici.

— Je ne crois pas qu'elle soit en état. Elle était complètement hystérique. Shane et Eve…

— Je sens encore son sang, l'interrompit-il. Je me suis lavé. J'ai retiré mes vêtements. Ça ne suffit pas, je peux toujours… Elle doit s'en aller. Tout de suite.

— Qu'est-ce qui te prend ? Je croyais que tu avais…

Elle hésita avant de faire le geste de boire.

— En effet, dit-il en se frictionnant le visage. J'ai dû tout brûler au concert. J'ai faim, Claire.

Ces mots lui avaient beaucoup coûté.

— Attends-moi ici, rétorqua-t-elle, la gorge nouée.

En descendant, elle vit que Shane et Eve, l'air grave, discutaient toujours avec Miranda. Dans le frigo, au fond de l'étagère du bas, étaient entreposées des bouteilles qui, contrairement à leur apparence, ne contenaient pas de la bière. Il y en avait trois. Elle en agrippa une sans s'attarder dessus et veilla à la dissimuler sous son bras quand elle repassa dans le salon. Shane et Eve étaient trop occupés à tirer les vers du nez de Miranda pour lui prêter attention, de toute façon.

Michael l'attendait, adossé au cadre de la porte de la salle de bains, les bras croisés. Il se redressa quand il découvrit ce qu'elle lui apportait. Elle lui tendit la bouteille en silence. Sans jamais détacher ses yeux d'elle, il fit sauter le bouchon avec l'ongle de son pouce et porta le goulot glacé à ses lèvres. Le contenu avait davantage la consistance du sirop que du sang, et Claire ravala un haut-le-cœur. Michael aussi, pourtant il avala le liquide jusqu'à la dernière goutte. Après avoir viré au rouge vif, ses prunelles bleues retrouvèrent leur aspect normal. Elle lut un sentiment de dégoût sur son visage.

— Dis-moi que je ne viens pas de faire ça devant toi, souffla-t-il.

— Euh… si.

Et elle avait même eu l'impression d'avoir, en quelque sorte, été mise au défi d'assister à la scène. C'était répugnant, et malgré tout…

Michael s'essuya les lèvres du revers de la main puis, constatant qu'elles y avaient laissé une trace rouge pâle, alla se rincer dans le lavabo. Il fixa son reflet dans le miroir si longtemps que Claire crut qu'il avait oublié sa présence. Pourtant, il finit par lancer :

— Merci.

Cherchant quelque chose de pas trop débile à dire, elle répondit :

— Ce n'était pas top, hein ? Trop froid ?

Elle aurait pu trouver mieux. Néanmoins Michael sauta sur l'occasion d'oublier ce moment gênant.

— Ouais, convint-il. Enfin, ça a trompé un peu ma faim. Et c'est l'essentiel.

Il rinça soigneusement la bouteille avant de la jeter.

— Je vais m'habiller, reprit-il. Je vous rejoins dans une minute.

Il la congédiait, mais de façon élégante, et Claire rallia sans broncher le salon. Shane et Eve se tenaient côte à côte, la tête penchée dans le même sens, les yeux braqués sur Miranda.

— Que se passe-t-il ? murmura Claire.

— Chut ! répondirent-ils, étrangement, en chœur.

Miranda s'exprimait d'une voix monocorde, l'air… absent. Inconscient. Comme si elle n'habitait plus son corps.

— Je vois le bal, disait-elle. Tant de colère… de mensonges. Tous morts, des morts vivants en train de s'écrouler. Le mal se répand. Il nous tuera tous.

La panique s'empara de Claire : « morts vivants », « en train de s'écrouler », « le mal se répand ». Miranda avait des visions, elle le savait. C'était d'ailleurs une des raisons pour lesquelles Eve la fréquentait. Parfois, il s'agissait de pures hallucinations mais, de temps à autre, Miranda approchait tant de la vérité que c'en était flippant. Et Claire avait la certitude qu'ils se trouvaient dans le second cas de figure, à cet instant.

Celle-ci évoquait l'épidémie qui infectait les vampires et la possibilité qu'elle puisse se transmettre aux humains. Pourtant, c'était impossible, non ? Ils n'avaient même pas encore été capables d'identifier la maladie, seulement ses symptômes, à savoir qu'elle s'attaquait à la santé mentale des vampires jusqu'à ce qu'ils en soient entièrement privés.

Première conséquence du mal : plus aucun vampire de Morganville n'était en mesure de se reproduire. De créer de nouveaux buveurs de sang. Seule Amelie en avait encore la force et la création de Michael avait failli la détruire.

« Le mal se répand. » Au souvenir de tous les humains, de toutes les familles, de tous les jeunes étudiants réunis au café ce soir-là, Claire se sentit gagnée par une impression de froid et de fragilité. Ça ne pouvait pas être vrai.

— Le bal, répéta Miranda. Vous êtes tous des fous, tous… Ne les laissez pas vous piéger. Ils ne sont pas que trois… ils sont davantage…

— Qui ? demanda Eve en se laissant tomber sur le siège à côté de Miranda et en la prenant par l'épaule. Mir, de qui parles-tu ?

— Les Anciens, répondit-elle alors que des larmes commençaient à rouler sur ses joues pâles. Oh non, oh non… Ils se transforment. Ils sont si affamés, impossible de les arrêter…

Michael, qui descendait l'escalier, s'immobilisa. S'il avait recouvré son calme, il semblait inquiet.

— De quoi parle-t-elle ?

— Chut !

Cette fois, ils furent trois à souffler en chœur. Eve se rapprocha encore de Miranda.

— Tu veux dire les vampires, ma puce ? Que va-t-il leur arriver ?

— Ils meurent, murmura-t-elle. Ils sont si nombreux à mourir. Nous croyons être en sécurité, mais c'est faux. Ils n'écouteront pas… ils ne nous verront pas…

Elle triturait sans relâche le bracelet en argent à son poignet et se tortillait sur son fauteuil.

— Il va le faire, continua-t-elle, ça va se produire.

— Oliver ? s'enquit Eve (il s'agissait du seul vampire mâle à siéger au conseil des Anciens).

Miranda secoua la tête. Sans ajouter un autre mot, elle se mit à sangloter, si fort qu'elle sortit elle-même de sa transe et se cramponna à Eve comme un faible roseau ballotté par le vent.

— Bishop, lâcha Michael.

Tous les regards se tournèrent vers lui.

— Elle ne parlait pas d'Oliver, poursuivit-il, mais de Bishop. Il va tenter de détruire Morganville.

Miranda resta finalement dormir sur le canapé et, le lendemain matin, Claire la trouva roulée en boule sous des monceaux de couvertures. Celle-ci frissonnait toujours mais dormait à poings fermés. Elle semblait encore plus fragile qu'à son habitude : sa peau pâle était translucide et des cernes sombres soulignaient ses yeux.

Claire éprouvait de la peine pour elle, mais une compassion distante – Miranda n'inspirait pas la sympathie. Elle n'avait pas d'amis à qui parler, en tout cas à en croire Eve : si les gens toléraient sa présence, ils n'appréciaient pas pour autant sa compagnie. C'était difficile à vivre, sans doute. Elle mettait les autres mal à l'aise, quand elle ne les rebutait pas franchement, et même à Morganville elle aurait du mal à se faire une place.

Pas étonnant qu'elle ait défendu le vampire qui se nourrissait de son sang ; il était probablement le seul à lui témoigner un tant soit peu d'affection.

Claire prit le temps de border sa silhouette frêle avant d'aller préparer du café et du pain grillé. Elle avala son petit déjeuner dans la solitude de la cuisine, mais le soleil se levait à peine et aucun de ses colocataires n'aurait pu être qualifié de matinal. Par moments, s'être inscrite aux premiers cours de la journée lui apparaissait comme une très mauvaise idée.

La sonnerie du téléphone faillit lui coller une crise cardiaque. Elle bondit pour décrocher avant la deuxième sonnerie tonitruante.

— Allô ?

Après un silence, sa mère lança :

— Claire ?

— Maman ! Bonjour… Qu'est-ce qui ne va pas ?

— Pourquoi faudrait-il forcément que quelque chose n'aille pas ? Je ne peux pas appeler simplement parce que j'ai envie de parler à ma fille ?

Super. Maintenant sa mère était sur la défensive.

— Je sais qu'il est tôt, poursuivit-elle, mais je voulais t'avoir avant le début de tes cours.

Prenant appui contre le mur, Claire se mit à gratter le lino avec ses orteils.

— Je comprends. Comment se déroule votre installation ? Vous avez pu déballer toutes vos affaires ?

— Très bien, répondit-elle d'un ton si artificiel que Claire se figea, les sens en alerte. Simplement… il faut qu'on se fasse à la vie dans une petite ville et tout.

— Oui. Vous allez vous y faire.

Claire ignorait l'étendue des connaissances de sa mère et de son père sur Morganville, mais ils devaient forcément avoir reçu une sorte de… Comment appeler ça ? Formation ? S'il y avait bien un domaine dans lequel la ville ne devait pas être à la traîne, c'était bien celui-là.

— Vous avez… vous avez rencontré des gens ? demanda-t-elle.

— Nous sommes allés à un cocktail de bienvenue. Organisé par M. Bishop et sa fille.

Claire dut se mordre la lèvre pour retenir un gémissement. Bishop ? Et Amelie. Oh, non !

— Raconte…

— Oh, rien d'extraordinaire, tu sais. On a fait la conversation en dégustant des petits-fours et en buvant du champagne. Puis il y a eu la présentation de l'histoire de… de…

Avec une soudaineté désarmante, la mère de Claire fondit en larmes.

— Je te jure qu'on ne savait pas… si on avait su, jamais on ne t'aurait envoyée dans cet endroit affreux… Oh, trésor !

La boule qui s'était formée dans la gorge de Claire l'empêchait presque de respirer.

— Ne pleure pas, maman. Ça va aller, tout va s'arranger.

Elle mentait, mais avait-elle le choix ? Entendre sa mère craquer était plus qu'elle n'en pouvait supporter.

— Écoute, insista-t-elle, tu as rencontré Amelie, non ?

Des reniflements à l'autre bout du fil.

— Oui, elle a l'air gentille.

Ce n'était pas le premier qualificatif qui serait venu à l'esprit de Claire.

— Eh bien, Amelie est la personne la plus puissante de Morganville, et elle est de notre côté.

Bien sûr, c'était un peu exagéré, seulement si elle voulait décrire la situation en termes simples, il fallait s'arranger un peu avec la vérité.

— Tu n'as aucune raison de t'inquiéter, maman, je t'assure. Je travaille pour Amelie. En échange, elle garantit ma sûreté et la vôtre. D'accord ?

— D'accord.

Elle ne consentait son assentiment que du bout des lèvres, mais au moins elle le consentait.

— Je me suis fait tellement de souci pour ton père, reprit-elle. Il n'avait pas l'air bien, pas bien du tout. Je voulais qu'il aille à l'hôpital, il a refusé. Il m'a assuré qu'il allait bien…

Dans un flash, Claire revit Miranda les implorer : « S'il vous plaît, ne m'envoyez pas là-bas. Vous ne savez pas… vous ne savez pas ce qu'ils feront… » Elle parlait de l'hôpital, elle aussi.

— Il va bien, maintenant ?

— Il semble mieux aujourd'hui, répondit-elle avant de se moucher puis de reprendre la ligne d'une voix plus assurée. Je suis désolée de déverser tout ça sur toi, ma chérie. J'étais à mille lieues de me douter… ça m'a fait bizarre de penser que tu avais habité là tout ce temps sans jamais évoquer devant nous… la situation.

En clair : les vampires.

— Pour être honnête, maman, je m'imaginais que vous ne me croiriez pas. Et les appels hors de la ville sont placés sur écoute. Ils vous l'ont expliqué, n'est-ce pas ?

— Oui. Tu nous protégeais alors, rétorqua-t-elle avec un éclat de rire nerveux. Ce sont les parents qui sont censés protéger leurs enfants, Claire. Nous nous sommes plantés sur toute la ligne. Nous pensions vraiment que tu y serais mieux seule qu'au Massachusetts ou en Californie…

— Ce n'est rien, j'irai un jour.

Elles déplacèrent la conversation sur des sujets plus légers – l'installation, le vase qui avait été cassé pendant le déménagement (« De toute façon, je détestais ce machin, ta tante nous l'avait offert à Noël une année, tu te souviens ? »), l'emploi du temps de Claire pour la journée. À la fin de leur échange, sa mère paraissait avoir retrouvé un semblant d'aplomb, tandis que son café à elle avait désespérément refroidi. Tout comme sa tartine de pain grillé.

— Claire, au sujet de ta colocation…

— Je ne partirai pas. Désolée, maman. Je sais que ça va contrarier papa, mais ce sont mes amis et ma place est à leurs côtés. Je reste.

Après un bref silence, sa mère lui dit tout doucement :

— Je suis si fière de toi.

Puis elle raccrocha. Les yeux brûlants de larmes, Claire attendit quelques secondes avant de lancer, dans le téléphone :

— Je t'aime.

Elle rassembla ensuite ses affaires et se rendit en cours.

8.

Les jours passèrent et, pour une fois, aucun événement inattendu ne vint en perturber le cours paisible. Une vie normale – ou ce qui y ressemblait à Morganville. Claire alla à la fac, Eve au travail, Michael donna des cours de guitare (il était beaucoup plus sollicité depuis le concert au Starbucks), quant à Shane… il traîna, même si Claire le trouva préoccupé.

Elle finit par réaliser que l'invitation au bal le minait. Et qu'il n'avait aucune envie d'en parler avec elle.

— Qu'est-ce que tu ferais à ma place ? demanda-t-elle à Eve. Il ne peut pas tout simplement appeler et se faire porter pâle ?

— Tu plaisantes ? Tu crois qu'ils goberaient cette excuse ? Quand on reçoit une invitation de ce genre, on n'a pas le choix. On y va. Point final.

Claire, qui sortait des verres du placard pendant qu'Eve préparait les assiettes, faillit tout lâcher.

— Mais… Mais ça veut dire que cette sale petite pu…

— Surveille ton langage, jeune fille.

— Cette sale petite peste va le forcer à l'accompagner !

Ça la mettait dans une rage noire, et pas seulement parce que Shane avait, lui-même, mal accueilli la nouvelle. Ce qui la rendait dingue, c'était qu'il se plie au jeu. Et qu'Ysandre pose ses longs doigts pâles sur son torse, pour sentir les battements de son cœur.

Il ne lui en avait pas touché un seul mot, et elle ignorait comment l'aider. Eve la détailla quelques secondes d'un air songeur avant de lâcher :

— Elle ne sera pas la seule à y aller tu sais. Shane aura de la compagnie.

— Comment ça ?

— Michael est invité aussi. J'ai reconnu l'invitation quand elle est arrivée. Même si je ne l'ai pas ouverte.

Seulement Eve, elle, avait toutes les raisons du monde de penser que Michael lui proposerait de l'accompagner. Du coup, Claire se retrouverait la seule exclue. Ce qui ne fit qu'accroître de façon irrationnelle sa colère. « Tu es jalouse. Parce que tu ne veux pas qu'il aille où que ce soit sans toi. » Elle n'avait aucune envie d'être ce genre de fille, et pourtant… Pour ne rien arranger, elle n'avait pas la moindre idée du moyen d'y remédier.

Elle posa sans doute un peu brutalement le verre de Coca devant Shane : il leva vers elle des yeux interrogateurs. Eve s'était déjà assise en face. Michael n'était pas rentré, mais ça ne semblait pas la déranger, cette fois. Peut-être l'avait-il prévenue…

« C'est bon de savoir que certains communiquent », songea Claire.

— Quoi ? lui demanda Shane en avalant une gorgée. J'ai oublié de te remercier ? Vraiment merci. C'est le meilleur Coca du monde. Tu l'as fait toi-même ? Tu me donnerais ta recette ?

— Tu as des projets pour samedi soir ? Je me disais qu'on pourrait aller au cinéma, ou…

Elle avait manqué de finesse ; Shane comprit instantanément où elle voulait en venir, et Eve faillit s'étouffer avec ses lasagnes. Le silence s'étira. Claire joua avec la nourriture dans son assiette, histoire de se donner une contenance.

— Je ne peux pas, finit par lâcher Shane. Je suppose que tu sais pourquoi.

— Tu vas à ce bal. Avec cette… l'amie de Bishop.

— Je n'ai pas vraiment le choix.

— Tu en es certain ?

— Bien sûr. Tu peux m'expliquer pourquoi on a cette conversation ?

— Parce que…

Elle planta sa fourchette si violemment que les dents raclèrent l'assiette.

— Parce que Michael y va, donc Eve aussi sans doute. Et moi dans ton ça ?

— Tu as fumé, ou quoi ? C'est moi, ou j'ai l'impression que tu as envie d'aller à cette fête de sangsues ? Au cas où ça ne coulerait pas de source, je n'en ai aucune envie, moi.

Claire tenta de ne pas lui jeter un regard noir quand elle repartit :

— Je croyais que tu la détestais. Ysandre. Pourtant, tu l'accompagnes.

— Je la déteste. Et je l'accompagne.

Shane enfourna une grosse bouchée de nourriture, stratégie grossière pour mettre un terme à la conversation, ou au moins l'éviter. Eve s'éclaircit la gorge, puis lâcha :

— Je devrais peut-être, je ne sais pas, vous laisser ? Ça commence à ressembler à une de ces émissions de téléréalité qui me filent des boutons. Vous voulez faire un saut au confessionnal à tour de rôle ?

Shane et Claire ignorèrent ses sarcasmes.

— Je ne t'en ai pas parlé, dit-il, parce que tu ne peux rien y faire. Personne n'y peut rien.

— Arrête de parler la bouche pleine.

— Mais c'est toi qui m'as posé la question !

— Je… bredouilla Claire, qui sentait soudain les larmes lui piquer les yeux. Je voulais juste que tu communiques. Enfin, apparemment, tu n'es même pas capable de faire ça.

Elle prit ses lasagnes, auxquelles elle n'avait pas touché, et son verre pour monter dans sa chambre. Son tour était venu de piquer sa crise, de claquer la porte et de bouder dans son coin. Et, bon sang, elle allait s'appliquer !

Elle fondit en larmes à la seconde où elle se retrouva seule. Après avoir tout posé sur la commode, elle s'affala par terre, dans un coin, en sanglotant. Elle n'avait pas pleuré comme ça depuis longtemps, pour quelque chose d'aussi débile, mais elle ne pouvait pas…

Quelqu'un frappa à la porte.

— Claire ?

— Fiche-moi la paix, Shane.

Elle n'y avait pas mis beaucoup de conviction, malgré tout, et il poussa le battant. Elle s'attendait à ce qu'il se précipite vers elle et la prenne dans ses bras, mais il se contenta de… rester planté sur le seuil. Le visage empreint d'un mélange d'agacement et de perplexité.

— Pourquoi est-ce que tu prends ça aussi personnellement ? lui demanda-t-il.

Sa question était parfaitement justifiée, à tel point qu'elle en eut le souffle coupé et que ses sanglots redoublèrent.

— Je devrai porter un costume ridicule, reprit-il. Cacher que je rêve de planter un pieu dans le cœur de cette pouffe. Pas toi !

— Mais tu y vas ! Pourquoi ? Tu… Je croyais que tu la haïssais…

— Parce qu'elle a dit qu'elle te tuerait si je ne me pointais pas. Et parce que je sais que ce ne sont pas des menaces en l'air. Elle n'hésiterait pas. Satisfaite ?

Il referma la porte sans un bruit. Claire ne parvenait pas à ralentir sa respiration. Le poids sur sa poitrine l'étouffait, elle avait l'impression que chaque battement de cœur risquait d'être le dernier. Un petit cri lui échappa ; elle était incapable de savoir si c'était de désespoir, de colère ou d'angoisse.

Ses larmes finirent par se tarirent, et elle essuya ses joues humides. Elle se sentait éreintée, seule et ne pouvait reprocher la situation à personne. Son dîner n'avait rien d'appétissant et elle n'avait qu'une envie : se rouler en boule dans son lit avec la peluche la plus grosse et la plus douce qu'elle puisse trouver.

Mais ça n'aurait rien arrangé.

En ouvrant la porte, elle trouva Shane assis dans le couloir, contre le mur. Il leva les yeux vers elle. Ils étaient rougis, également. Pas mouillés de larmes, mais légèrement brillants.

— Tu as terminé ? demanda-t-il. Parce que c'est pas très confortable, ici.

Elle se laissa glisser à côté de lui. Il glissa un bras autour de ses épaules et elle posa la tête sur son torse. Il lui caressa les cheveux et elle se sentit aussitôt apaisée par le rythme régulier de sa respiration. Par sa chaleur et sa présence à ses côtés.

— Dis-moi que tu l'empêcheras de te faire du mal, susurra-t-elle. Shane…

— Ne t'inquiète pas. Michael sera là et il interviendra si elle tente quoi que ce soit. Mais je veux te savoir en sécurité. Promets-moi que tu passeras la soirée avec tes parents, ou un truc dans le genre. Non, Claire, insista-t-il en voyant qu'elle s'apprêtait à protester. Non, promets-le-moi. J'ai besoin que tu me rassures.

Elle acquiesça sans conviction.

— Promis, dit-elle avant de prendre une grande inspiration pour chasser ses inquiétudes. Alors, il est comment ce costume ridicule ?

— La réponse ne va pas te plaire.

— Il y a du cuir ?

— Bien possible.

Cette perspective n'avait vraiment pas l'air de le réjouir. Elle réussit à sourire en disant :

— J'ai hâte.

Shane se cogna la tête contre le mur.

— Les filles…

À l'occasion de sa nouvelle visite au laboratoire de Myrnin, Claire eut une surprise. En apercevant, depuis l'escalier, de la lumière, sa première pensée fut qu'il avait réussi à sortir de sa cellule. Alors qu'elle ouvrait la fermeture Éclair de son sac à dos pour sortir le pistolet anesthésiant, elle constata que ce n'était pas Myrnin.

Le laboratoire encombré et faiblement éclairé – qui s'apparentait davantage à un débarras rempli de matériel obsolète, en réalité – contenait entre autres un fauteuil et une lampe de lecture. Et qui était installé dans celui-ci, occupé à tourner les pages fatiguées d'un vieil ouvrage ? Oliver.

Claire referma ses doigts sur la crosse du pistolet – juste au cas où, même si elle n'était pas certaine du bénéfice qu'elle pourrait retirer d'une dose d'antidote dans ce cas-là.

— Oh, détends-toi, Claire, je ne vais pas t'attaquer, marmonna-t-il d'une voix lasse sans même se donner la peine de lever les yeux vers elle. Et on est dans le même camp depuis peu. Tu n'es pas au courant ?

Elle descendit les dernières marches d'un pas lent.

— Apparemment pas. Une note d'info a circulé ?

Certes, il avait rappliqué en courant quand Eve l'avait appelé pour l'avertir de la présence de Bishop en ville, mais ça ne suffisait pas à le placer dans la catégorie des alliés du point de vue de Claire.

— Quand des étrangers menacent une communauté, les membres de celles-ci resserrent les rangs. C'est une règle aussi vieille que le monde, les premières tribus l'appliquaient. Nous appartenons à la même communauté et nous avons un ennemi commun.

— M. Bishop.

Laissant un doigt sur la page, à l'endroit où il interrompait sa lecture, Oliver releva la tête.

— Tu as des questions, je suppose. À ta place, j'en aurais.

— Très bien. Depuis combien de temps le connaissez-vous ?

— Je ne le connais pas. Et je doute que ce soit le cas de quiconque encore en vie aujourd'hui.

Claire s'installa sur une chaise branlante en face de lui.

— Mais vous l'avez rencontré.

— Oui.

— Quand ?

En le voyant la tête inclinée et les yeux plissés, elle se souvint soudain qu'elle avait cru, à une époque, qu'il était un type normal, plus sympa que la moyenne. Elle ne partageait plus du tout ce sentiment. Ni en matière de normalité, ni en matière de sympathie.

— Je l'ai rencontré en Grèce, il y a un moment. Les circonstances ne t'éclaireraient guère, je pense. Pas plus qu'elles ne te rassuraient, à la réflexion.

— Vous avez essayé de le tuer ?

— Moi ? demanda Oliver en souriant lentement. Non.

— Amelie, oui ?

Il ne répondit pas, mais ne se départit pas de son sourire. Le silence s'étira tant que Claire aurait voulu hurler ; sachant cependant qu'il comptait sur elle pour le rompre, elle se refusa à lui faire ce plaisir.

— Les affaires d'Amelie ne te regardent pas. Je suppose que tu as écouté les divagations de Myrnin. Je l'avoue, je trouve fascinant qu'il soit toujours parmi nous. Je le croyais mort et enterré depuis longtemps.

— Comme Bishop ?

— Il travaille vraiment du chapeau, tu sais. Myrnin. Et ce aussi loin que remontent mes souvenirs, même s'il y a fort à parier que son état s'est aggravé dernièrement.

Le regard d'Oliver se perdit dans le vague, lorsqu'il reprit :

— Il aimait tant la chasse… Même s'il pleurnichait toujours comme une mauviette après. Ça ne me surprend pas qu'il cherche à imputer ses propres faiblesses à une… prétendue maladie. Certains ne sont tout simplement pas faits pour cette vie.

Claire s'attendait à beaucoup de choses, mais celle-ci la prit au dépourvu.

— Vous ne croyez pas à cette maladie ?

— Je ne crois pas que, sous prétexte que Myrnin et quelques autres montrent des signes de… déficience, nous soyons tous sur le déclin.

— Pourtant… vous ne pouvez pas, euh…

— Nous reproduire ? compléta Oliver sans la moindre trace d'émotion. Peut-être n'en avons-nous pas le souhait.

— Vous avez essayé de transformer Michael.

Elle n'aurait jamais dû dire ça, non, vraiment, elle aurait mieux fait de s'abstenir. Les traits d'Oliver se crispèrent, au point qu'elle aperçut les contours de son crâne sous sa peau lisse et pâle. Un éclair rouge traversa son regard.

— D'après Michael.

— Et Amelie, insista Claire. Vous vouliez… établir votre pouvoir ici. L'asseoir sur vos propres fidèles. Mais vous avez échoué. Ça vous a déstabilisé, je me trompe ? Parce que tout à coup, vous n'étiez… plus capable de le faire.

— Ma petite, à ta place, je réfléchirais bien aux prochains mots qui vont sortir de ma bouche. J'y réfléchirais attentivement.

Il la dévisagea en silence et, cette fois, Claire détourna le regard, avant de retirer une peluche imaginaire de son sac à dos.

— Je ferais mieux de me mettre au travail, lança-t-elle. Et vous n'êtes pas censé être ici sans l'accord d'Amelie.

— Qu'est-ce qui te dit que je ne l'ai pas ?

— Elle aurait chargé quelqu'un de vous surveiller dans ce cas.

La réplique de Claire lui valut un petit sourire froid.

— Tu es vraiment futée. Oui, eh bien… comptes-tu me demander de partir ?

— Je ne crois pas être en mesure d'exiger quoi que ce soit de vous, Oliver, mais si vous voulez que j'appelle Amelie…

Elle sortit son téléphone portable et parcourut son carnet d'adresses. Le vampire envisageait de la tuer : ça se voyait comme le nez au milieu de la figure, et Claire faillit d'ailleurs presser la touche « appel » de son téléphone par pur réflexe. Cependant il se ressaisit, et un sourire chassa son animosité.

— Inutile de déranger la Fondatrice pour pareilles sornettes, dit-il. Je vais prendre congé. De toute façon, j'ai eu ma dose de pensées délirantes aujourd'hui, je ne peux en lire davantage.

Il lâcha le volume sur un tas d'ouvrages éparpillés au pied du fauteuil et s'éloigna, naviguant avec grâce entre les piles de livres et les barricades de mobilier dépareillé. Il ne semblait pas se déplacer vite, pourtant, en un battement de cils, il n'était déjà plus qu'une ombre sur les marches.

Claire exhala un soupir frémissant, sortit le pistolet de son sac à dos et alla trouver Myrnin.

— Merveilleux, conclut-il en examinant ses mains. Je ne m'étais pas senti aussi bien depuis… eh bien, des années. J'avais une sensation d'engourdissement permanente… le savais-tu ?

Il serra les poings, puis les retourna et déploya les doigts. C'était la première fois qu'il mentionnait ce symptôme, et Claire le nota dans son carnet. Elle avait lancé le chronomètre qu'elle avait commandé sur le Net et fixé au mur : les chiffres rouges lumineux leur rappelaient à tous deux que Myrnin disposait d'un maximum de cinq heures de lucidité.

Suivant le regard de Claire, Myrnin tomba sur le compte à rebours et son euphorie se dissipa aussitôt. À l'exception de ses yeux, il avait toujours l'allure d'un jeune homme ; Claire avait d'ailleurs la chair de poule quand elle songeait qu'il était déjà exactement le même avant qu'elle naisse, et qu'il le serait encore longtemps après qu'elle serait morte. « Il aimait tant la chasse », avait dit Oliver. Elle ne pouvait concerner qu'un type de gibier dans ce cas : les humains.

Myrnin lui sourit, de ce sourire qui avait emporté la confiance de Claire au début – doux, gentil, l'invitant à partager un secret délicieux.

— Merci pour l'horloge, Claire. Elle sera d'une grande aide. Est-elle pourvue d'une alarme ?

— Elle se déclenchera quinze minutes avant la fin du compte à rebours. Et elle sonne toutes les heures également.

— Voilà qui est très pratique. Eh bien alors, à présent que j'ai récupéré l'usage de mes mains, que puis-je en faire ?

Myrnin souleva ses épais sourcils noirs d'un air suggestif, ce qui, de sa part, était hilarant.

— Et si nous commencions par ranger ces livres ? proposa-t-elle.

La circulation devenait vraiment acrobatique : elle avait trébuché sur des colonnes instables à plus d'une reprise, et pas toujours dans la précipitation. Myrnin ne put retenir une grimace malgré tout.

— Je ne dispose que de quelques heures de lucidité, Claire. Le classement ne m'apparaît pas comme la meilleure façon de les employer.

— Très bien, que proposez-vous alors ?

— Je crois que nous avons fait beaucoup de progrès avec cette dernière version du produit, pourquoi ne pas essayer d'en extraire encore davantage l'essence ? Afin d'en accroître les effets ?

— Je me demande si on ne devrait pas mieux analyser votre sang d'abord.

Avant qu'elle ait le temps de réagir, il récupéra un couteau rouillé sur une table et s'entailla le bras. Alors qu'elle ouvrait la bouche pour hurler, il s'empara d'un tube à essai propre qu'il remplit de son sang : la plaie se referma si rapidement qu'il ne put y verser que quelques cuillères à café.

— Il existe des méthodes… moins douloureuses, lâcha-t-elle faiblement.

Myrnin lui tendit l'éprouvette : le sang paraissait plus sombre et plus épais que celui des humains – mais c'était sans doute logique, il n'était pas aussi chaud. Elle tenta de détacher sa pensée de tous ces gens contraints de donner leur sang régulièrement. En vain. Celui de Shane finirait-il dans les veines de Myrnin ? Que savait-elle du métabolisme des vampires, au fond ? Le sang ingéré était-il digéré avant de circuler dans leur corps ? Les groupes sanguins avaient-ils leur importance ? Et les maladies transmissibles par le sang ?

Beaucoup de questions restaient en suspens. Et Claire était persuadée qu'à l'idée de leur chercher des réponses le Dr Mills serait aux anges.

— La douleur importe peu, rétorqua Myrnin en rabattant sa manche sur son bras pâle et vierge de toute cicatrice, après avoir essuyé les quelques gouttes de sang restantes. Avec le temps, on apprend à l'ignorer.

En dépit de ses doutes, Claire ne discuta pas.

— Je vais en rapporter une partie à l'hôpital, expliqua-t-elle. Le Dr Mills voulait des échantillons sanguins. Il dispose d'un matériel très sophistiqué, ce qui lui permettra de nous donner des analyses plus précises que celles qu'on obtiendrait ici.

Myrnin haussa les épaules, ne nourrissant visiblement aucun intérêt pour le médecin – ou pour tout humain à l'exception de Claire.

— Fais comme bon te semble, rétorqua-t-il. Quel type de matériel ?

— Oh, toutes sortes d'appareils. Spectromètres de masse, analyseur de sang… vous voyez.

— Nous devrions nous les procurer.

— Pourquoi ?

— Nous ne pourrons jamais travailler correctement si nous ne disposons pas d'équipements récents.

— Myrnin, vous n'avez pas la place, ici. Et je ne crois pas que votre petite prise de courant classique soit capable d'alimenter un microscope électronique. Sans parler du coût et de la fragilité de ces appareils. Laissez les hôpitaux et les universités se charger de les acquérir. Il nous suffit juste de les louer le temps nécessaire.

D'abord surpris, Myrnin se fit soudain pensif :

— Le temps nécessaire ? Comment prévoir une telle chose quand on ignore ce qu'on cherche ou la durée des expérimentations ?

— Il faut apprendre à planifier ses découvertes. Et à être patient.

Sa réponse lui valut un éclat de rire :

— Claire, tu oublies que je suis un vampire. Nous ne sommes pas réputés pour notre patience, tu sais. Ce Dr Mills… Nous devrions peut-être lui rendre visite. J'aimerais le rencontrer.

— Je… je suis sûre que lui aussi, articula-t-elle.

Elle était beaucoup moins sûre, en revanche, qu'Amelie approuve. Enfin, Myrnin s'était collé cette idée dans la tête, que celle-ci donne ou non son accord.

— La prochaine fois, entendu ?

Ils consultèrent tous deux l'horloge.

— Oui, répondit-il. La prochaine fois. Ah ! Je voulais te poser une question. Qu'as-tu appris au sujet de Bishop et du bal organisé en son honneur ?

— Pas grand-chose. Je crois que Michael et Eve comptent s'y rendre. Quant à Shane… il prétend être obligé d'y aller.

— Avec Ysandre ?

Claire confirma. Myrnin se jeta sur une pile de livres, qu'il parcourut avec une énergie débordante avant de s'attaquer à une seconde. Un cri de victoire lui échappa soudain et il escalada plusieurs ouvrages pour en récupérer un qui, aux yeux de Claire, ressemblait à n'importe quel autre. Il le lui lança. Claire le rattrapa juste avant qu'il ne l'atteigne en pleine poitrine.

— Aïe ! Moins fort, s'il vous plaît.

— Désolé, répondit-il sans y mettre beaucoup de conviction (son côté sombre et impertinent était particulièrement prononcé ce jour-là).

— De quoi s'agit-il ?

Myrnin lui prit le livre des mains afin de trouver la bonne page. Une fois qu'il l'eut repérée, à peu près au milieu, il le lui rendit avec pour tout commentaire :

— Ysandre.

L'ouvrage, rédigé en anglais daté et maculé de taches, n'était pas facile à déchiffrer.

Elle était d'une beauté si extraordinaire et remarquable que son grand-père, fasciné par cette vision éblouissante, la prit pour un ange que Dieu lui aurait envoyé afin de le consoler sur son lit de mort. De par les lignes pures de son profil gracieux, ses immenses prunelles noires, son noble front dégagé, sa chevelure de jais, sa bouche délicate, ce beau visage faisait naître, chez ceux qui la contemplaient, une mélancolie profonde mais douce, imprimant à tout jamais sa marque dans leurs esprits. Déliée, ses mouvements possédaient cette grâce souple et insouciante qui évoque le balancement d'une fleur dans la brise.

— Oh, fit Claire, surprise.

Il s'agissait bien d'Ysandre, la description correspondait.

— Elle était… reprit-elle.

— Une meurtrière très renommée. Elle a prêté main-forte à son mari et à ses cousins pour tuer un roi, peu de temps après le décès de son grand-père. Elle a fini sur le gibet, mais après sa transformation en vampire. Le temps a joué en sa faveur.

Le livre relatait en termes effroyables l'assassinat royal ainsi que plusieurs autres. Claire le referma en réprimant un frisson.

— Pourquoi m'avez-vous montré ça ?

— Je ne veux pas que tu commettes la même erreur que son grand-père… que tu la sous-estimes parce qu'elle a l'apparence d'un ange. Ysandre a ravi plus de vies que tu ne peux l'imaginer, à commencer par la sienne.

Le regard de Myrnin était lourd, et très grave.

— Si elle veut Shane, lui dit-il, laisse-le-lui. Elle se lassera vite, tu verras. Amelie ne lui permettra pas de le tuer.

— Je crois qu'elle en a après autre chose, répliqua Claire.

— Ah, un désir sexuel alors. Ou un sentiment approchant. Ysandre a toujours été un peu… bizarre.

— Comment la contrôler ?

Myrnin secoua lentement la tête.

— Je suis désolé, Claire, je ne peux pas t'aider. Mon seul conseil, et j'ai la conviction que tu ne l'apprécieras pas, est de laisser Shane régler cette affaire comme il l'entend. Il s'en sortira vivant, et pour ainsi dire indemne, tant qu'il ne lui opposera aucune résistance.

— Vous avez raison, ça ne me plaît pas.

— Plains-toi auprès de la direction, ma chère.

Son sérieux s'était dissipé comme un nuage dissous par le soleil.

— Que dirais-tu d'une partie d'échecs alors ? ajouta-t-il.

— Que diriez-vous d'analyser votre sang, plutôt ? Nous n'avons plus que quelques minutes avant que vous ne regagniez votre… euh… chambre ?

— Cellule, rectifia-t-il. Il n'y a aucun mal à employer ce mot. Et tu travailles trop dur pour ton jeune âge.

Elle travaillait effectivement trop dur, mais il fallait bien que quelqu'un s'y colle. Et ce n'était certainement pas lui qui le ferait.

Dès le jeudi, le bal masqué fut l'objet de toutes les conversations à Morganville. Impossible d'y échapper. Surtout à la cafétéria de la fac où, Claire l'avait remarqué, les gens échangeaient les confessions les plus intimes comme s'ils se croyaient protégés par un mur d'invisibilité. Ces dernières semaines, elle avait déjà eu droit aux récits des exploits sexuels des autres étudiants. Selon toute évidence, la saison des amours avait commencé, à présent que le semestre était bien entamé. Les filles notaient les garçons. Et réciproquement. Tous voulaient ce qu'ils ne pouvaient pas avoir, ou avaient ce qu'ils ne voulaient pas réellement.

Cependant, alors qu'elle sirotait son café en rédigeant son essai sur la mécanique, elle surprit un échange qui la fit s'arrêter au beau milieu d'une phrase.

— … invitation, disait la fille assise derrière elle. Tu y crois ? Mon Dieu, je n'en reviens pas d'en avoir une ! Il paraît qu'ils n'en ont envoyé que trois cents, tu sais. Ça va être énorme. Je pensais me déguiser en Marie-Antoinette… Tu as un avis ?

Elles devaient forcément parler du bal masqué. Claire eut beau changer de position sur sa chaise, elle ne réussit pas à voir les deux étudiantes.

— Eh bien, il se peut que quelqu'un l'ait vraiment connue, tu vois… répondit la seconde. Je choisirais un truc moins risqué, genre Catwoman. Je parie qu'aucun d'eux ne connaît Catwoman.

— Bonne idée, convint la première. Les pantalons en cuir moulant sont indémodables. Et je serai canon avec cette tenue !

Ayant renversé son café, plus ou moins accidentellement, Claire se précipita au comptoir pour récupérer des serviettes en papier. Au moment de regagner sa place, elle découvrit l'identité des deux interlocutrices. Gina et Jennifer, les Monickettes. Mais sans Monica. Intéressant.

— Qu'est-ce que tu regardes, pauvre tache ? lui lança celle-ci.

— Rien du tout, répliqua Claire en conservant son calme (elle n'avait plus peur d'elles). Je n'opterais pas pour Catwoman si j'avais des cuisses pareilles.

— Aïe, je suis vachement vexée.

Claire rassembla ses affaires et s'installa à une table plus près du bar. Eve, qui était de service, semblait particulièrement guillerette ce jour-là, l'œil brillant et le sourire aux lèvres. Elle portait du rouge, et cette couleur lui allait à merveille. Tout en restant gothique, ça lui apportait une touche de gaieté. La mort de son père continuait à la chagriner – Claire s'en rendait compte aux moments les plus imprévus, lorsque personne ne lui prêtait attention –, mais Eve faisait bonne figure et tenait bon contre vents et marées.

Voyant que les clients se raréfiaient, elle brandit une main dans la direction de sa collègue, les doigts écartés – histoire de lui signifier qu'elle prenait une pause de cinq minutes. Après avoir retiré son tablier, elle se glissa sous le bar et s'assit sur la chaise face à Claire.

— Alors, lança-t-elle, j'ai appris par Billy Harrison que son père avait reçu une invitation pour le bal de la part de Tamara. Tu sais, la sangsue qui possède tous les entrepôts au nord de la ville et dirige le journal ? D'après lui, tous les vampires de la ville sont conviés et se font… accompagner par des humains. Zarbi, non ? Je ne comprends pas pourquoi ils ne restent pas entre eux…

— C'est la première fois ?

— À ma connaissance. J'ai posé la question autour de moi et personne n'a jamais rien vu de pareil. C'est devenu l'événement mondain de l'année.

Son sourire se voila légèrement quand elle ajouta :

— Je crois que Michael a oublié de m'envoyer la mienne. Mon invitation. Il faut que je le lui rappelle.

— Il ne t'en a pas encore parlé ? demanda Claire, un nœud dans le ventre.

— Il le fera.

— Mais… c'est après-demain, non ?

— Il le fera, Claire. De toute façon, je n'ai pas vraiment besoin de me creuser les méninges pour mon costume. Tu as vu ma penderie ? La moitié de ce qu'elle contient pourrait servir de déguisement.

Les yeux baissés, elle conclut :

— Et toi ?

— Personne ne m'a invitée.

Ouais, l'amertume transparaissait dans sa voix, Claire ne parvenait pas à la masquer.

— Tu sais avec qui Shane y va, en plus, poursuivit-elle.

— Il n'y est pour rien, riposta Eve. Ysandre a tout manigancé. Et d'abord, c'est quoi ce prénom ? fit-elle avec une grimace.

— C'est français. Myrnin m'a passé un livre à son sujet. Je savais qu'elle était dangereuse, mais elle est pire que ce que je m'imaginais. Si au début de sa vie elle cherchait seulement à tirer son épingle du jeu, depuis, elle a appris à maîtriser mieux que personne l'échiquier politique.

— Et le mec ? François ? demanda Eve en étirant la dernière syllabe pour bien signifier qu'elle trouvait ce prénom ridicule. Avec son regard de braise, il se croit capable de faire fondre la banquise. Il emmène qui ?

— Aucune idée, répondit Claire. Mais… ça n'a rien d'un vrai rendez-vous, tu sais. C'est… Autre chose.

Elle ignorait quoi, précisément.

— Pour moi, ça ressemble à un rancard de chez rancard, répliqua Eve. Et j'ai bien l'intention de rester pendue au bras de Michael toute la soirée, histoire de le protéger des petites arrivistes rêvant de se cramponner au dernier vampire en date.

— Il ne l'est pas, rectifia Claire. Le dernier vampire, je veux dire. Plus depuis que Bishop et ses petits copains ont débarqué.

— Ouais, convint Eve en se renfrognant. Tu as sans doute raison.

Une ombre tomba soudain sur leur table mais, avant qu'elles n'aient le temps de relever la tête pour en découvrir l'origine, un objet atterrit devant elles et monopolisa aussitôt leur attention.

Une invitation sur papier crème.

Eve et Claire posèrent alors les yeux sur Monica. Elle balaya sa chevelure brune derrière ses épaules, haussa ses sourcils et adressa un lent sourire diabolique à Eve.

— Dommage pour toi, lança-t-elle. Il semblerait que ton petit copain ait enfin compris comment se faire une place dans le monde.

Eve ouvrit de grands yeux avant de retourner l'invitation ; Claire, elle, avait déjà deviné son contenu.

Votre présence est requise au bal masqué donné en l'honneur de Maître Bishop, samedi vingt octobre, dans la salle de réception du conseil des Anciens, aux douze coups de minuit.

Cette invitation a été sollicitée par Michael Glass, que vous accompagnerez donc, selon son bon plaisir.

Le nom lui sauta aux yeux avec une surprise et une douleur égales à celles d'une morsure dans le cou. Michael Glass. Michael invitait Monica.

Sans articuler un seul mot, Eve poussa l'invitation vers celle-ci, puis se leva et plongea sous le bar pour reprendre son tablier. Claire, consternée, ne la quitta pas des yeux : les mouvements nerveux de son amie trahissaient son angoisse, mais elle ne parvenait pas à apercevoir son visage. Eve le garda résolument baissé, même lorsqu'elle s'affaira près de la machine à expresso.

En fondant, l'étonnement de Claire laissa place à une colère bouillante.

— Tu es vraiment dégueulasse, tu le sais ?

Comme Monica dressait un de ses sourcils épilés à la perfection, elle ajouta :

— Rien ne t'obligeait à faire un truc pareil.

— Ce n'est pas ma faute si vous êtes trop nazes pour garder vos mecs. J'ai appris que Shane servait d'escort boy à Ysandre. Dommage. Je parie que tu n'as même pas encore réussi à le mettre dans ton lit. À moins que… Au contraire ! ça ne m'étonnerait pas que ce soit le genre d'expérience qui l'expédie directement dans les bras d'une autre.

L'espace de quelques secondes, Claire caressa l'idée de chasser la moue boudeuse de Monica d'un coup de manuel de physique. Elle se contenta pourtant de la foudroyer du regard, se rappelant combien les silences glaciaux d'Oliver pouvaient se révéler efficaces. Monica finit par récupérer son invitation avec un haussement d'épaules et la fourra dans la poche de sa veste en cuir.

— Je dirais bien « à bientôt », mais ça m'étonnerait, lança-t-elle. Vous pouvez toujours organiser votre propre soirée, samedi, le bal des Losers, avec cyanure à volonté, ou un truc dans le genre. Amusez-vous bien.

Elle rejoignit Gina et Jennifer, et toutes les têtes se tournèrent sur leur passage quand elles quittèrent la cafétéria. La jeunesse dorée de Morganville, svelte, bronzée, parfaite. Et insouciante.

Réalisant qu'elle avait les poings serrés, Claire se força à se détendre et à respirer avant de reprendre son stylo. Elle ne parvint cependant pas à attacher son esprit à son devoir, obnubilée par la vision de Monica se pavanant aux côtés de Michael, trop heureuse d'humilier Eve. Et lorsqu'elle réussissait à chasser cette image, celle-ci était remplacée par celle d'Ysandre au bras de Shane, encore plus douloureuse.

— Pourquoi ? murmura-t-elle. Michael, pourquoi lui infliges-tu un truc pareil ?

S'étaient-ils disputés ? Rien dans l'attitude de son amie ne l'indiquait. Elle avait justement pris cette nouvelle avec la violence subite d'un coup de tonnerre dans un ciel limpide.

Convaincue qu'elle s'apprêtait à commettre une terrible erreur, Claire composa le premier numéro dans son répertoire.

— Bonjour, Claire, répondit Amelie.

— J'aurais besoin de vous parler. Au sujet du bal masqué de samedi. De quoi s'agit-il exactement ?

Un instant, Claire crut qu'Amelie allait lui raccrocher au nez, pourtant celle-ci rétorqua finalement :

— Oui, il me semble que nous devons aborder ce sujet ensemble. Je te retrouverai chez toi, à l'étage. Tu sais où.

Soit dans la pièce secrète.

— Quand ?

— Je suis bien sûr à ton entière disposition, riposta Amelie d'un ton hivernal et tout sauf sincère. D'ici une heure, cela te conviendrait-il ?

— J'y serai. Merci.

Les mains de Claire frémissaient, signe extérieur du tremblement de terre à l'intérieur de son corps.

— Oh, inutile de me remercier, mon enfant. Ce que je pourrai t'apprendre n'a aucune chance de t'apporter le moindre réconfort.

Claire trouva la maison vide. Elle vérifia toutes les pièces, y compris la buanderie au sous-sol, pour s'en assurer. Eve était encore à la cafétéria, et Michael au magasin de musique. Quant à Shane… elle n'en avait pas la moindre idée.

Elle actionna l'interrupteur caché derrière un tableau dans le couloir du premier étage, et le panneau de bois pivota, révélant l'escalier poussiéreux qui menait à la pièce secrète. Après avoir refermé derrière elle, Claire le monta sans entrain, gagnée par un sentiment de nausée et de solitude plus intense à chaque marche.

Au sommet, les murs étaient éclaboussés de couleur : les lampes victoriennes, aux abat-jour de verre teinté, baignaient la pièce d'une lueur multicolore et diffuse. Celle-ci ne disposait d'aucune fenêtre et d'aucune autre issue. À l'exception de quelques meubles anciens, elle ne contenait qu'Amelie. Et ses gardes du corps, naturellement. La Fondatrice se déplaçait rarement sans être accompagnée d'au moins une armoire à glace. Ils étaient deux, cette fois, tapis dans la pénombre. L'un d'eux salua Claire d'un signe de tête. Génial, maintenant elle était en termes familiers avec une des brutes au service de la Fondatrice. Elle avait carrément gravi des échelons à Morganville.

— Madame, dit Claire en restant debout.

Amelie était assise, mais elle ne paraissait pas d'humeur à entretenir son interlocutrice dans l'illusion que celle-ci était son égale. De façon générale, son humeur ne se laissait pas facilement interpréter, toutefois Claire aurait parié qu'on pouvait parler d'impatience avec une évolution possible vers l'exaspération.

— Je n'ai vraiment pas beaucoup de temps à perdre pour panser tes petites blessures d'amour-propre.

Elle changea légèrement de position sur son siège, ce qui ne lui ressemblait guère, elle d'habitude si calme et contenue. Elle se tortillait presque. Elle avait autre chose de changé : la couleur de son tailleur. Toujours classique et joliment coupé, il était d'un gris beaucoup plus foncé que les teintes qui avaient la faveur d'Amelie. Celui-ci donnait à ses prunelles la couleur de nuages d'orage.

— Toutefois, reprit-elle, puisque les progrès que tu as accomplis avec Myrnin dépassent mes attentes, je suis prête à te pardonner ton insolence, tant que tu es bien consciente qu'il s'agit d'une faveur que je te fais. Et non d'un droit dont tu disposerais.

— J'en suis très consciente, répondit Claire. Simplement je… Ce bal costumé… Myrnin semblait y voir une fête de bienvenue. Un événement important, en l'honneur de Bishop.

Amelie qui, jusque-là, la considérait avec une certaine indifférence aiguisa son regard.

— Tu as évoqué l'arrivée de Bishop avec Myrnin ?

— Eh bien… il m'a demandé ce qu'il y avait de neuf et…

Claire s'interrompit soudain : Amelie s'était levée. Et ses gardes du corps s'étaient rapprochés de façon menaçante.

— Vous ne m'aviez pas défendu d'en parler ! ajouta Claire.

— Je t'avais dit de ne pas te mêler de mes affaires !

Une lueur féroce traversa ses yeux pâles, les rendant aussi inquiétants que ceux de M. Bishop, puis elle se détendit visiblement.

— Très bien, poursuivit-elle. Maintenant que le mal est fait, qu'a dit Myrnin ?

— Il a dit…

Tout en humectant ses lèvres, Claire jeta un coup d'œil aux deux brutes, que la proximité rendait encore plus intimidantes. Amelie leur fit un signe discret et ils reculèrent – Claire les sentit plus qu'elle ne les vit.

— Il a dit que vous croyiez tous deux à la mort de Bishop et a donc été surpris d'apprendre sa présence en ville. D'après lui, Bishop cherche à se venger. De vous.

— Et au sujet du bal ?

— Simplement qu'il s'apparentait à une sorte de cérémonie pour accueillir Bishop à Morganville. Et que vous aviez décidé de ne pas vous opposer à lui puisque vous organisiez cette fête.

Le sourire d'Amelie fut bref et glacial.

— Myrnin a une longue expérience du monde et de la politique. Non, je ne compte pas m'opposer à lui. À moins d'y être contrainte. T'a-t-il dit autre chose ?

— Non, répliqua Claire avant de rassembler son courage et d'ajouter : Ysandre se fait accompagner par Shane. Et Michael… je viens de découvrir qu'il irait avec Monica. Au lieu d'Eve.

— T'imagines-tu réellement que je nourris le moindre intérêt pour les aventures sentimentales de tes amis ?

— Non, bien sûr, seulement… J'aimerais que vous m'invitiez. S'il vous plaît. Tous les vampires emmènent des humains, pourquoi ne pourrais-je pas être votre cavalière ?

Amelie écarquilla les yeux ; c'était léger, mais suffisant pour que Claire sache qu'elle l'avait prise au dépourvu.

— Et quelle raison as-tu de vouloir y assister ?

— D'après Monica, c'est l'événement mondain de l'automne, répondit-elle, sans être sûre qu'un trait d'esprit était le bienvenu.

L'humour d'Amelie, car elle en avait, était imprévisible. Aujourd'hui, apparemment, elle l'avait oublié chez elle.

— Très bien, reprit Claire, en vérité, je me fais du souci pour Michael et Shane. J'aimerais juste m'assurer… de leur sûreté.

— Et tu en serais capable alors que moi, non ?

Amelie n'attendit pas de réponse – à l'évidence il n'y en avait pas –, et poursuivit :

— Tu veux surveiller le garçon afin qu'il ne tombe pas entre les griffes d'Ysandre, je fais erreur ?

Une boule dans la gorge, Claire hocha la tête. Si ce n'était pas l'unique raison, c'était la principale.

— Je n'y vois qu'une perte de temps. Non, trancha Amelie, tu n'y assisteras pas, Claire. Je vais te dire les choses sans détour afin que nous nous comprenions bien : je ne peux pas courir le risque de te perdre. Tu ne seras pas présente à ce bal. Pas plus que Myrnin. Est-ce bien clair ?

— Mais…

Amelie haussa aussitôt le ton :

— Est-ce bien clair ?

Sa colère était si affûtée que Claire étouffa un cri. Elle brûlait de reculer, de se dérober à l'éclat terrible dans le regard de la Fondatrice, cependant elle ne commettrait pas cette erreur. Elle avait assez fréquenté Myrnin pour savoir que toute retraite s'apparentait à un signe de faiblesse. Et la faiblesse encourageait l'attaque.

Amelie continua à la toiser en silence ; Claire ne parvenait pas à s'expliquer la férocité qui l'animait.

— Maîtresse, lui dit un de ses gardes du corps, nous devons y aller.

Claire eut l'impression diffuse qu'il intervenait délibérément. Qu'il fournissait un prétexte à Amelie pour se retirer.

— Oui, convint-elle d'une voix voilée que Claire ne lui connaissait pas. Il faut en finir. Tu m'as bien comprise,

Claire. Je te préviens, ne mets pas ma patience à l'épreuve dans cette affaire. Tu possèdes de la valeur à mes yeux, mais tu n'es pas irremplaçable. Et tu as, dans cette ville, des amis et de la famille qui me sont bien moins utiles.

Nul doute qu'il s'agissait d'une menace. Claire opina du chef.

— Je veux l'entendre de ta bouche.

— Oui, j'ai compris.

— Bien. Maintenant, ne me dérange plus. Tu peux disposer.

Claire regagna l'escalier à reculons. Elle descendit même les deux premières marches en arrière avant d'exécuter un demi-tour et de dévaler les dernières. Ce ne fut qu'à mi-chemin qu'elle réalisa que l'interrupteur qui commandait le panneau de ce côté-là se trouvait en haut, sur l'accoudoir du sofa où Amelie était installée.

Si celle-ci le décidait, elle ne pourrait pas sortir.

Quand Claire atteignit le palier, la porte était close. Elle jeta un regard vers la pièce du haut mais ne vit que des ombres qui se déplaçaient en silence.

Les lumières s'éteignirent.

— Non, murmura-t-elle, étreinte par la peur, comme si on venait de l'asperger d'un seau d'eau glaciale.

Dans le noir, elle chercha à tâtons le battant.

— Non, ne faites pas ça, souffla-t-elle.

Quelque chose avait changé en Amelie. Elle n'était plus la reine froide et distante qu'elle avait toujours été. Elle apparaissait plus bestiale… plus affamée. Sachant que des oreilles se terraient dans les ténèbres, Claire lança :

— Je vous en prie, laissez-moi partir, je vous en prie…

Elle entendit un bruit sec et le panneau bascula sous ses doigts : elle l'agrippa pour tirer de toutes ses forces. Dans le couloir, elle s'affala contre un mur, tremblante.

« Ça s'est super bien passé », pensa-t-elle avec ironie. Elle aurait voulu hurler, mais elle était convaincue que ce serait très, très malvenu.

Claire entendit soudain la porte d'entrée, suivie du martèlement de chaussures épaisses sur le plancher.

— Eve ?

— Ouais, répondit celle-ci d'une voix exténuée. J'arrive.

Elle était encore plus défaite que ce à quoi s'attendait Claire. Sa tenue rouge, qui lui allait si bien le matin même, l'écrasait à présent. Elle semblait sur le point de craquer et, d'après l'état de son maquillage, elle avait déjà versé beaucoup de larmes.

— Eve… souffla Claire en tendant une main vers elle.

Son amie se força à sourire, mais le cœur n'y était pas.

— Ça craint de se laisser atteindre par Monica, hein ? Enfin, c'est ce qui fait aussi mal je crois. Il aurait pu emmener une fille sympa au moins. Non, il a fallu qu'il choisisse la pire morue de la ville.

Eve s'essuya les yeux avec le talon de la main. Son eye-liner et son mascara avaient semé une véritable pagaille gothique sur son visage, à coups de grandes traînées noires.

— Et n'essaie pas de me rassurer en prétextant qu'il n'a pas eu le choix, ajouta-t-elle. Je m'en fous : même si c'était le cas, il aurait pu m'en parler d'abord. Pourquoi tu ne dis rien ?

— Parce que tu as raison.

— Bien sûr que j'ai raison.

Eve ouvrit la porte de sa chambre d'un coup de pied et se jeta, à plat ventre, sur le couvre-lit noir. Claire alluma les lumières, consistant principalement en guirlandes lumineuses qui projetaient une faible lueur blanche et en une lampe dont l'abat-jour était emmailloté dans une écharpe rouge. Pendant qu'Eve rouait de coups l'oreiller où elle étouffait ses sanglots, Claire se percha sur le coin du lit.

— Je vais le tuer ! grommela Eve. Lui planter un pieu dans le cœur, lui faire bouffer de l'ail, et… et…

— Et quoi ? demanda Michael, planté sur le seuil de la chambre.

Claire se releva d'un bond et Eve s'assit, l'oreiller pressé contre sa poitrine.

— Tu es là depuis longtemps ? lança la première.

— Assez pour découvrir le programme de mon enterrement. J'apprécie l'originalité…

— Ouais, eh bien, je n'en ai pas terminé, s'écria Eve en venant se poster devant lui, les bras croisés. Je déposerai ta dépouille sur un nid de fourmis rouges, en plein soleil. Et je me marrerai.

— Qu'est-ce que j'ai fait ?

— Qu'est-ce que tu as fait ?!! Tu n'es pas sérieux, là ?

Le regard d'Eve était si féroce qu'il aurait pu coller une crise cardiaque à n'importe qui, même un vampire. Michael se figea et Claire songea qu'elle n'avait jamais vu meilleure incarnation du type pris la main dans le sac.

— Monica, lâcha-t-il. Elle te l'a dit.

— Un peu qu'elle me l'a dit. Et pourquoi n'aurait-elle pas sauté sur cette occasion de m'humilier, tocard ? Puisqu'on en parle, d'ailleurs : Monica ? Vraiment ? Tu as perdu un pari ou quoi ? Parce que j'ai beau me creuser la cervelle, je n'arrive pas à imaginer quelle autre raison tu pourrais avoir de me traiter comme une moins que rien !

— Non, répondit-il avant de poser sur Claire un regard l'implorant de partir, ce qu'elle ne fit pas. Je ne peux pas t'expliquer, Eve. Je suis désolé, c'est juste impossible. Mais ne te fie pas…

— Je t'interdis de me dire de ne pas me fier aux apparences, parce qu'il faut toujours se fier aux apparences !

Elle se jeta sur lui pour lui donner un grand coup dans la poitrine qui le fit reculer dans le couloir.

— Je ne veux pas te parler, ajouta-t-elle. Sors ! Et fous-moi la paix !

Elle claqua la porte et poussa le verrou. Ce qui, ne put s'empêcher de penser Claire, ne servirait à rien si Michael décidait d'user de sa force. Cependant, il n'avait sans doute pas l'intention de défoncer les portes de sa propre maison.

— Eve, écoute-moi. Je t'en prie, insista-t-il.

Elle s'affala sur son lit, sortit son iPod du tiroir de sa table de chevet et enfila les écouteurs tout en enfonçant la touche Play. Les accords violents de métal résonnèrent jusqu'à l'autre bout de la pièce, où se trouvait toujours Claire.

— Eve ?

Claire ouvrit et détailla Michael avant de lui dire :

— Je ne crois pas qu'elle puisse t'entendre. Tu n'as vraiment pas assuré sur ce coup… tu le sais ? Au moins Shane n'a pas eu le choix, lui. Personne ne t'a donné d'ordre, si ?

— Non, convint Michael doucement. En effet. Mais est-ce que tu sais quels étaient mes choix ? Non.

Il rejoignit sa chambre, à l'autre bout du couloir, et s'y enferma.

Peut-être avait-il raison. Peut-être qu'il ne fallait pas se fier aux apparences. Non qu'Eve soit prête à entendre une chose pareille. Claire resta postée dans le couloir un moment, à écouter le silence glacial, puis elle se secoua de sa torpeur et descendit.

Les hot-dogs n'avaient pas le même goût quand on les mangeait seule.

Shane rentra après la tombée de la nuit et, à la seconde où Claire l'aperçut, elle sut que quelque chose clochait. Il semblait distrait. Et changé.

Il lui adressa à peine un signe de tête en traversant le salon pour rallier la cuisine. Roulée en boule sur le canapé, elle surlignait les phrases importantes de son manuel d'anglais, se demandant pour la millième fois pourquoi on faisait tant de cas des sœurs Brontë et suivant d'un œil une émission culinaire à la télé.

— Hé ! l'interpella-t-elle. Je t'ai laissé des hot-dogs.

Pas de réponse. Claire reboucha son surligneur et s'approcha de la porte de la cuisine. Au lieu de l'ouvrir, elle colla son oreille contre le battant. Elle ne repéra pas les bruits habituels de vaisselle produits par un type affamé ; en vérité, il n'y avait pas un seul son.

Claire hésitait à retourner travailler quand elle entendit la porte de derrière s'ouvrir. Des voix, murmurées et étouffées. Elle entrouvrit légèrement le battant et tendit l'oreille.

— Estime-toi heureux que je n'appelle pas les flics, disait Shane. Barre-toi, mec.

— Je ne peux pas, je dois lui parler.

— Je ne te laisserai pas approcher d'une seule des filles, tu m'entends ?

— Je ne ferai de mal à personne !

Claire connaissait cette voix, du moins elle en avait l'impression. Seulement, c'était impossible. Shane ne pouvait pas être en pleine discussion avec le frère d'Eve, Jason, surtout chez eux. Elle devait être victime d'hallucinations. Ou alors il s'agissait de quelqu'un d'autre, quelqu'un qui avait la même voix que Jason Rosser…

Claire poussa la porte de quelques millimètres supplémentaires pour jeter un coup d'œil. C'était bien Jason. Aucun doute là-dessus. Il portait le même jean crasseux et la même veste en cuir. Ses cheveux étaient encore plus plats et huileux que la dernière fois qu'elle l'avait croisé, et il avait le teint cireux.

— Allez, mec, insista-t-il. Laisse-moi juste parler à Claire. Si tu me fais poireauter dehors, dans le noir, je servirai de dîner au premier vampire venu.

— Bon à savoir.

Jason plaça une main sur le chambranle pour empêcher Shane de lui refermer la porte au nez.

— S'il te plaît, plaida-t-il, je te le demande.

Shane marqua une hésitation, inexplicable aux yeux de Claire. Jason avait harcelé Eve, tué – ou du moins prétendu avoir tué – des filles innocentes dans le but malheureux d'être recruté par les vampires. Et il avait poignardé Shane.

« Oui, mais celui-ci l'avait menacé avec la batte d'abord », rétorqua la petite voix intérieure de Claire. Elle la fit taire. Jason avait monté l'embuscade, il avait provoqué Shane et s'ils n'avaient pas appelé une ambulance aussi vite, celui-ci y serait resté.

Dans l'immédiat, pourtant Jason n'avait rien d'un fou sanguinaire, et tout d'un drogué décharné et terrorisé. En proie au désespoir.

Claire ouvrit la porte en grand et le visage de ce dernier s'illumina.

— Claire ! Claire, dis-lui… dis-lui qu'il n'y a aucun problème. Je promets de ne faire aucun mal à personne. Dis-lui que je peux entrer te parler.

— Il y a un problème, répliqua-t-elle, et il le sait.

Shane hocha la tête avant de bousculer Jason, qui perdit l'équilibre, trébucha sur une brique et atterrit sur son derrière. Il se redressa à quatre pattes en fusillant Shane du regard.

— Claire, je suis censé te délivrer un message. De la part d'Oliver.

— Rien de ce qu'Oliver a à nous dire ne nous intéresse, mec, intervint Shane. Surtout si c'est toi le messager.

— Tu en es sûr ?

— Certain, rétorqua Shane avec un large sourire. Bon courage avec les prédateurs qui rôdent dans la nuit noire.

Il avait presque refermé la porte quand Jason lança :

— Bishop va tendre un piège. On peut vous dire où et quand.

Claire posa une main sur l'épaule de Shane, qui laissa la porte entrebâillée.

— Qu'est-ce que tu racontes ? demanda-t-elle.

— Faites-moi entrer et je vous dirai.

Jason semblait si désespéré qu'elle n'aurait pas été surprise de le voir gratter la peinture de la porte.

— S'il te plaît, Claire, implora-t-il. On est dans le même bateau, cette fois, je te jure.

— Non. Si Oliver a quelque chose à dire, c'est avec lui que je parlerai. Pas avec toi.

Les prunelles sombres de Jason semblaient deux nappes de pétrole enflammées par la rancœur. Il se releva lentement et enfonça les mains dans les poches.

— Ah ouais ? Vous voulez la jouer comme ça ?

— On ne joue à rien du tout, riposta Claire.

— Et moi je crois bien que si. Ce sera la manière forte alors.

Il se projeta si violemment contre la porte que Shane vacilla en arrière, faisant basculer Claire, qui s'étala de tout son long sur le carrelage de la cuisine. Au moment où elle voulut se relever, elle sentit la main de Jason se refermer sur ses cheveux et tirer. Il la força à se mettre à genoux avant de la traîner dehors. Elle eut beau crier et se débattre, il avait une longue expérience quand il s'agissait de contraindre les filles à faire ce qu'il voulait.

Elle s'immobilisa dès qu'il pointa une arme sur sa tempe.

— Bien, lui susurra-t-il à l'oreille.

Avec son haleine fétide, il aurait pu tuer une mouche.

— Calme-toi, reprit-il. Je ne te veux aucun mal. J'étais sérieux. Mais tu dois m'écouter.

Shane les rejoignit dehors : il se déplaçait lentement sans quitter des yeux ni Jason ni son revolver.

— Lâche-la.

Jason s'esclaffa, puis entraîna Claire jusqu'à la rue, où attendait une grande voiture noire. Shane les suivit à distance. « Non », articula Claire en silence. Jason avait déjà failli tuer Shane. Elle ne supportait pas l'idée qu'une scène pareille puisse se reproduire. « Ça ira », ajouta-t-elle sur le même mode.

Le frère d'Eve ouvrit la portière côté conducteur et poussa Claire à l'intérieur avant de monter à son tour.

Elle se précipita aussitôt sur l'autre portière. Celle-ci était verrouillée.

Jason démarra tout en resserrant sa prise sur les cheveux de Claire :

— Ne bouge pas !

Quelque chose de lourd heurta soudain le toit de la voiture, l'incurvant quasiment au niveau de leurs têtes. Ils se baissèrent et Claire étouffa un cri à l'idée que, dans la panique, Jason risquait de presser la détente de son arme.

Un poing transperça la carrosserie et en arracha un pan entier, comme s'il s'agissait du couvercle d'une boîte de conserve. Au clair de lune, un visage apparut alors par l'ouverture. Celui de Michael. Enfin, plus précisément, de Michael le vampire. Crocs dehors, yeux rouge vif.

Il était en colère. Ce qui le rendait terrifiant.

Il empoigna Jason par le bras qui tenait le revolver, avant de le secouer comme s'il n'était qu'un jouet. Un jouet que Michael espérait casser. Jason hurla et le coup partit. Se couvrant les oreilles, Claire se blottit contre la portière opposée. La voiture trembla lorsque Michael sortit Jason de l'habitacle. Celui-ci, sans cesser de crier, retomba sur le bitume avec un bruit sourd nauséabond.

Avec légèreté, Michael regagna à son tour la terre ferme et atterrit dans la lumière des phares ; il se dirigea ensuite vers les ténèbres, où Jason se réfugiait en rampant. Celui-ci roula sur le dos ; il était toujours armé. Il visa Michael et tira six balles d'affilée. Claire tressaillit à chaque détonation. Pas son ami.

En deux enjambées, Michael rejoignit Jason, lui arracha le revolver, le brisa en deux et jeta les morceaux dans la poubelle rangée contre la façade de la maison. Sur le visage du frère d'Eve, la surprise céda le pas à la résignation, lorsque le vampire le saisit par le col de sa veste en cuir.

Pendant ce temps-là, Shane avait déverrouillé la portière en passant le bras par le trou dans le toit et récupéré Claire.

— Ça va ? demanda-t-il en l'aidant à tenir sur ses deux pieds.

Visiblement secoué par les événements, il ne cessait de la toucher partout, sans doute à la recherche de blessures par balles.

— Claire, dis quelque chose ! insista-t-il.

— Arrête-le… souffla-t-elle, les yeux braqués sur Michael. Ne le laisse pas faire ça.

Celui-ci s'apprêtait en effet à mordre Jason : après, il serait trop tard. Shane jeta un regard ébahi à Claire, et elle s'efforça de conserver son calme, même si elle tremblait comme une feuille.

— Shane, reprit-elle en imitant, de son mieux, l'autorité froide d'Amelie. Arrête-le.

Elle lut dans ses yeux qu'il réalisait enfin la gravité de la situation, puis il s'élança vers Michael, qui ne semblait pas disposé à se laisser détourner de ses instincts meurtriers.

Shane n'eut pas besoin d'affûter ses arguments cependant ; Michael venait, en relevant la tête, d'apercevoir

Eve sur le pas de la porte, les mains plaquées sur la bouche, les yeux agrandis par l'effroi, rivés sur la scène : son petit copain menaçait de vider de son sang son petit frère.

Michael lâcha Jason, qui s'effondra par terre en gémissant et tenta de s'enfuir à plat ventre. Celui-là l'immobilisa au sol en lui posant un pied sur le dos.

— Non, dit-il d'une voix grave et redoutable. Je ne crois pas, Jason. Tentative d'enlèvement, agression avec une arme à feu et tentative de meurtre sur un vampire ? Tu es cuit, mon pote. Tu peux toujours crier.

— Trouduc ! s'époumona Jason. Je travaille pour Oliver, tu ne peux pas me toucher !

Il retroussa la manche de sa veste, révélant un bracelet en argent. En réponse, Michael appuya encore plus fort sur le dos de Jason.

— Dans ce cas, toi et moi on va avoir une discussion avec Oliver. J'aimerais savoir pourquoi il envoie son petit asticot pour me tirer dessus. Et je ne pense pas que cette conversation te plaira beaucoup. Parce que ça m'étonnerait qu'il t'ait demandé une chose pareille.

— Michael… lança Shane d'un ton qui ressemblait à un avertissement.

En se retournant, Claire en comprit la raison : une autre voiture surgissait, un véhicule de police avec son gyrophare. Celle-ci s'arrêta juste derrière celle à moitié défoncée de Jason, et Richard Morrell en sortit, muni d'un fusil. Les inspecteurs Joe Hess et Travis Lowe l'accompagnaient, arme au poing.

Même si elle ne les avait jamais vus l'air aussi sinistre, Claire se réjouit de leur arrivée. Quelqu'un allait enfin mettre un terme aux agissements insensés de Jason. Michael avait raison, ça finirait par chauffer pour lui...

Richard Morrell appuya la crosse de son fusil contre son épaule et visa... Michael. Les deux autres officiers se placèrent en position de tir. Claire en eut la respiration coupée. Joe ordonna à Shane de s'écarter. Celui-ci ne se fit pas prier. Les deux mains levées, il recula. Quand il vit que les policiers le tenaient en joue, Michael se renfrogna.

— Lâche-le, lui intima Travis. Faisons ça en douceur.

— Que se passe-t-il ? demanda-t-il.

— Chaque chose en son temps. Laisse le gamin se relever.

Michael retira son pied. Après s'être redressé en titubant, Jason tenta de prendre la fuite. Avec un soupir, Richard remit son fusil à Joe, puis se lança à ses trousses. Si Jason était rapide, Richard l'était encore plus. Il bondit et le plaqua au sol avant de lui passer les menottes sans ménagement, de le forcer à se relever et de le ramener à l'endroit où les deux inspecteurs continuaient à pointer leur arme sur Michael.

— Que se passe-t-il ? répéta ce dernier. Il tente de kidnapper Claire et vous vous en prenez à moi ? Pourquoi ?

— Disons simplement que nous voulons te protéger contre toi-même, répondit Joe. C'est bon ? Tu es calmé ?

Le jeune homme hocha la tête ; Joe et Travis baissèrent leurs pistolets. Richard Morrell fit monter Jason à l'arrière du véhicule.

— On a reçu un appel, poursuivit Joe, nous informant que tu avais perdu les pédales et que tu essayais de tuer tes amis. Mais puisqu'ils sont tous présents, et vivants, j'en déduis que le petit Jason est la source du problème, en réalité.

Richard les rejoignit en s'essuyant les mains sur un mouchoir : apparemment, le contact avec Jason l'avait dégoûté.

— Il est entré par effraction ? s'enquit-il.

— Non, rétorqua Shane. Il nous a menacés avec une arme et a emmené Claire dans la voiture. Il tentait de partir avec elle quand Michael s'est interposé.

Celui-ci avait reçu six balles dans la poitrine. Sa chemise blanche en était la preuve, ornée de six trous noircis et bordés d'un mince liseré rouge. Claire revit Myrnin s'entailler le bras comme si de rien n'était pour obtenir quelques gouttes de sang.

Elle ne pouvait en avoir la certitude, cependant il ne lui semblait pas apercevoir de traces sur le torse de Michael, sous sa chemise, et il n'avait pas l'air d'un homme criblé de balles. Pas même d'un homme choqué.

Waouh.

— Que voulait-il ? reprit Joe. Il l'a dit ?

— Me parler, répondit Claire.

Comme elle ne tenait pas à mêler Oliver à la situation, déjà bien assez compliquée, elle se contenta d'ajouter :

— Je crois qu'il était sincère. Simplement, il savait qu'il ne pourrait pas le faire ici. Je ne pense pas… qu'il avait l'intention de me blesser.

« Cette fois », faillit-elle ajouter. Shane la dévisageait comme si elle était carrément bonne à interner.

— Il s'agit de Jason ! s'écria-t-il. Évidemment qu'il avait l'intention de te blesser ! Le fait qu'il ait pointé un revolver sur ta tempe n'est pas une preuve suffisante, peut-être ?

Il avait raison, naturellement, même si… elle avait pu voir que Jason n'avait pas son habituel regard de prédateur, cette expression sadique à laquelle elle avait si souvent été confrontée. Cette fois, elle avait lu du désespoir dans ses yeux. Elle aurait été incapable d'expliquer pourquoi, mais elle le croyait. Exceptionnellement.

Shane la considérait d'un air renfrogné. Tout comme Michael.

— Ça va ? s'enquit celui-là en l'enlaçant.

Ce ne fut qu'en sentant la chaleur de son corps pressé contre le sien que Claire se rendit compte qu'elle était transie. Ses genoux menaçaient d'ailleurs de se dérober sous elle. « Si je m'effondrais, songea-t-elle, il me rattraperait. »

Elle resta pourtant fermement campée sur ses deux pieds, prit son courage à deux mains et plongea ses yeux dans les siens.

— Ça va, dit-elle en l'embrassant. Je vais bien.

9.

Eve n'avait pas décroché un mot, mais elle avait autorisé Michael à la ramener à l'intérieur après le départ des trois policiers. Elle n'avait jeté qu'un seul regard à son frère, menotté sur la banquette arrière : entre la mort de son père et sa dispute avec Michael, elle avait épuisé ses réserves émotionnelles.

D'un commun accord, personne ne monta se coucher. Au lieu de manger, ils regardèrent un film, blottis les uns contre les autres sur le canapé, réconfortés par leur chaleur et leur présence mutuelles. Il s'agissait d'un film d'horreur, et Claire se réjouit de frémir pour la vie de quelqu'un d'autre. Se retrouver dans une ville aux mains des zombies lui semblait presque une partie de plaisir : on savait au moins qui il fallait fuir et vers qui se tourner. La tête posée sur le torse de Shane, elle écoutait davantage le bruit de sa respiration que les dialogues sans intérêt. Il lui caressait les cheveux d'un mouvement lent et régulier, qui chassait toutes ses peurs et tensions.

Il y avait toujours une certaine distance entre Michael et Eve ; pourtant, quand il plaça un bras autour de ses épaules et l'attira vers lui, elle ne lui opposa aucune résistance.

Lorsque, après le générique de fin, le menu du DVD s'afficha sur l'écran de la télévision, ils étaient tous profondément endormis, et les ennuis leur semblaient loin, très loin.

Le vendredi était généralement un bon jour, question cours : même les profs, pour la plupart, étaient de meilleure humeur.

Pas ce vendredi-là toutefois. Il y avait de la tension dans l'air, en plus d'un vent de plus en plus mordant. Le premier professeur s'emporta à cause d'un téléphone portable qui avait sonné pendant son séminaire et fit fondre en larmes une fille en la mettant à la porte avec un zéro. Le deuxième n'était pas mieux : il avait un mal de crâne – sans doute la conséquence d'une cuite –, qui le rendait d'humeur massacrante. Il débita sa leçon à toute vitesse et ne se donna pas la peine de répondre à une seule question.

Le troisième cours de la matinée présentait un grand avantage aux yeux de Claire : elle savait qu'il serait bouclé en moins d'une heure. Le professeur Anderson avait laissé entendre, à de multiples reprises, qu'il y aurait une interrogation surprise : il aurait fallu avoir vécu les dernières semaines dans le coma pour ne pas s'y être préparé. Anderson était de ces enseignants indulgents pour qui, en revanche, les contrôles étaient sacrés. Il n'en faisait que deux par an, et une mauvaise note invalidait presque systématiquement l'UV. Il avait la réputation d'être un type sympa et souriant, mais il n'avait jamais autorisé personne à passer un examen de rattrapage, en tout cas à ce que Claire en savait.

Ses anciens étudiants avaient surnommé son cours Andersonville, référence pas très finaude au camp de prisonniers de la guerre de Sécession. Ayant révisé comme une dingue, Claire était absolument certaine de cartonner et de terminer avant la fin de l'heure.

Elle profita d'avoir un peu d'avance pour faire un détour par les toilettes. Elle repassait dans sa tête les dates et les événements quand des rires étouffés en provenance des lavabos lui parvinrent. D'instinct elle se crispa : ces gloussements n'avaient rien d'innocent.

— J'ai entendu dire qu'il y avait un contrôle à Andersonville aujourd'hui.

Une voix familière, celle de Monica.

— Hé ! reprit-elle. Cette couleur me va bien ?

— Parfaitement, répondit Gina, qui remplissait à merveille son rôle de lèche-bottes numéro 1. C'est le rouge à la mode cet hiver ?

— Oui, il est légèrement brillant. Ça se voit ?

— Grave.

Claire tira la chasse d'eau et serra son sac à dos contre sa poitrine en prévision de l'affrontement. Elle s'efforça de conserver un air neutre quand elle découvrit que Monica, Gina et Jennifer occupaient trois des quatre lavabos. Et qu'il n'y avait personne d'autre.

Maquillée comme un carré d'as, Monica envoyait des baisers à son reflet. Claire garda les yeux droit devant elle. « Prends du savon. Ouvre le robinet d'eau. Lave… »

— Eh, la nullasse, tu vas à Andersonville, non ?

Claire hocha la tête, se frotta les mains et les rinça. Au moment où elle tirait sur une serviette en papier, Jennifer lui arracha son sac à dos, qu'elle avait coincé entre ses pieds.

— Oh ! s'écria Claire, qui bondit pour récupérer ses affaires.

Jennifer se déroba et, profitant de la surprise de Claire, Monica l'attrapa par le poignet et l'enserra dans un objet métallique et froid. L'espace d'une seconde, Claire paniqua : « Elle a échangé son bracelet avec le mien. Maintenant j'appartiens à Oliver… »

Elle réalisa bien vite qu'il s'agissait d'une paire de menottes ; Monica se baissa pour refermer le second bracelet sur la barre métallique du box le plus proche.

— Voyez-moi ça, lança-t-elle en se reculant et en plaçant les mains sur ses hanches. J'ai l'impression que tu vas expérimenter la colère du petit général. Enfin, ne t'en fais pas, tu es tellement intelligente que tu réussiras sans doute à répondre aux questions du contrôle par télépathie ou un truc dans le genre.

Claire ne put s'empêcher de tirer sur les menottes, alors qu'elle savait que c'était débile. Elle n'irait nulle part. Elle décocha un coup de pied dans la porte du box, mais sa frustration n'y laissa pas la moindre trace.

— Donne-moi la clé ! hurla-t-elle.

Monica l'agita sous son nez : elle était petite, argentée et inaccessible.

— Celle-ci ? demanda-t-elle avant de la jeter dans la cuvette des toilettes et de tirer la chasse d'eau. Oups ! Pas de chance ! Tu vas devoir attendre que j'aille appeler de l'aide.

Elles s'esclaffèrent toutes trois, puis Jennifer poussa son sac à dos vers elle, d'un mouvement dédaigneux.

— Tiens, dit-elle, au cas où tu voudrais réviser pour le contrôle.

Claire ouvrit son sac et entreprit de chercher n'importe quel objet qui pourrait l'aider à crocheter la serrure. Non qu'elle ait beaucoup d'expérience dans le domaine, mais elle improviserait. Elle n'avait pas le choix. Elle releva à peine la tête pour regarder les trois filles, toujours hilares, quitter les toilettes.

Le choix se limitait à deux trombones, une épingle à cheveux et la puissance de sa rage, qui ne suffisait cependant pas à faire fondre le métal. Seulement à mettre son cerveau en ébullition.

Elle sortit son téléphone portable et passa en revue ses options. Elle n'aurait pas été surprise d'apprendre qu'Eve ou Shane en connaissait un rayon question menottes et moyens de s'en débarrasser, seulement elle n'était pas certaine d'être prête à endurer leurs questions. Elle composa donc le numéro du commissariat de Morganville et demanda Richard Morrell. Après une courte attente, elle fut transférée à la radio de son véhicule de patrouille.

— C'est Claire Danvers. Je… J'aurais besoin de votre aide.

— Quel genre d'aide ?

— Votre sœur m'a… menottée dans les toilettes. Et j'ai un contrôle. Elle a jeté la clé. J'espérais que vous…

— Écoute, je suis désolé, mais j'ai été appelé pour un cas d'effraction. Ça va me prendre au moins une heure. J'ignore ce que tu as dit à Monica… Tu sais, il te suffirait de…

— Quoi ? De m'excuser ? l'interrompit Claire. Je ne lui ai rien dit du tout ! Elle m'a tendu un piège et jeté la clé dans les toilettes. Je dois absolument aller en cours !

Le soupir de Richard ébranla le téléphone.

— J'arrive aussi vite que possible, rétorqua-t-il avant de raccrocher.

Tout en essayant de crocheter la serrure avec l'épingle, Claire regarda les minutes s'écouler. Tic tac, envolée sa note à Andersonville.

Lorsque Richard Morrell la libéra enfin, l'amphithéâtre était déjà plongé dans le noir. Claire courut jusqu'au bureau du professeur Anderson et sentit le soulagement l'envahir quand elle vit sa porte ouverte. Il lui donnerait forcément une seconde chance.

Il discutait avec une autre étudiante, qui lui tournait le dos. Claire s'arrêta sur le seuil de la pièce pour reprendre son souffle, ce qui lui valut un froncement de sourcils de la part de l'enseignant.

— Oui ?

Il était jeune, mais ses cheveux blonds étaient déjà clairsemés sur le dessus de son crâne. Il avait pris l'habitude de porter le genre de vestes qu'appréciaient les hommes ayant le double de son âge, peut-être persuadé que le tweed et les coudes en cuir lui conféraient un air respectable. Claire se fichait bien de son apparence. Seul le fait qu'il ait le pouvoir de délivrer des notes lui importait.

— Bonjour, monsieur, Claire Danvers, je suis…

— Je sais qui vous êtes, Claire. Vous avez raté le contrôle.

— Oui, je…

— Je n'accepte aucune excuse, hormis les cas de mort ou de maladie grave.

Il la détailla avant de conclure :

— Et je ne vois rien de tout cela.

— Mais…

L'autre étudiante l'observait à présent, une étincelle de malice dans le regard. Claire ne la connaissait pas, cependant celle-ci portait un bracelet en argent et appartenait sans doute à la sororité de Monica. Des cheveux noirs et brillants, au dégradé parfait, un maquillage impeccable. Des vêtements qui puaient le fric.

— Professeur, lança celle-ci avant de lui chuchoter quelque chose à l'oreille.

Il écarquilla les yeux, puis la fille rassembla ses livres et sortit en contournant Claire.

— Monsieur, je n'ai vraiment pas… Ce n'était pas ma faute…

— À ce qu'on vient de m'apprendre, c'était au contraire entièrement votre faute. Mademoiselle vous a vue à la cafétéria en venant en cours. Vous dormiez.

— Pas du tout ! J'étais…

— Je me fiche de savoir où vous vous trouviez, Claire. En revanche, je ne me fiche pas de savoir que vous ne vous trouviez pas dans ma salle de classe, à l'heure prévue, pour répondre à mon contrôle. Vous pouvez disposer, merci.

— J'étais menottée !

Brièvement déstabilisé par cette information, il secoua pourtant la tête.

— Je n'ai que faire de vos histoires de sororité. Si vous travaillez dur le restant du semestre, vous obtiendrez peut-être une note suffisante pour valider votre UV. À moins que vous ne préfériez abandonner ce cours. Prenez quelques jours avant de vous décider.

Il refusait de l'écouter et, Claire le réalisait à présent, rien n'y ferait. Ses problèmes l'indifféraient. *Elle* l'indifférait.

Elle le fixa en silence pendant plusieurs secondes, à la recherche d'une lueur de sympathie, mais ne vit que de l'agacement.

— Bonne journée, mademoiselle Danvers, dit-il en passant derrière son bureau et en l'ignorant ostensiblement.

Claire ravala les mots qui lui auraient à coup sûr valu un renvoi, et sécha la fin de ses cours. Quelque part, au fond de son cerveau, une horloge tournait. Comptant le temps qu'il restait jusqu'au bal masqué.

Si Bishop en profitait pour déclencher l'apocalypse, ça aurait au moins un point positif : elle ne raterait plus jamais aucun contrôle.

Alors qu'elle était parvenue à la conclusion que son vendredi ne pouvait pas empirer, ils reçurent de la visite à l'heure du dîner.

Par le judas, Claire aperçut des boucles brunes. Et un sourire diabolique.

— Tu ferais mieux de m'inviter à entrer, lança Ysandre. Tu sais que je m'en prendrai à tes voisins, un par un, sinon.

— Michael ! cria Claire.

Il se trouvait dans le salon, où il travaillait à de nouvelles compositions. Il fut à ses côtés avant même que l'écho des dernières notes se soit entièrement évanoui.

— C'est elle, Ysandre, lui expliqua-t-elle. Je fais quoi ?

Il ouvrit la porte, et la Française lui sourit. François l'accompagnait. Leur élégance et leur arrogance étaient si insupportables que Claire dut serrer les dents.

— Je veux parler à Shane, expliqua Ysandre.

— Dans ce cas tu vas être déçue.

François haussa les sourcils puis extirpa, du buisson qui longeait les marches du perron, une forme ficelée. Claire étouffa un cri : c'était Miranda et elle avait un air terrorisé. Les mains et les pieds entravés, un bâillon dans la bouche.

— Présentons les choses différemment, reprit Ysandre. Soit vous nous faites entrer, soit nous prendrons notre dîner en terrasse, sur votre seuil.

Ils étaient coincés, et Michael le savait aussi bien que Claire – elle le vit se débattre avec cette idée. Il laissa le silence s'étirer si longtemps qu'elle craignit vraiment pour la vie de Miranda ; François serait trop heureux de sauter sur l'occasion. Michael finit cependant par céder :

— D'accord. Entrez.

— Mais nous te remercions, trésor, répliqua Ysandre en pénétrant dans la maison.

François lâcha Miranda sur le parquet de l'entrée avant d'emboîter le pas à sa complice. Claire s'agenouilla près de la jeune fille et lui libéra les mains.

— Ça va ? lui murmura-t-elle.

Les yeux comme des soucoupes, Miranda dodelina de la tête.

— Va-t'en, ajouta Claire. Fonce chez toi. Vas-y !

Après avoir détaché ses pieds, celle-là s'élança d'un pas mal assuré. Claire referma la porte sur elle et se précipita au salon. François avait poussé la guitare de Michael pour s'asseoir dans son fauteuil. Ysandre, elle, s'était annexé le canapé, avec autant d'aisance que si le monde entier lui appartenait.

— Comme c'est aimable à toi de nous avoir conviés chez toi, Michael. J'ai l'impression que nous avions pris un mauvais départ, recommençons depuis le début.

François s'esclaffa, puis ajouta :

— Oui, soyons amis, Michael. Et tu ne devrais pas vivre avec le bétail !

— Vous n'avez rien de plus drôle en stock ? rétorqua celui-ci. Autant en rester là, alors.

— Pas tout à fait, non, riposta Ysandre.

— Ils préparent à dîner, dit François. Amusant, non ? Quand on pense qu'ils ont laissé le nôtre filer.

— Ces humains ne font que manger, convint Ysandre. Pas étonnant qu'ils soient tous gras et paresseux.

Shane, qui sortait de la cuisine, ne parut pas surpris par la présence des visiteurs : il avait dû les entendre.

— Vous n'êtes pas les bienvenus, dit-il.

Ysandre lui envoya un baiser avant de répondre :

— Oh, Shane, je me fiche de l'être, si tu savais. D'autant qu'aucun de vous n'a le pouvoir de me forcer à partir. Nous sommes vendredi, amour, as-tu reçu le costume que je veux te voir porter demain ?

Shane hocha la tête d'un mouvement raide, comme s'il avait la nuque paralysée. Ses yeux s'affolaient, en revanche.

— Vous feriez mieux d'y aller, lança Claire avec une témérité forcée.

— Qu'en penses-tu, Michael ? repartit Ysandre. Je devrais partir ?

Elle plongea son regard, terrifiant, dans le sien.

— Non, reste.

Claire en eut le souffle coupé. « Ils parviennent à te faire éprouver des choses. Vouloir ce dont tu n'as pas réellement envie. Agir contre ta volonté. » Si Shane le lui avait expliqué, Claire ne s'était pas imaginé qu'ils avaient ce pouvoir sur d'autres vampires. Même aussi jeunes et inexpérimentés que Michael.

— Michael !

Il ne tourna pas les yeux vers elle, prisonnier de la toile d'Ysandre. Claire sortit son téléphone portable et hésita en parcourant son carnet d'adresses.

— On ne sait pas qui appeler à la rescousse ? ricana François, qui lui arracha l'appareil des mains et l'envoya valser à l'autre bout de la pièce. Amelie t'en voudrait de la déranger pendant ses préparatifs. Elle est très, très occupée à s'assurer que tout se déroulera au mieux pour accueillir notre père chéri comme il se doit.

— Peut-être devrais-tu demander à Michael un conseil, compléta Ysandre en riant à gorge déployée, tous crocs sortis. Je suis sûre qu'il t'aidera à te débarrasser de nous. Il est si fort et courageux…

Les prunelles de Michael viraient progressivement au rouge. « Ils parviennent à te faire agir contre ta volonté. »

— Shane, lança Claire, on doit dégager d'ici. Tout de suite.

— Je ne quitte pas Michael.

— C'est lui le problème.

Ysandre s'esclaffa.

— Tu es vraiment maligne, *ma chérie*[1].

---

1. En français dans le texte. (*Toutes les notes sont de la traductrice.*)

François claqua des doigts sous le nez de Michael et lâcha :

— Le dîner est servi.

Celui-ci ouvrit la bouche et fit jaillir ses canines en crachant. Puis il plongea son regard sur Claire.

— Oh, purée, souffla Shane avant de happer celle-ci. Dans la cuisine !

Pendant qu'il poussait la table contre la porte battante – ce qui ne servirait sans doute à rien –, Claire sortit du réfrigérateur les deux dernières bouteilles de sang. « Il faudra lui dire d'en rapporter d'autres », songea-t-elle, s'avisant presque aussitôt de la bizarrerie de la chose. Surveiller le stock de sang était en passe de devenir aussi normal que contrôler celui de Coca ou de beurre. Son but était juste de penser à autre chose. Pour garder son calme.

Michael déboula dans la pièce et fondit droit sur eux. Claire s'avança à sa rencontre, une bouteille tendue devant elle.

— Tu n'es pas l'un d'eux, dit-elle. Tu es des nôtres. Un des nôtres et nous t'aimons.

— Claire…

Bien qu'à l'agonie, Shane n'esquissa pas le moindre mouvement ; peut-être savait-il qu'il risquait de tout gâcher. Michael s'immobilisa. Ses prunelles rougeoyaient toujours, cependant il semblait la voir. Une lueur traversa son regard. Elle secoua la bouteille.

— Bois, reprit-elle. Tu te sentiras mieux. Fais-moi confiance, Michael, je t'en prie.

Il ne détachait pas ses yeux des siens. Mais cette fois, c'était elle qui le défiait. « Regarde-moi. Reprends possession de ta conscience. Chasse-la. » Un éclair blanc alluma les prunelles de Michael, il lui arracha la bouteille des mains et la vida aussi vite que possible. À aucun moment il ne détourna le regard. Elle non plus. Les iris du vampire retrouvèrent progressivement leur couleur bleue et il décolla ses lèvres du goulot avec un râle. Un mince filet de sang lui coula sur le menton, il l'essuya d'une main tremblante.

— Tout va bien, chuchota Claire. Elle s'est immiscée dans ton esprit. Elle en est capable, elle…

Shane avait disparu. Elle avait été si accaparée par Michael qu'elle ne l'avait pas vu s'éclipser. La porte de la cuisine oscillait encore sur ses gonds. Il lui avait dit qu'une fois qu'Ysandre avait pénétré une conscience, elle pouvait recommencer encore plus facilement. Claire se dirigea vers le salon : Michael tenta de la retenir, mais il n'avait aucune force. Elle se souvint combien Shane avait été éprouvé. « Pourquoi pas moi ? Pourquoi ne me manipule-t-elle pas ? Peut-être n'en est-elle pas capable. »

Assis sur le canapé à côté d'Ysandre, Shane avait la chemise déboutonnée. Elle lui caressait le torse, suivant des lignes invisibles. Sous les yeux de Claire, elle se mit à lui mordiller le cou. Pas une morsure profonde pour le vider de son sang, non, mais des petits coups de dents. Et de langue.

Si le visage de Shane demeurait inexpressif, ses yeux étaient deux puits de panique.

Claire lança la seconde bouteille de sang en direction d'Ysandre, qui l'attrapa juste avant qu'elle ne la heurte en pleine tête.

— Si vous avez faim, mangez, dit-elle. Et enlevez vos sales pattes de mon copain.

Les yeux du vampire se réduisirent à deux fentes et Claire sentit une force effleurer son esprit sans réussir à s'en emparer. Ysandre fit sauter le bouchon de la bouteille et en respira le contenu avec une grimace de dégoût.

— Ne sois pas aussi possessive. Shane est là pour satisfaire mon plaisir. Comme l'indiquait l'invitation.

— Demain, pas aujourd'hui.

— Elle est charmante, mais un peu jeune pour jouer les avocates, non ? lâcha Ysandre avant d'avaler une gorgée de sang avec un haut-le-cœur et de secouer la tête. Je ne comprendrai jamais pourquoi les vampires de cette ville tolèrent un tel avilissement. Ceci est rance, répugnant et imbuvable.

Elle jeta la bouteille vers Claire, qui n'eut d'autre choix qu'essayer de la rattraper : elle y parvint, mais son contenu, froid, lui éclaboussa le visage et le cou.

— Ôte ça de notre vue, ajouta Ysandre tandis que ses prunelles se teintaient d'un éclat morne et cruel. Et débarbouille-toi. Tu es une hôtesse minable.

— Dehors, riposta Claire.

Elle sentit les forces de la maison enfler autour d'elle telle une tempête, siffler dans le silence glacial, crépiter d'électricité.

— Sortez de chez nous, répéta-t-elle. Sur-le-champ !

À sa surprise, de ses pieds monta un éclair invisible qui frappa Ysandre et François, les plaqua au sol et les saisit par les chevilles pour les traîner jusqu'à la porte d'entrée, qui s'ouvrit à la volée. Ysandre eut beau hurler et planter ses ongles dans le parquet, rien n'y fit. La résidence Glass rejetait leur présence. Elle les propulsa dehors, dans le soleil couchant. Ils se relevèrent en titubant et se protégèrent la tête le temps de rejoindre leur voiture. Dégoulinant de sang, Claire s'avança sur le seuil et leur hurla :

— Et ne revenez pas !

Quand les forces qui l'avaient animée la désertèrent subitement, elle se mit à trembler. Elle prit appui sur le chambranle de la porte le temps de voir leur voiture s'éloigner, puis rallia le salon d'une démarche mal assurée. Shane n'avait pas quitté le canapé : la chemise toujours ouverte, il avait la tête entre les mains.

— Ça va ? lui demanda-t-elle.

Il acquiesça d'un mouvement convulsif sans relever les yeux vers elle. Michael sortit alors de la cuisine, un torchon à la main : il essuya le sang sur le visage et les mains de Claire avec énergie.

— Comment as-tu fait ? s'enquit-il. Même moi, je ne peux pas… pas sur commande.

— Aucune idée, répondit-elle, encore sous le choc.

Elle s'installa à côté de Shane, qui reboutonnait sa chemise – ses doigts, hésitants, se déplaçaient lentement.

— Shane ? lança Michael d'une voix très douce en s'approchant.

— Ouais, mec, je vais bien, lâcha celui-ci, visiblement éreinté. Je lui appartiens peut-être, mais pas avant demain soir. Ça m'étonnerait qu'elle coure le risque de revenir ici. Je n'en vaux pas la peine. Et demain… Désolé d'avoir à te demander ça…

— Tu n'as pas à demander, l'interrompit Michael. Je veillerai sur toi. De mon mieux.

Ils cognèrent leurs deux poings.

— J'ai besoin d'une douche, ajouta Shane en se levant.

Il ne semblait plus lui-même : ses mouvements étaient trop lents, trop lourds… trop vaincus. Claire craignait qu'il ne soit pas capable de tenir sa promesse. Hors de ces murs, les deux amis se retrouveraient isolés, faibles, et personne ne pourrait empêcher Ysandre de faire ce qu'elle voulait de Shane. De Michael. De n'importe qui.

Si Jason avait dit la vérité lors de sa petite visite, alors Oliver disposait d'informations. Et peut-être lui permettraient-elles d'aider Shane. De toute façon, Claire n'avait pas d'autre idée.

En se rendant au café d'Oliver, Claire alla directement à la rencontre des ennuis – même s'il lui fallut plusieurs secondes pour comprendre ce que la scène qu'elle découvrit avait d'inhabituel. En apparence tout était normal, alors qu'en réalité, non.

Eve était installée à une table, en face d'Oliver ; elle qui avait juré qu'elle préférerait lui planter un pieu dans le cœur plutôt que se retrouver face à lui. Elle parlait avec calme, et captait l'attention du vampire au visage grave. Il avait un vague sourire aux lèvres et les yeux braqués sur Eve avec une intensité telle que Claire en eut la chair de poule.

Elle risquait de se faire remarquer si elle restait plantée comme une andouille, au milieu de la salle, en dépit de l'affluence. Elle se dirigea donc vers le bar et commanda un Mocha dont elle n'avait pourtant aucune envie, dans l'unique but de se donner une contenance. Eve était trop absorbée par sa conversation pour remarquer sa présence, cependant Oliver, lui, l'avait repérée : Claire le sentit, quand bien même il ne jeta pas un seul coup d'œil dans sa direction.

Elle déboursa quatre dollars avant de s'installer, avec sa boisson hors de prix mais délicieuse, à une table vide, près de la vitrine, où elle serait masquée par la foule d'étudiants. Elle n'avait pas besoin de s'inquiéter : lorsque Eve eut terminé sa conversation elle fila vers la sortie sans un regard alentour. Vêtue d'une jupe longue en satin noire qui évoquait à Claire l'intérieur d'un cercueil, ainsi que d'un haut en velours violet, elle paraissait fragile. Vulnérable.

— Incroyable le mal que se donnent certaines filles pour attirer l'attention, lança Oliver en s'installant face à Claire. Tu ne trouves pas que son obsession pour la mort a quelque chose de morbide ?

Claire ne mordit pas à l'hameçon et se contenta de détailler son visage. Les derniers rayons du soleil s'en rapprochaient dangereusement : d'ici quelques minutes, ils l'atteindraient à l'épaule. Elle savait que son ancienneté l'y rendait moins sensible, néanmoins ce contact le ferait souffrir. Lisant dans les pensées de Claire, Oliver considéra le faisceau orangé qui le menaçait et décala sa chaise, juste assez pour s'octroyer quelques minutes de répit à l'ombre.

— Pourquoi avez-vous envoyé Jason l'autre soir ? lui demanda-t-elle.

— Pourquoi penses-tu que j'ai fait une chose pareille ?

— C'est ce qu'il affirme.

— Jason est donc si fiable que ça ? Aux dernières nouvelles, il s'agissait d'un meurtrier sanguinaire qui harcelait sa grande sœur.

— De quoi venez-vous de discuter, Eve et vous ?

— Il me semble que ce sont ses affaires, pas les tiennes, rétorqua-t-il, un sourcil haussé. Si tu n'as rien d'autre…

— Il y a moins d'une heure, Ysandre et François nous ont menacés chez nous. Dans notre maison, Oliver. Pourquoi avez-vous envoyé Jason ?

Le vampire conserva le silence un instant, le regard perdu sur la rue, sur les passants et les voitures. Il reporta ensuite son attention sur les clients du café, qui discutaient et riaient. Il avait une drôle d'expression comme si, à l'instar d'Eve, il était soudain conscient de sa propre vulnérabilité. Ainsi que de celle des autres.

— Je ne reconnais pas l'avoir fait. Mais si c'était le cas, il m'aurait fallu une excellente raison, non ?

Elle ne répondit rien. Il braqua sur elle son œil vif.

— Je n'ai jamais caché mes ambitions de pouvoir, Claire. Je n'aime pas Amelie, et elle me le rend bien, toutefois nos affrontements se sont toujours déroulés selon les règles. Nous les connaissons et les respectons. Bishop, lui, s'estime au-dessus d'elles. Il n'hésiterait pas à nous arracher notre plateau de jeu et à le retourner. Ce que je ne peux tolérer. Même si je pourrais être gagnant au passage.

Claire assembla les pièces du puzzle. Enfin.

— Bishop a tenté de vous recruter. Contre Amelie, lâcha-t-elle alors que la température de son sang lui parut baisser de plusieurs degrés. Vous ne pouviez pas l'en informer directement, vous avez donc chargé Jason de me le dire pour que je transmette ensuite à Amelie.

— Il est trop tard à présent. La situation évolue trop vite. Il n'est plus de mon ressort, ni de celui d'Amelie, d'intervenir. Ni encore moins du tien, Claire.

Prenant soudain conscience qu'elle agrippait la table de toutes ses forces, elle la lâcha. Ses doigts étaient endoloris.

— De quoi parliez-vous avec Eve ?

Oliver rencontra son regard, puis répondit :

— Elle m'accompagne à la fête.

Eve se rendait au bal masqué. Au bras d'Oliver. Claire se laissa aller contre le dossier de sa chaise, à court de mots. Jusqu'à ce qu'elle comprenne les implications de cette information.

— Michael est au courant ?

— En toute franchise, ça ne pourrait m'être plus égal. Eve s'expliquera avec lui si elle le décide, je ne me sens pas concerné. Il me semble avoir répondu à toutes tes interrogations, Claire. Mais si tu m'autorises un conseil…

En se penchant en avant, Oliver se retrouva le visage inondé de soleil. Il ne flancha pas, bien que ses pupilles disparaissent presque entièrement et que sa peau prenne une coloration rose inquiétante.

— Reste à la maison demain, poursuivit-il. Ferme toutes les portes et les fenêtres et, si tu crois en Dieu, une petite prière ne pourra pas faire de mal.

Ces mots étaient si surprenants dans sa bouche que Claire faillit éclater de rire.

— Je suis censée prier pour qui ? Vous ?

Sans ciller, il répondit :

— J'y trouverais une forme de réconfort. Tu serais la première depuis longtemps.

Il se leva et s'éloigna. Claire demeura un moment à contempler le jour déclinant, en sirotant son Mocha qui avait perdu toute saveur en refroidissant. Lorsqu'une bande d'abrutis friqués lui demanda, pas très poliment, si elle avait encore besoin de la table, elle ne protesta pas et la libéra aussi sec. Elle marcha au hasard dans les rues, sans but.

Elle avait quitté le quartier étudiant à présent, et les citoyens de Morganville profitaient des derniers feux du soleil pour terminer ce qu'ils avaient commencé dans l'après-midi – bronzer, jardiner, repeindre leur façade.

Demain, à en croire Oliver, tout cela risquait de disparaître. Si Bishop réussissait à l'emporter sur Amelie... Claire réalisa soudain que le soleil venait de basculer derrière l'horizon et prit le chemin du retour. Elle atteignit West Lot Street avant que le crépuscule n'ait touché à sa fin, pourtant en ouvrant le portillon elle découvrit que quelqu'un l'attendait sur les marches du perron. Shane.

— Salut ! lança-t-il.

— Salut ! répondit-elle.

Elle s'assit à côté de lui. Il observait les rares voitures qui passaient dans la rue. Une brise lui avait ébouriffé les cheveux et la lumière orangée lui dorait la peau. Il était tout simplement... parfait. L'expression de son regard serra le cœur de Claire.

— Je me disais, reprit-il, qu'on pourrait sortir ce soir.

— Sortir ? Où ça ?

— Peu importe. Au cinéma. Au restau. Je t'emmènerais bien au bar du coin pour prendre une cuite, mais j'ai peur que ton père me tue.

Shane la dévisagea quelques secondes avant de reporter son attention sur la rue.

— J'ai juste envie de passer du temps avec toi, conclut-il. N'importe où.

Parce que demain était incertain. C'était ce sentiment de menace diffuse que Claire avait perçu dans l'atmosphère toute la journée, comme si la fin du monde approchait.

— Il y a un endroit où tu rêverais d'aller ? s'enquit Claire.

— Bien sûr, tant que ce n'est pas ici… Tu veux dire à Morganville ?

Il réfléchit un moment, puis ajouta :

— Peut-être. Ça t'embêterait de prendre la voiture ?

— Laquelle ?

— Celle d'Eve, dit-il en faisant cliqueter les clés. On a passé un marché. J'ai droit de l'emprunter deux soirs par semaine, en échange je me charge de ses corvées deux autres soirs. Pour la première fois, j'exerce mon droit de location.

— Le soleil vient de se coucher, ne put s'empêcher de faire remarquer Claire.

— Eh oui. Alors ?

Il secoua à nouveau les clés. Comme s'il doutait de la réponse…

Ils se rendirent dans un restaurant près du quartier réservé aux vampires – mais suffisamment éloigné pour que l'essentiel de la clientèle soit humaine. Cet établissement avait l'avantage de fermer tard. Et de posséder une piste de danse ainsi qu'un jukebox rempli de vieux tubes. Shane commanda une bière même s'il n'avait pas encore l'âge légal. Claire, elle, prit un Coca, et ils dépensèrent une poignée de pièces pour les chansons.

— Je n'avais jamais vu un iPod aussi grand, lâcha Claire.

Shane faillit s'étrangler avec sa bière.

— Je plaisantais, le rassura-t-elle. J'ai déjà vu un jukebox.

— À ta façon de le bourrer de monnaie, je me demande. Tu es sûre d'avoir choisi assez de morceaux ?

— Aucune idée… Combien il en faudrait pour tenir jusqu'au matin ?

Il posa sa bière et l'entraîna sur la piste ; ils dansèrent, enlacés, chanson après chanson après chanson.

Et pendant ce temps-là, le silence gagnait lentement Morganville.

10.

Le samedi était plus frais et plus couvert, avec un vent tranchant comme une lame.

Shane et Claire rentrèrent juste avant l'aube, épuisés mais apaisés. Ils avaient dansé jusqu'à la fermeture du restaurant, puis ils avaient roulé jusqu'à un endroit tranquille, où ils s'étaient garés. Ça avait été tendre et passionné à la fois, Claire avait souhaité, presque, que ça aille plus loin… Au moins sur la banquette arrière.

Shane était resté fidèle à sa parole cependant, en dépit de leur frustration à tous deux, et il avait sans doute raison.

Elle eut envie, néanmoins, de le déshabiller et de se glisser au lit avec lui afin de ne plus jamais, jamais en ressortir. Il la laissa à la porte de sa chambre après l'avoir embrassée : il n'était pas assez sûr de lui pour la suivre. Pas ce soir. Pas même avec un cataclysme imminent.

Claire s'endormit juste avant le lever du soleil et se réveilla bien après l'heure du déjeuner. Et sans la monstrueuse tondeuse à gazon de son voisin, elle aurait sans doute prolongé sa nuit plusieurs heures encore. On aurait dit qu'un jet décollait sur la pelouse et Claire eut beau s'empiler des coussins sur la tête, rien n'y fit.

Un silence irréel régnait dans la maison. Après avoir enfilé sa robe de chambre, elle traîna les pieds jusqu'à la salle de bains. En chemin, elle cogna à la porte d'Eve, mais n'obtint aucune réponse. Pas plus qu'à celle de Shane ou de Michael. Elle prit la douche la plus rapide de l'histoire de l'humanité, puis descendit et trouva le rez-de-chaussée… vide. Aucun signe de Michael, Shane ou Eve. Pas non plus de message. Il restait du café dans la cafetière, qui chauffait depuis si longtemps qu'il avait fini par épaissir.

Claire s'assit à la table de la cuisine et fit défiler les contacts de son téléphone portable. Eve ne décrocha pas, et elle tomba sur le répondeur de Michael. Ainsi que sur celui de Shane.

— Salut ! dit-elle quand la voix enregistrée lui demanda de déposer son message. Je… j'espérais juste te voir. Ce matin, quoi. Écoute… pourrais-tu me passer un coup de fil ? Je dois te parler. S'il te plaît.

Des larmes de solitude lui brûlèrent les yeux. La fête avait lieu le soir même. Tout était déjà en train de changer.

Un grattement à la porte de la cuisine la fit sursauter ; elle examina longuement le jardin par la lucarne avant d'entrouvrir le battant. Sans ôter la chaîne de sécurité.

— Qu'est-ce que vous voulez, Richard ?

Il avait pris le temps de garer sa voiture le long du trottoir et son gyrophare était éteint : Claire en déduisit qu'il ne s'agissait pas d'une urgence. Cependant, elle le connaissait assez pour savoir qu'il n'était pas du genre à passer dire bonjour. En tout cas chez eux.

Et il ne portait pas son uniforme.

— Bonne question, répondit-il. Sans doute une fille sympa, qui sait cuisiner, aime les films d'action et peut se permettre de porter des minijupes. Mais je me contenterai d'une invitation à prendre un café avec toi.

— Comment être sûre que vous êtes bien vous ?

— Pardon ?

— Ysandre. Elle… eh bien, disons que j'ai besoin d'être certaine que vous êtes maître de vous-même.

— Je t'ai trouvée menottée dans les toilettes de la fac hier. Ça te va ?

Elle fit glisser la chaîne hors de son logement et s'effaça pour le laisser entrer. Il avait l'air fatigué, presque autant qu'elle (et elle battait des records).

— Que voulez-vous ?

— Je vais à ce machin, ce soir. J'ai pensé que tu irais aussi. Et je voulais te proposer de profiter de ma voiture.

— Je… je ne suis pas invitée.

— Ah bon ? Bizarre… J'aurais mis ma main à couper que tu étais de ceux qu'Amelie voulait exhiber. Elle est fière de toi, tu sais.

Fière ? Et pourquoi ça ?

— Comme un chien de race ? demanda Claire non sans amertume. Le premier prix ?

Richard leva les mains en signe de reddition.

— De toute façon, ça ne me regarde pas. Où est le reste de la bande ?

— Pourquoi ?

— Je vérifie qu'ils ne cherchent pas d'ennuis. Ça, en revanche, ça me regarde.

— On ne cherche pas les ennuis !

Richard lui décocha un regard lourd de sens qu'elle avait, il fallait bien le reconnaître, mérité.

— Votre sœur est invitée, vous savez ? reprit-elle.

— Oui, je suis au courant. Elle se pavane dans la maison depuis des jours. Son costume lui a coûté une fortune. Mon père la tuera si elle l'abîme. Je crois qu'il a dans l'idée de le rapporter au magasin.

Claire souleva la cafetière, et Richard accepta la proposition muette. Elle lui servit une tasse pendant qu'il s'attablait et l'observa tandis qu'il le sirotait. Il paraissait changé, lui aussi. Plus vulnérable. Il avait toujours été le seul membre de la famille Morrell fiable et sain d'esprit. Aujourd'hui, il avait l'air d'avoir à peine un ou deux ans de plus que Monica.

— Je crois que quelque chose va arriver, dit-elle. Pas vous ?

Il hocha la tête lentement. Des rides d'inquiétude marquaient ses yeux, soulignés par des poches.

— Ce Bishop, il n'est pas comme les autres. Je l'ai rencontré. Je… j'ai vu quelque chose en lui. Il n'a rien gardé de son humanité. Pas une once. À supposer qu'il en ait jamais eu.

— Que comptez-vous faire ?

Richard haussa les épaules.

— Que voudrais-tu que je fasse ? Rester près des miens. Veiller sur les gens de cette ville. Regretter de ne pas être à des millions de kilomètres de là.

Il s'interrompit le temps d'avaler quelques gorgées de café.

— Je sens qu'on va nous demander de lui jurer fidélité, ou un truc dans le genre, et je ne crois pas en être capable. Je ne crois pas en avoir envie.

— Aurez-vous le choix ? demanda Claire, la gorge nouée.

— Sans doute pas. Mais je m'efforcerai de protéger un maximum de personnes. Je ne suis bon qu'à ça.

Il ne fit qu'effleurer son regard du sien, comme s'il n'osait pas l'affronter.

— Les autres y vont, non ?

Elle opina.

— Savais-tu que tes parents sont invités ?

Claire se couvrit la bouche pour retenir un cri.

— Non, fit-elle, non, c'est impossible. Impossible…

— J'ai vu la liste. Désolé, je m'étais imaginé que tu étais sur une autre page. Je n'en reviens pas que tu aies été exclue. Il vaut mieux que tu restes à la maison, cela dit. Ça… ça pourrait bien être dangereux.

Il vida la fin de sa tasse avant de la pousser vers elle.

— Je garderai un œil sur tes amis et tes parents. De mon mieux. Tu me fais confiance, hein ?

— Vous êtes quelqu'un de bien.

Surprise d'avoir dit tout haut ce qu'elle pensait tout bas, Claire reprit :

— Je suis sincère, vous savez.

Il lui répondit d'un sourire, et elle ne put s'empêcher d'en avoir des papillons dans le ventre.

— Je t'engage comme attachée de presse. Enferme-toi et ne sors pas, d'accord ?

Après l'avoir raccompagné à la porte, elle dut pousser tous les verrous – il attendit pour s'en assurer. Il lui adressa un signe de la main, puis remonta dans son véhicule et s'éloigna dans la rue. Laquelle était, Claire s'en rendit soudain compte, étrangement déserte. L'activité battait généralement son plein à Morganville le samedi après-midi, et pourtant elle n'apercevait pas une seule âme. Ni sur les trottoirs, ni dans les voitures, ni dans les jardins. Même le voisin avait coupé sa tondeuse et s'était barricadé chez lui.

Comme si tout le monde… savait.

Claire alluma son ordinateur pour consulter ses mails, ce qui revenait à faire le tri dans ses spams. Ce jour-là, les Russes aguicheuses et tristes ne l'amusaient pas plus que les hommes d'affaires nigérians soucieux de se débarrasser de millions de dollars non imposables. Elle surfa un temps, mais sans conviction. Elle avait des heures à tuer, et son corps était si tendu qu'elle avait mal partout.

Et si elle rendait visite à Myrnin ? Il n'irait pas non plus… Oh, c'était trop tentant ! Qui disait Myrnin disait travail. Et le travail constituait la meilleure des distractions. Richard lui avait peut-être demandé de s'enfermer, néanmoins il ne lui avait pas précisé où, si ? Le laboratoire de Myrnin était un endroit plutôt sûr. Sans parler de sa cellule. Et, au moins, elle aurait de la compagnie.

— Non, tenta-t-elle de se raisonner à voix haute, c'est trop dangereux.

Sauf qu'on était en plein jour. Sa raison finit par capituler : « C'est ça, va te faire tuer. Comme si j'en avais quelque chose à fiche. »

Claire fourra quelques affaires dans son sac à dos – des manuels, bien sûr, mais aussi deux romans qu'elle avait l'intention d'apporter à Myrnin, toujours curieux de découvrir de nouvelles choses. Et un couteau à pain. Ça lui semblait une bonne idée. Elle le dissimula dans son livre d'histoire. Le marque-page le plus dangereux de tous les temps.

« J'espère que je reviendrai », se dit-elle en verrouillant la porte d'entrée. « Que nous reviendrons tous. » Elle avait le sentiment que la maison faisait le même vœu.

Il y avait une longue marche jusqu'au laboratoire de Myrnin, mais elle ne courrait aucun risque, à part celui de mourir de peur. Elle croisa à peine une ou deux automobiles, transportant des passagers paniqués vers leur abri – bureau, domicile, fac. À cette exception-là, les rues étaient vides. Et surtout les trottoirs.

Claire pénétra dans le dédale du quartier plus ancien. Au bout d'une artère se dressait la maison de Katherine Day. Ce jour-là, sa balancelle fatiguée et agitée par le vent était vide. Claire espérait pourtant trouver celle-ci, ou sa petite-fille au tempérament volcanique. Elles lui auraient proposé de s'installer sur la véranda pour boire une limonade et auraient essayé de la dissuader de rendre visite à Myrnin. Mais si elles étaient là, elles s'étaient réfugiées à l'intérieur et avaient tiré leurs rideaux. Comme tous les autres habitants de la ville.

Claire s'engagea dans l'impasse sombre jouxtant la bâtisse. Bordée de hautes palissades, elle se rétrécissait en forme d'entonnoir. Si, la première fois, Claire avait atterri là par accident, depuis elle s'y était toujours rendue de son plein gré – ce qui ne l'empêchait pas d'être systématiquement frappée par le caractère effrayant des lieux, même en plein jour.

À l'endroit où le passage formait un léger coude se trouvait une bicoque branlante, qui méritait à peine ce nom. La porte était fermée par un cadenas flambant neuf. Claire sortit la clé de sa poche.

L'intérieur n'était pas plus attrayant : un bout de plancher et un escalier qui dévalait vers le sous-sol. La maigre lumière provenait de fenêtres sordides. Claire récupéra la lampe de poche qu'elle remisait toujours dans un coin de la pièce et l'alluma avant de descendre les marches menant au laboratoire de Myrnin.

Elle s'attendait presque à y découvrir Amelie, Oliver ou quelqu'un d'autre, mais il était exactement dans l'état dans lequel elle l'avait laissé. Désert, silencieux et plongé dans la pénombre ; seules deux ampoules électriques fournissaient une faible lueur. Claire poussa l'étagère appuyée contre le mur de droite – montée sur des rails cachés, elle se déplaçait aisément –, révélant une porte. Celle-ci était close aussi, et Claire récupéra la clé dans le tiroir d'une bibliothèque voisine.

Pendant qu'elle l'enfonçait dans le cadenas, elle crut percevoir un bruissement. Faisant volte-face, elle faillit demander qui c'était ; seule la peur du ridicule l'arrêta, ainsi que la volonté de ne pas se montrer aussi débile que les filles des films d'horreur. Il n'y avait personne. Pas même Oliver.

Elle retira le cadenas, prit une profonde inspiration et se concentra.

Le fonctionnement des passages de Myrnin demeurait un mystère, même si elle commençait à entrevoir les avancées que ceux-ci représentaient dans le domaine de la physique quantique… Naturellement, le vampire ne considérait pas cette découverte d'un œil scientifique ; pour lui, il s'agissait de magie ou, du moins, d'alchimie. Claire se souvint de ce qu'il lui avait dit : inutile de connaître le fonctionnement de quelque chose pour s'en servir. Ça l'avait exaspérée, mais elle commençait à s'habituer à l'idée que certaines choses continueraient à lui échapper, et notamment quand elles touchaient à Myrnin.

Elle ouvrit en grand la porte menant à la prison, située à l'autre bout de la ville. Elle avait mesuré, sur une carte, la distance entre le laboratoire secret de Myrnin et le complexe à l'abandon. L'existence d'un accès entre les deux supposait une distorsion importante des lois de la physique telles qu'elle les comprenait, cependant il lui fallait bien reconnaître leur existence.

Une fois qu'elle eut franchi le seuil, elle referma la porte derrière elle. Il y avait un loquet, de ce côté aussi : elle le poussa pour le cas où son imagination ne lui aurait pas joué de vilain tour et que quelqu'un se soit réellement dissimulé dans le laboratoire. L'intrus ne pourrait pas passer la porte facilement et, de toute façon, vu la nature des tunnels de Myrnin, il risquait de ne pas atterrir là – à supposer qu'il atterrisse quelque part.

— Bonjour ! lança Claire en dépassant les premières cellules.

Elle s'efforçait toujours d'être polie, même si les prisonniers n'y étaient pas sensibles. Après tout, ils n'avaient pas choisi leur condition. Autrement dit de perdre la boule. Certains dans un degré moindre, et c'était pour eux qu'elle avait le plus de peine. Pour ceux qui semblaient réaliser où ils se trouvaient, et pourquoi.

Comme Myrnin.

Claire s'arrêta afin de récupérer des poches de sang dans le réfrigérateur, qu'elle lança ensuite aux vampires – en veillant à garder ses distances. Elle en conserva deux pour Myrnin, enfermé à l'extrémité du couloir.

Assis sur son lit, il lisait un Voltaire fatigué, une paire de lunettes perchée sur le bout du nez.

— Claire, s'écria-t-il avant de glisser un ruban en soie délavé entre deux pages.

Quand il releva la tête, elle vit qu'il était jeune, séduisant et (dans l'immédiat du moins) pas tout à fait frappadingue.

— Il m'est arrivé une chose des plus étranges, ajouta-t-il.

Après avoir approché une chaise, elle répondit :

— Dites-moi !

— Je crois que je vais mieux.

— Ça m'étonnerait. J'aimerais que ce soit le cas, mais…

Il poussa un Tupperware vers les barreaux de sa cellule.

— Regarde.

Considérant le récipient avec suspicion, Claire demanda :

— Mmmm… c'est quoi ?

— Du tissu cérébral.

— Quoi ?

Myrnin la détailla par-dessus ses lunettes, puis rétorqua :

— Je te l'ai dit, du tissu cérébral.

— À qui appartenait-il ?

Il jeta un regard circulaire autour de lui, les sourcils haussés.

— À part moi, je ne vois pas grand monde, ici.

Une pensée si terrible traversa l'esprit de Claire qu'elle n'osa pas la formuler à voix haute. Myrnin lui adressa un sourire diabolique.

— Nous testons le sérum, je me trompe ? Et, jusqu'à présent, je suis le seul cobaye, n'est-ce pas ?

— Du tissu cérébral ? Comment avez-vous… ?

Elle se reprit aussitôt :

— Peu importe. Je ne suis pas sûre de vouloir connaître les détails.

— Entre nous, je crois que ça vaut mieux en effet. Je t'en prie, emporte cet échantillon, ajouta-t-il avec un sourire qui découvrait ses dents et qui la mit mal à l'aise. Je t'offre un peu de mon esprit.

— J'aurais vraiment préféré que vous gardiez cette dernière remarque pour vous.

Tout en réprimant un frisson, elle s'approcha de la cellule afin de récupérer le récipient translucide. Oui, son contenu, grisâtre, avait bien l'aspect… d'une cervelle. Après avoir vérifié que le couvercle tenait bien en place, elle le rangea dans son sac à dos.

— Qu'est-ce qui vous fait penser que vous allez mieux ? poursuivit-elle.

Myrnin souleva, d'une main, une demi-douzaine d'épais volumes.

— Je les ai lus en un jour et demi. Le moindre mot. Je peux répondre à n'importe quelle question sur leur contenu.

— Ce n'est pas un bon test. Vous connaissez déjà ces ouvrages.

Il parut surpris par sa réaction.

— Oui, tu as raison. Très bien. Alors que proposes-tu ?

— Lisez ça, dit-elle en lui remettant le roman qu'elle avait apporté.

D'un coup d'œil, il prit connaissance du titre et du nom de l'auteur avant de l'ouvrir à la première page et d'entamer la lecture. Elle suivit les mouvements rapides de ses yeux – bien plus rapides que ceux d'un humain. Il était concentré, et visiblement captivé par le récit.

— Stop, lança-t-elle cinq minutes plus tard.

Myrnin s'exécuta de bonne grâce et le lui rendit.

— Parlez-moi de ce que vous venez de lire, reprit-elle.

— C'est assez astucieux de ta part d'avoir choisi une histoire de vampires. Même si je trouve leur peur des miroirs un peu ridicule. Le personnage principal paraît digne d'intérêt. J'aimerais le finir.

Il décrivit ensuite, avec une grande précision, les caractéristiques des différents protagonistes, tels qu'ils étaient présentés dans les cinquante premières pages, ainsi que l'intrigue. Claire vérifia toutes les informations. Il n'avait commis aucune erreur.

— Tu vois ? lança Myrnin en retirant ses lunettes et en les rangeant dans la poche du gilet en satin violet qu'il portait sur une chemise blanche. Je vais mieux, Claire. Je t'assure.

— Eh bien, nous devrions tout de même attendre de voir…

— Non, je ne suis pas de cet avis.

D'un mouvement leste et puissant, il s'approcha des barreaux. Il s'y cramponna et la serrure – censée résister au plus fort, au plus dément des vampires – céda. Il fit coulisser la porte sur son rail et sortit en souriant.

— Est-ce pour moi ? s'enquit-il en désignant de la tête les poches de sang posées sur son sac à dos.

Elle réalisa qu'elle serrait le roman de toutes ses forces et retenait sa respiration. « Pourvu qu'il n'ait pas prélevé la partie de sa cervelle l'empêchant de m'attaquer… »

— Oui, réussit-elle enfin à répondre.

Au lieu de lui jeter les poches, comme elle en avait eu l'intention, elle lui en tendit une. Myrnin s'approcha d'un pas volontairement lent, histoire de lui laisser le temps de s'habituer à l'idée qu'il était libre, puis la lui prit délicatement des mains. Il se détourna avant de mordre dedans et, même si les bruits de succion soulevèrent le cœur de Claire, lorsqu'il eut terminé, il n'y avait pas une seule goutte de sang sur son visage – ou sur le plastique.

Claire lui présenta la seconde, mais il la refusa.

— Inutile de faire des excès, une me suffit amplement pour l'heure.

Elle fut surprise, Myrnin ayant d'habitude (comment le formuler sans se coller la nausée ?) plutôt bon appétit.

— Je vais la ranger, dit-elle.

Sans lui laisser le temps de bouger, il la lui prit des mains : elle ne le vit même pas se déplacer, cette fois.

— Permets-moi de m'en charger.

Saisie d'un frisson, elle ouvrit les yeux et tendit l'oreille, bien qu'il eût déjà disparu dans l'obscurité. L'énorme porte de l'armoire réfrigérée grinça, à deux reprises, puis il fut de retour, émergeant progressivement des ténèbres. Les bras croisés sur la poitrine, il s'adossa au mur en face d'elle.

— Alors ? Je te parais fou ?

Elle secoua la tête.

— Tu ne me le dirais pas, même si c'était le cas, n'est-ce pas, Claire ?

— Sans doute pas. Vous pourriez vous mettre en colère.

— Je pourrais le faire si tu me mentais. Mais ça n'arrivera pas. Je n'éprouve rien de tel dans l'immédiat. Ni rage, ni faim, ni angoisses, alors qu'elles ne m'avaient pas quitté au cours des dernières années. Les médicaments que tu m'as donnés, Claire, je crois qu'ils font effet. Tu comprends ce que cela signifie ?

Il traversa en un éclair la distance qui les séparait et, quand elle fut à nouveau capable de le distinguer nettement, il était agenouillé à côté de sa chaise et lui avait posé une main pâle et délicate sur le genou.

— Cela signifie que les miens peuvent être sauvés. Tous.

— Et les miens ? rétorqua Claire. Si vous êtes saufs, que va-t-il advenir de nous ?

Une expression impénétrable se peignit sur les traits de Myrnin.

— Le sort des humains ne relève pas vraiment de mon domaine de responsabilités. Amelie a œuvré dur pour faire de Morganville un lieu d'équilibre, un lieu où nos deux espèces puissent cohabiter en relative harmonie. Je doute qu'elle soit prête à bouleverser tout cela sur la simple foi des résultats de cette expérience.

Il pouvait douter tout son saoul, Claire connaissait Amelie mieux que lui. La Fondatrice ferait toujours passer les siens avant les humains. À vrai dire, même si elle n'en avait pas la preuve, elle soupçonnait Morganville de constituer une expérience en soi… et toute expérience était terminée une fois le résultat obtenu.

Et, dans ce cas, que devenaient les rats de laboratoire ?

La sincérité allumait à présent les prunelles sombres de Myrnin.

— Je ne suis pas un monstre, Claire. Je ne permettrai pas qu'il t'arrive du mal. Tu nous as rendu un fier service, et tu seras protégée.

— Et les autres ?

— Quels autres ? Ah, tes amis, ta famille. Oui, bien sûr, ils jouiront des mêmes garanties, quoi qu'il advienne.

— Non, Myrnin, je parle de tout le monde ! Du type qui prépare des hamburgers au Burger Dog ! De la dame qui tient la friperie ! Tout le monde !

Il cligna des paupières, apparemment déstabilisé par sa repartie.

— Nous ne pouvons pas nous soucier du monde entier, Claire. Ce n'est pas dans notre nature. Nous sommes seulement capables de faire cas de ceux que nous connaissons ou qui nous sont liés. Je reconnais bien là ton altruisme, mais…

— Ne me parlez pas de nature ! Nous ne partageons pas la même !

— Vraiment ? riposta Myrnin en lui tapotant le genou. Je suis un scientifique. Tout comme toi. J'ai des amis, des gens auxquels je tiens, que j'aime. Tout comme toi. En quoi sommes-nous différents ?

— Je ne me nourris pas du contenu d'une poche en plastique !

Il éclata de rire, sans animosité pourtant.

— Oh, Claire, te figures-tu réellement que manger des animaux égorgés et mutilés est moins répugnant ? Nous avons tous deux besoin de nous nourrir. Nous apprécions tous deux la compagnie des autres. Nous…

— Je ne pioche pas du tissu cérébral dans mon crâne ! Oh, et je ne tue pas. Alors que vous, oui. Ce qui ne vous fait ni chaud ni froid.

Il bascula sur ses talons et la dévisagea. La lueur de bienveillance dans son regard se durcit.

— Tu découvriras que je suis loin d'être aussi insensible que tu te l'imagines. Autrement, je n'aurais pas cette conversation avec…

— Une servante ? Parce que c'est bien ce que je suis, non ? Ou pire, une esclave ? Votre propriété ?

— Tu n'es pas dans ton état normal.

— Oh ! Bien sûr que je ne suis pas dans mon état normal…

Elle fit des efforts pour se ressaisir mais n'en fut pas capable. Sa tristesse lui échappa comme un jet de vapeur sous pression.

— Je suis là à débattre de l'avenir de la race humaine avec vous, pendant que mes amis et ma famille se rendent à cette fête. Je ne peux même pas les protéger…

— Chut, mon enfant. La fête, elle a lieu ce soir, n'est-ce pas ?

— Je ne sais même pas en quoi elle consiste.

— Elle est l'occasion pour Amelie de reconnaître officiellement le pouvoir de Bishop. Tous les vampires en état d'y assister seront présents, afin de faire allégeance, et chacun d'eux apportera un gage de sa fidélité.

En s'essuyant les joues et en reniflant, elle se redressa.

— Quel type de gage ? s'enquit-elle.

Sans détourner les yeux, Myrnin lui répondit :

— Un gage de sang. Plus précisément un humain. Tu as raison de t'inquiéter pour tes amis et ta famille. Bishop a le droit de choisir n'importe lequel des humains qui lui seront présentés. Il s'agit avant tout d'un geste symbolique, hérité d'une longue tradition, mais il n'en restera pas forcément là.

Soudain Claire comprenait. Elle comprenait pourquoi Amelie lui avait interdit de venir. Pourquoi Michael avait convié Monica Morrell plutôt qu'Eve.

Ce soir-là se déroulerait une partie d'échecs, dont les pions seraient les humains. Les vampires ne jouaient qu'avec ce qu'ils pouvaient se permettre de perdre.

— Vous…

Sa voix était mal assurée ; elle s'éclaircit la gorge, puis reprit :

— Vous avez dit qu'il pouvait choisir n'importe quel humain.

— Ou tous, rétorqua Myrnin sans ciller. S'il le désire.

— Vous savez que c'est ce qu'il fera. Il tuera quelqu'un.

— Très vraisemblablement, oui.

— Nous devons l'en empêcher. Myrnin… pourquoi accepte-t-elle une chose pareille ?

— Amelie manque de courage. Si les chances sont contre elle, elle capitulera ; si celles-ci sont équilibrées, elle cherchera à gagner du temps afin de récupérer la main. Elle sait qu'elle ne peut pas battre Bishop seule, et qu'elle n'y parviendra pas non plus en s'alliant à Oliver. Elle doit opter pour une longue partie, Claire. Elle a toujours fait ainsi.

Le regard de Myrnin étincelait à nouveau, et un sourire se dessina sur ses lèvres.

— Amelie a évalué ses chances sans me prendre en compte, bien sûr. Avec moi à ses côtés, la victoire est à sa portée.

— Vous voulez y assister. À la fête.

Myrnin lissa son gilet avant de chasser de ses manches des grains de poussière imaginaires.

— Naturellement. Avec ou sans toi. Alors, qu'en dis-tu ?

— Je… Amelie m'a…

— Oui ou non, Claire.

— Dans ce cas… oui.

— Il nous faut des costumes. Mais ne t'en fais pas, je connais l'endroit idéal pour s'en procurer.

— J'ai l'air ridicule, remarqua Claire.

« Et je suis tout sauf discrète », ajouta-t-elle en son for intérieur.

— On ne pourrait pas trouver quelque chose de noir, plutôt ? insista-t-elle. Surtout qu'on est censés se fondre dans le décor…

— Tais-toi, lui intima Myrnin en lui appliquant du maquillage sur le visage.

Il semblait s'amuser beaucoup étant donné les circonstances, et Claire ne put s'empêcher de douter de sa prétendue guérison. Amelie avait de bonnes raisons de ne pas vouloir sa présence au bal. Et de l'exclure de ses calculs stratégiques.

Cependant, Claire ne connaissait que trop bien la Fondatrice : si la paix devait se faire au prix de quelques vies humaines, même chères à son cœur, celle-ci n'y verrait qu'un prix à payer. Contrairement à Claire.

— Là, ferme les yeux, lui demanda Myrnin.

Elle s'exécuta et sentit la caresse soyeuse d'un pinceau sur son visage. Quand elle rouvrit les paupières, elle découvrit une étrangère dans le miroir. Elle avait vraiment l'air ridicule, mais, il fallait le reconnaître, elle ne ressemblait pas à Claire Danvers. Pas du tout. Un masque blanc qui aurait rendu Eve fière. Des lèvres rouge vif. D'immenses yeux charbonneux, autour desquels il avait tracé des rides d'expression.

Un costume moulant, consistant en un haut et des collants à losanges rouges et noirs. Un chapeau de matador.

— En quoi suis-je déguisée ? lâcha-t-elle.

Déçu par son ignorance, Myrnin répondit :

— Arlequin.

Puis il se mit à tourbillonner sur lui-même comme une petite fille surexcitée avant d'ajouter :

— Et moi je suis Pierrot.

La tenue blanche de Myrnin, contrairement à celle ajustée de Claire, tombait en larges volutes sur son buste. On aurait dit qu'il avait enfilé une robe d'enfant de chœur sur un pantalon blanc. Il avait aussi une énorme collerette blanche et un chapeau blanc qui ressemblait à un cône de sécurité. Pour compléter le tout, le même maquillage exubérant, qui accentuait la taille démesurée de ses yeux sombres et leur donnait un éclat de folie.

— On ne vous apprend donc rien à l'école ? conclut-il.

— Pas à ce sujet.

— Quel dommage ! Je suppose que c'est une des conséquences de l'ère Google.

Il lui accrocha un nouvel accessoire autour du crâne.

— Votre masque, madame, précisa-t-il d'un ton taquin.

Il s'agissait d'un simple loup, décoré du même motif à losanges que son costume.

— Tu sais faire la roue ? s'enquit-il. Les sauts périlleux arrière ?

Elle lui jeta un regard désespéré.

— Je suis une intello, pas une pom-pom girl.

— À nouveau quel dommage !

Il fit glisser son propre masque, intégralement noir, sur son visage blanc aux lèvres vermillon. Il offrait une vision étrange.

— Bien, à présent que nous avons nos costumes, poursuivit-il, il nous reste à trouver quelque chose pour faire pencher la balance en notre faveur si la situation dégénère. Ce qui ne manquera pas d'arriver connaissant Bishop.

Ils se trouvaient dans le grenier de la maison de Michael, au milieu d'un fatras accumulé depuis, semblait-il, des siècles. Claire n'y avait jamais mis les pieds avant ; elle ignorait même qu'il y avait un accès. Myrnin l'avait conduite dans la pièce secrète, où il avait déplacé plusieurs clous sur le mur, révélant une seconde porte cachée, laquelle menait, à travers un boyau poussiéreux, à un vaste débarras plongé dans l'obscurité. Il avait déniché les costumes dans une malle sans doute assez vieille pour avoir traversé la guerre de Sécession. La coiffeuse, devant laquelle Claire était installée, était sans doute encore plus ancienne. La poussière qui la recouvrait donnait cette impression en tout cas.

Myrnin explora les piles de cartons, de valises et de trésors négligés, marmonnant dans une langue étrangère. Pendant qu'il farfouillait, Claire examina à nouveau son reflet dans le miroir. Le maquillage et le costume la rendaient peut-être méconnaissable, mais ses yeux, eux, trahissaient son identité, et on pouvait y lire de la peur.

Elle avait du mal à croire qu'ils s'apprêtaient à faire une chose pareille.

Myrnin jaillit soudain tel un diable de sa boîte, muni d'une énorme valise. Il la laissa tomber sur le plancher, où elle atterrit avec un bruit retentissant.

— Et voici !

Il l'ouvrit avant de prendre une pose victorieuse. Elle contenait des armes. En quantité. Arbalètes, couteaux, épées, croix – certaines à l'extrémité affûtée. Myrnin inventoria le contenu en désordre, puis brandit triomphalement une bouteille sale, qui avait sans doute servi de flacon de parfum à une époque reculée, comme le Moyen Âge.

— De l'eau bénite, expliqua-t-il. De la véritable eau bénite, sanctifiée par le pape lui-même. C'est très rare.

— D'où vient cet arsenal ? À qui appartenait-il ?

— À des gens qui n'ont pas atteint leur objectif. Je déconseillerais les fioles de liquide inflammable, les vertes. Elles font de l'effet, mais tu risques de tuer tes alliés aussi bien que tes ennemis. L'eau bénite blessera sans détruire. J'aime autant ne pas te fournir d'arme fatale.

— Pourquoi ?

— Même si nous gagnons, Amelie sera contrainte de produire devant le tribunal tout humain ayant tué un vampire. Et tu connais l'issue de ces procès en général.

Claire frissonna en se souvenant que Shane avait failli être exécuté pour un crime qu'il n'avait pas commis.

— S'il faut éliminer quelqu'un, ajouta Myrnin, laisse-nous, moi ou un autre vampire, nous en charger.

La main enveloppée dans un pan de tissu, il sortit une croix ornée de taille moyenne, à la pointe acérée, et la lui tendit.

— À n'utiliser que pour te défendre. Et à présent, moi…

Il arrêta son choix sur un couteau au fil très tranchant, qu'il rangea dans son fourreau avant de le cacher sous sa tunique, contre son flanc. Puis il referma le couvercle de la valise.

— C'est tout ? l'interrogea Claire, surprise.

Après tout, il avait une panoplie complète à sa disposition.

— Je n'ai besoin de rien d'autre. Il faut y aller maintenant. Enfin, si tu es sûre de toi.

— Je suis sûre, dit-elle en baissant les yeux sur son costume. Mais… où sont mes poches ?

11.

La maison de Michael appartenait à ce que Claire avait fini par nommer, dans sa tête, le Réseau Aérien de Transport Parallèle... Myrnin pouvait ainsi naviguer d'un endroit à l'autre – elle avait identifié une vingtaine de ces « portes » dans la ville et une de celles-ci se trouvait dans leur salon. Une autre, bien sûr, ouvrait sur la prison où il avait résidé dernièrement. Une autre était située chez Katherine Day et Claire en avait conclu que toutes les demeures de la Fondatrice devaient appartenir au réseau.

Il y avait également un accès au château d'Amelie. Claire ignorait tout de son aspect extérieur... et de l'endroit où il s'élevait. L'intérieur, en revanche, ancien, inspirait un sentiment de puissance. Enfin, cet ensemble de passages comportait également des issues dans le bâtiment administratif de l'université, la bibliothèque, la mairie et le Conseil des Anciens. C'était justement là que le bal avait lieu.

— Je n'arrive pas à croire que nous allons faire ça, murmura Claire tandis que Myrnin examinait le mur vide du salon de Michael. Vous êtes certain ? Nous pourrions prendre une voiture sinon ?

— Ce sera plus rapide. Tu n'as pas peur, si ? Inutile, tu es avec moi.

Il prononça ces mots avec une arrogance naturelle qui plongea Claire dans le doute. Allait-il vraiment bien ? Ses pensées semblaient cohérentes, mais il avait quelque chose de… changé. Son côté boute-en-train, qui rejaillissait lors de ses phases de lucidité, l'avait déserté. Malgré tout, il lui avait remis de l'eau bénite et une croix quand rien ne l'y forçait. Et puis… elle avait besoin de lui. Non ?

Il était trop tard pour les remords. Le pan de mur que Myrnin fixait se mit à ondoyer avant de se dissoudre en une brume grise, parcourue de volutes, qui se colora et devint un trou noir avec une fine ligne de lumière dorée, à peine visible, à l'extrémité. On aurait dit l'intérieur d'un placard.

— Viens, lui dit Myrnin en lui tendant la main.

Elle l'accepta et ils posèrent ensemble un premier pied dans le passage. Derrière eux, le portail se referma. L'endroit sentait les produits d'entretien et, en tâtonnant autour d'elle, Claire tomba sur le manche en bois d'un balai. Un débarras. Eh bien, au moins, leur entrée serait discrète. Sauf quand ils devraient en sortir.

Myrnin n'avait pas marqué d'arrêt, lui. Il entrebâilla la porte.

— La voie est libre, indiqua-t-il avant d'ouvrir le battant en grand.

Claire le suivit aussitôt dans ce qui semblait être un couloir de service, avec ses murs blancs et sa moquette rouge sombre. Il était jalonné de portes identiques et muettes. Claire s'efforça de les compter afin d'être capable de retrouver son chemin en cas de besoin.

— Par ici, fit Myrnin en s'engageant à droite.

Sa tunique blanche se soulevait à chacun de ses pas. Son chapeau conique aurait dû lui donner l'air ridicule et pourtant… pourtant ce n'était pas le cas.

— J'aurais dû te laisser le costume de Pierrot, petite Claire. Pierrot est connu pour sa nature bonne et innocente. Contrairement à Arlequin. La frénésie du libitor, Claire.

— Quoi ?

— J'ai dit que tu aurais dû te déguiser en Pierrot…

— Non, l'interrompit-elle doucement. Vous avez parlé de frénésie du libitor. Qu'est-ce que ça signifie ?

— Qu'aurais-je dit ? demanda-t-il en lui jetant un regard intrigué. Ça n'a pas de sens. C'est de la baie de sciure.

Elle en resta clouée sur place. Au bout de quelques pas, comme il s'avisait qu'elle ne le suivait plus, il se retourna et lança, avec impatience :

— Claire, l'étang presse.

Le temps presse.

— Myrnin, vous délirez. Je… je crois que les effets du sérum diminuent.

— Je me sens tricorne.

Je me sens en forme.

— Vous vous entendez ? Vous entendez les mots qui franchissent vos lèvres ?

Il lança ses mains en l'air dans un geste d'impuissance. Il n'avait pas conscience de parler en charabia. Le traitement avait des effets secondaires, neurologiques, et Claire aurait aimé en parler avec le Dr Mills. Évidemment, il ne fallait pas non plus oublier qu'il s'était coupé un bout de cervelle, ce qui avait également pu provoquer des dégâts. Cependant, cinq minutes plus tôt, il n'avait aucun problème d'élocution.

Claire veilla à garder sa voix le plus calme possible.

— Je crois que vous avez besoin d'une autre piqûre. S'il vous plaît. On ne va pas attendre de voir si ça se dégrade davantage, qu'en pensez-vous ?

Sans un mot, Myrnin lui tendit son bras et remonta sa manche. La peau exposée était d'un blanc d'albâtre, et Claire eut moins l'impression de toucher un membre humain que du marbre recouvert de cuir. Elle sortit la petite mallette qu'elle avait coincée dans l'élastique de son collant – celle que lui avait remise le médecin avec la seringue et les fioles remplies de produit. Elle s'était entraînée à piquer une orange, mais ça n'était pas pareil.

— Je vais essayer de ne pas vous faire mal, dit-elle.

Myrnin leva les yeux au ciel. D'une main tremblante, elle plongea l'aiguille dans le cache en caoutchouc qui fermait le flacon et remplit la seringue. Elle appuya ensuite sur le piston pour faire perler quelques gouttes au bout de l'aiguille et prit une profonde inspiration. Pourvu que Myrnin ne se débatte pas… Il ne semblait pas en avoir l'intention, du moins dans l'immédiat. Il resta parfaitement tranquille pendant qu'elle plaçait la pointe sur sa veine bleue.

— Prêt ? lui demanda-t-elle.

En réalité, elle s'adressait la question à elle-même. Et il semblait le savoir, puisqu'il répondit, en souriant :

— Je te fais confiance.

Elle appuya et l'aiguille s'enfonça profondément dans sa peau. Elle rencontra une résistance momentanée avec la veine, puis elle pressa rapidement le piston avant de retirer la seringue. Comme une petite goutte de sang perlait à l'endroit où elle l'avait piqué, elle l'essuya avec son pouce, laissant une trace pâle sur sa peau parfaite.

Elle vit alors les pupilles du vampire se réduire à deux points minuscules, et elle fut pétrifiée par un sentiment de terreur absolue. Myrnin lui souriait de son immense bouche rouge, et son expression avait véritablement quelque chose d'inquiétant…

En un battement de cils, il la chassa et ses pupilles retrouvèrent progressivement leur taille normale. Il frissonna et poussa un soupir.

— Désagréable, conclut-il. Ah, la chaleur arrive. Voilà qui est agréable.

— Je ne vous ai pas fait mal, si ?

— Je n'aime pas les aiguilles.

L'ironie de la remarque la fit éclater de rire. Il se renfrogna, mais c'était plus fort qu'elle, et elle dut se couvrir la bouche pour étouffer ses gloussements en cascade, de plus en plus aigus. Elle frisait carrément l'hystérie. « Ressaisis-toi, Claire. »

— Ça va mieux ? lui demanda-t-elle.

L'arrogance de Myrnin était de retour, et il lui décocha un regard qui en disait long pendant qu'elle remballait son matériel.

— Je n'allais pas mal, rectifia-t-il. Néanmoins, ta sollicitude me touche.

Le couloir se terminait, devant eux, par deux portes battantes. Myrnin lui saisit la main et s'élança vers elles.

— Attendez ! Ralentissez !

— Pourquoi ?

— Parce que je veux m'assurer de votre…

— *Mens sana ?* C'est du latin, Claire. Ça signifie…

— Esprit sain, oui, je sais.

— Je ne délire pas. Et je doute d'avoir réellement eu besoin de cette injection.

Ce sujet le rendait susceptible et c'était justement le plus inquiétant dans sa situation : il ne se rendait compte de rien quand il perdait pied. En tout cas, elle espérait que c'était le plus inquiétant. Parce qu'il avait les traits animés d'une telle ferveur qu'elle ne pouvait s'empêcher de craindre bien pire.

De l'autre côté des portes se trouvait le hall circulaire du Conseil des Anciens, et il était bondé. Les invités discutaient, un verre de champagne, de vin ou d'un liquide trop rouge pour être du vin, à la main. Tous costumés et masqués.

— Vous aviez raison, souffla Claire, tous les vampires de la ville semblent être là.

— Et chacun est venu accompagné d'un petit humain. Mais je crois que tu es la seule à savoir pourquoi.

Claire repéra Jennifer en premier : elle se pavanait au bras de François. Elle portait un costume de hippie, avec dos nu à imprimé tie and dye, une minijupe, des chaussures à semelle compensée et un pendentif en forme de peace and love. Son masque détonnait avec l'ensemble – l'objectif de Jennifer était clairement de montrer le plus de chair possible sans être pour autant nue. « Pari réussi », songea Claire. François paraissait apprécier aussi le choix de sa cavalière. Quant à lui, il était déguisé en Zorro avec une tenue tout en satin noir et cuir, complétée par un chapeau plat.

À côté de Jennifer se trouvait Monica, en Marie-Antoinette, du corset décolleté à la crinoline. Elle avait noué un ruban rouge autour de son cou, qui mit Claire mal à l'aise, et une petite guillotine était accrochée à son poignet. Elle était pendue au bras de… Michael. Lequel, en dépit de son masque, ne réussissait pas à cacher qu'il aurait préféré être à des kilomètres de là. Il portait une soutane noire et un col blanc, mais pas de croix.

Claire suivit le regard de Michael jusqu'à l'autre extrémité de la pièce et découvrit un épouvantail dégingandé – elle n'aurait pu en imaginer de plus effrayant – et une fille costumée en Sally de *L'Étrange Noël de Mr Jack*. Oliver et Eve. Celle-ci était une réplique parfaite de l'héroïne du dessin animé de Tim Burton : mélancolique, triste, prête à se briser en mille morceaux. Et elle regardait dans la direction de Michael, elle aussi.

Oliver, lui, ignorait royalement sa cavalière afin de se concentrer sur le reste de l'assemblée. En observant autour d'elle, Claire repéra d'autres visages familiers. Sa mère n'était pas dans les parages, en revanche son père était bien là, l'air emprunté dans son costume d'ours, à côté d'une femme de son âge – un vampire ? – déguisée en sorcière.

— Vous voyez Shane ? lança-t-elle d'un ton anxieux à Myrnin.

Il répondit d'un mouvement de tête. Elle avait déjà examiné la zone qu'il désignait, cependant elle recommença et, après être passée à côté de lui trois fois, finit par le repérer.

Elle lui avait demandé si son costume contenait du cuir, et il avait rétorqué : « Bien possible. » Celui-là en contenait, et pas qu'un peu. Un collier de chien, un pantalon et une laisse, tenue par Ysandre, en combinaison moulante de latex rouge et cuissardes à haut talon. Le tout couronné d'une paire de cornes de diable et d'un trident rouge. Elle avait fait de Shane son chien, jusqu'au masque en fourrure.

— Respire, lui conseilla Myrnin. Personnellement, ça ne me fait pas beaucoup d'effet, mais j'ai entendu dire que c'était bon pour les humains.

Claire se rendit compte qu'elle avait retenu son souffle, en effet. Le choc céda le pas à un déferlement de rage. Cette sale pouffe ! Pas étonnant que Shane en ait été malade !

— Elle ne lui a fait aucun mal, lui susurra Myrnin à l'oreille. Mais sois prudente, Claire. Attends le bon moment. Je te dirai quand nous pourrons nous en prendre à nos ennemis.

Claire hocha la tête avec raideur. Les quelques doutes qu'elle avait pu avoir l'avaient désertée à présent. Elle sortirait ses amis et sa famille de ce pétrin. Et elle veillerait à arracher personnellement la laisse de la main d'Ysandre... avant de s'en servir contre elle.

— Je serai prête à votre signal.

— Oui, rétorqua Myrnin avec un sourire de dément. Je te sens prête, petite.

Ils restèrent dans leur coin, un œil sur les invités, et, même si ceux-ci les lorgnaient avec curiosité, personne ne les approcha. Claire se demanda subitement – mieux valait tard que jamais –, si les gens ne risquaient pas de reconnaître Myrnin en dépit de son maquillage, mais il la rassura.

— Je suis loin d'être une figure importante de la vie mondaine. Amelie, Sam, Michael, Oliver et quelques autres me connaissent peut-être de vue. Toutefois, ces derniers sont rares et aucun d'entre eux ne s'attend à me voir ici. Surtout…

Il exécuta un tour sur lui-même, faisant voleter sa tunique autour de lui, puis conclut :

— … avec mon costume de Pierrot.

Claire, qui, n'ayant toujours pas bien compris qui était ce Pierrot, ne saisissait pas le sous-entendu, acquiesça pourtant. Constatant qu'une des femmes vampires l'observait, Myrnin lui adressa une profonde révérence.

— Fais la roue, souffla-t-il à Claire.

— La quoi ?

— Je te demanderais bien un saut périlleux arrière, mais j'ai la conviction que tu ne m'apporterais pas satisfaction. La roue. Tout de suite.

Même si elle se sentait absolument ridicule, elle glissa l'élastique de son chapeau sous son menton et exécuta une pirouette avec un sourire forcé. Tous applaudirent en riant aux éclats avant de retourner à leurs conversations. Tous sauf Oliver, qui la dévisagea longuement ; il garda ses distances au moins.

Si elle n'apercevait ni Bishop ni Amelie, Claire reconnut progressivement tous les vampires qu'elle avait déjà croisés. Sam était en Huckleberry Finn, ce qui s'accordait à merveille avec ses cheveux roux et ses taches de rousseur. Il avait amené une fille que Claire avait vue au Starbucks, une des employées d'Oliver. Sans doute celle qui avait remplacé Eve lorsqu'elle avait démissionné. Il valait mieux pour Sam que ce soit quelqu'un qu'Oliver puisse se permettre de perdre.

Miranda était là aussi, vêtue d'une robe antique, des liens représentant des serpents dans les cheveux. À ses côtés, un petit homme effacé, en costume de Sherlock Holmes.

— Charles, confirma Myrnin lorsque Claire l'interrogea. Il a toujours été attiré par les êtres fragiles.

— Elle n'a que quinze ans !

— Charles n'a que faire des critères de notre époque moderne, je le crains. Il vient d'une époque où, à douze ans, les filles étaient bonnes à marier. Il prend donc votre règle des dix-huit ans un peu à la légère.

— C'est un pédophile !

— Peut-être. Mais il n'est pas du côté de Bishop.

Sam, qui les avait repérés, se renfrogna avant de se diriger vers eux. Myrnin réitéra sa révérence outrée, et Claire fut soulagée de constater que, cette fois, il n'exigeait pas de roue.

— Samuel, quel plaisir de te voir, lança-t-il.

— Avez-vous…

Sam dut se retenir de dire ce qui lui brûlait sans doute les lèvres, à savoir : « Avez-vous perdu la tête ? » La réponse tombait sous le sens. Il reprit donc :

— Amelie ne t'avait-elle pas signifié de rester à l'écart ? Claire…

— Il serait venu de toute façon, riposta-t-elle. Il a cassé la serrure de sa cellule. J'ai pensé qu'il valait mieux l'accompagner.

Ce qui était une explication fidèle – bien que lâche – de la raison de leur présence. Myrnin ne put s'empêcher de lui couler un regard de biais. Un regard qui la pressait d'avouer.

— J'aurais sans doute rappliqué malgré tout, s'empressa-t-elle d'ajouter. Je ne peux pas laisser mes amis et mes parents seuls. C'est plus fort que moi.

L'air sombre, Sam opina du chef, comme pour dire qu'il comprenait.

— Bien, vous êtes venus, vous avez vu. Il est temps de repartir avant que vous ne soyez repérés. Myrnin…

— Non, Samuel, intervint celui-ci. Je ne peux pas. Elle a besoin de moi.

— Elle a besoin que tu restes en dehors ! rétorqua-t-il en acculant Myrnin contre le mur.

Leurs prunelles à tous deux virèrent au rouge vif.

— Rentre, cracha Sam. Maintenant.

— Essaie de me forcer, répondit le second d'une voix doucereuse.

Claire n'avait jamais vu Myrnin aussi menaçant, il en était effrayant. Elle lui donna une petite bourrade. Prudente.

— Je croyais qu'il fallait guetter le bon moment. Sam n'est pas notre ennemi.

— Il n'hésitera pas à protéger l'ennemi.

— Je protège Amelie, rectifia-t-il. Je suis prêt à mourir pour elle, tu le sais.

Cette déclaration apaisa Myrnin. Suffisamment en tout cas pour qu'il s'écarte d'un pas. Les frous-frous de son costume de Pierrot lui donnaient l'air d'un clown effrayant, surtout quand il souriait.

— Oui, murmura-t-il, je le sais, Sam. Tu y succomberas un jour. Tu dois apprendre à renoncer. C'est un art auquel les plus anciens d'entre nous sont rompus.

Après leur avoir jeté à tous deux un regard impuissant, Sam tourna les talons.

La foule s'était densifiée, remplissant progressivement la salle circulaire, et Claire entendit une horloge sonner l'heure, à distance. Les coups, graves et sonores, semblèrent retentir indéfiniment. Quand ils cessèrent, le silence retomba, à l'exception des bruissements de tissu.

La porte à double battant sur la droite de Claire s'ouvrit, et une odeur de roses envahit l'atmosphère. Elle connaissait ce parfum et la pièce d'où elle s'échappait. La dépouille d'un vampire avait été exposée sur l'estrade qui s'y trouvait. Eve, Shane et elle y avaient eu la peur de leur vie. Ni son endroit ni son souvenir préférés.

— Maîtresse Muriel et son cavalier, Paul Grace, annonça une voix grave, qui résonna dans le moindre recoin.

En se dévissant le cou, Claire aperçut une petite femme rondelette habillée en Égyptienne, qui franchissait les portes au bras d'un homme élancé en costume victorien.

L'homme en charge des annonces se tenait sur le côté, un registre à la tranche dorée entre les mains, même s'il ne le consultait pas.

— John de Leeds, chuchota Myrnin. Excellent choix. Il était le héraut du roi Henry si ma mémoire est bonne. Ses manières sont remarquables.

Le nom suivant éclatait déjà dans la pièce et un nouveau couple quitta le hall. Vu sa position, Claire ne pouvait pas découvrir ce qui se cachait derrière les portes, mais elle apercevait l'éclat diffus de chandeliers.

— Ça va durer des heures, souffla-t-elle.

— Le cérémonial fait partie des joies de la vie, rétorqua Myrnin avant de lui tendre un verre rempli d'un breuvage pétillant. Bois.

— Je ne devrais pas.

Il haussa un sourcil. Elle trempa les lèvres dans le champagne : pas trop sucré ni trop amer, il était parfait. On aurait dit de la lumière liquide. Une gorgée ne pouvait pas lui faire de mal.

Elle avait vidé la coupe lorsque leur tour d'avancer arriva : Claire, qui avait chaud et la tête qui tournait légèrement, se réjouissait que Myrnin lui ait offert son bras. Le héraut, John, accusa une légère surprise en découvrant l'identité du nouvel invité, puis il annonça avec son habituelle suavité :

— Lord Myrnin de Conwin et sa cavalière, Claire Danvers.

Question discrétion, c'était loupé.

Ils attirèrent les regards. Beaucoup de regards. Et, si les vampires n'étaient pas du genre à retenir leur souffle, Claire entendit des murmures parcourir l'assemblée tandis qu'ils entraient, Myrnin et elle. La grande pièce, plongée dans une pénombre sépulcrale, avait été transformée en salle de bal, avec des tables rondes entourées de chaises et un immense piédestal sur l'estrade. De belles nappes blanches. Des compositions florales sur chaque table. Cristal étincelant et porcelaine chatoyante. Le tout éclairé par les milliers de bougies placées dans d'immenses chandeliers.

Un décor magique s'il n'avait été aussi effrayant. L'attention dont Claire faisait l'objet – les centaines de paires d'yeux qui suivaient le moindre de ses mouvements – lui donna l'impression qu'elle avait les genoux en caoutchouc. Myrnin dut s'en rendre compte, car il lui dit, avec douceur :

— Bien droite. Souris, relève la tête. Ne montre pas de signe de faiblesse.

Elle s'y efforça de son mieux. Elle aurait été incapable d'expliquer comment elle avait réussi, mais lorsqu'il lui lâcha le bras pour qu'elle prenne place sur sa chaise, elle s'y laissa tomber avec soulagement. Ils occupaient une table vide au fond de la salle. En jetant un regard circulaire autour d'elle, elle découvrit que Sam n'était pas loin, ainsi qu'Oliver. Et Eve, qui l'observait, les yeux écarquillés.

Claire n'apercevait aucune trace de Michael. Malheureusement, elle avait une vue plongeante sur

Shane, juché sur le piédestal avec Ysandre : tous pouvaient l'admirer. Ils étaient installés à une longue table, face à François et à Jennifer.

Toujours aucun signe d'Amelie ou de Bishop.

Le père de Claire, placé à l'autre bout de la salle, voulut se lever, mais sa cavalière la retint par le bras. Apparemment, les règles interdisaient que l'on bouge. Elle aurait aimé le rejoindre. Mais lorsqu'elle interrogea Myrnin du regard, il secoua la tête.

— Attends. Tu voulais jouer, Claire. Maintenant, on va savoir si tu as vraiment le cran nécessaire.

— C'est mon père !

— Je t'avais prévenue que ce serait une guerre des nerfs. Les tiens flanchent déjà. Tu dois te maîtriser.

De la part d'un type qui avait perdu le contrôle lorsque quelqu'un d'aussi inoffensif que Sam s'était approché, c'était un peu fort. Claire se concentra néanmoins sur sa respiration et baissa le regard afin de le soustraire à toute tentation.

— Ah, lança soudain Myrnin d'une voix gonflée de contentement, les voici !

Il parlait, évidemment, d'Amelie et de Bishop. Elle pénétra la première, par la droite de l'estrade, sculpture scintillante d'un blanc si éclatant qu'il faisait mal aux yeux. Elle incarnait sans doute un esprit des glaces, ce qui convenait parfaitement à la situation. Ses cheveux platine tressés sur le sommet de son crâne, elle paraissait fragile.

Elle tenait le bras de… Jason Rosser. Si Claire ne l'avait jamais vu après une douche et une coupe de cheveux, elle aurait identifié ses épaules tombantes et sa démarche entre mille autres. Il portait une robe de bure avec capuche, comme un moine. La Fondatrice avait choisi quelqu'un qu'elle pouvait se permettre de perdre. Voilà pourquoi elle n'avait pas pris Claire. Ce qui n'apporta pourtant aucun réconfort à cette dernière.

Bishop fit alors son entrée, sur la gauche. Il portait une tenue épiscopale, violette… Le costume que lui imposait son nom[1]. Il n'avait pas de croix, mais une couronne en dôme, la mitre. Un ange l'accompagnait. Ou plutôt une femme avec de grandes ailes blanches qui balayaient le sol. Claire se plaqua deux mains sur la bouche pour retenir le cri qui menaçait de lui échapper. Il s'agissait de sa mère.

— Ressaisis-toi, lui souffla Myrnin en posant une main froide sur la sienne. Que t'ai-je dit ? Maîtrise-toi ! Nous avons encore beaucoup de chemin à parcourir.

Elle refusait de l'écouter. Elle voulait rejoindre ses parents, Shane, Michael et Eve. Elle voulait partir loin d'ici, hors des frontières de Morganville et au-delà. Elle ne voulait plus assister à cette mascarade.

Les derniers invités s'installèrent aux chaises libres à leur table ; parmi eux, Charles et Miranda. Celle-ci semblait effroyablement juvénile et pâle dans sa robe grecque.

---

1. Bishop signifie « évêque » en anglais, et c'est aussi la pièce du « fou » sur l'échiquier.

Elle choisit le siège à côté de Claire et, sous la nappe, lui serra la main. Claire ne se déroba pas. La peau de Miranda, aussi glaciale que celle de Myrnin, était moite de peur.

— C'est sur le point d'arriver, murmura-t-elle. Tout le sang. Tout l'effroi. Ça va réellement se produire.

— Chut ! lui intima Charles en lui indiquant son assiette d'un mouvement de tête. Mange. La viande rouge te donnera des forces.

Miranda coupa un morceau de son steak. Claire le goûta aussi. Il était tendre et cuit à point, mais elle n'avait pas d'appétit. Myrnin s'attaqua au sien avec une application surprenante. Claire se demanda depuis quand il n'avait pas fait de vrai repas. En grignotant sans entrain son pain, elle remarqua qu'Amelie avait les yeux braqués dans sa direction. À cette distance, impossible de distinguer son expression, toutefois Claire aurait pu parier qu'elle n'était pas réjouie.

— Je crois qu'Amelie va nous faire jeter dehors, dit-elle à Myrnin.

Il avala sa dernière bouchée de viande.

— Certainement pas, répondit-il sans l'ombre d'un doute. Tu ne finis pas ?

Claire lui passa son assiette.

— Amelie ne peut pas se permettre un esclandre, reprit-il. Et ma présence ne manquera pas de distraire Bishop.

Myrnin se comportait à nouveau de façon étrange, presque joyeuse.

— Vous vous sentez bien ? lui demanda Claire en lui jetant un regard soupçonneux.

— Je ne me suis jamais senti mieux. Ah, le dessert !

Tout en débarrassant, les serveurs – des vampires sans doute, puisque Claire n'apercevait que des ombres mouvantes – avaient déposé devant eux des petites verrines remplies de fruits rouges et de crème chantilly. Même Claire ne put résister à un délice pareil ; elle n'en laissa pas une miette. Ce qui ne l'empêcha pas de jeter régulièrement des coups d'œil dans la direction de Shane. Apparemment, il ne mangeait pas. Il ne faisait d'ailleurs pas un seul mouvement.

Lorsqu'on leur apporta des digestifs – du sang pour les vampires, du champagne et du café pour ceux qui ne toléraient pas l'hémoglobine –, l'angoisse de Claire monta d'un cran. Le bruissement des murmures enflait dans la salle, et l'excitation croissait.

— Myrnin ? Que se passe-t-il ?

Miranda se cramponna à sa main une nouvelle fois, si fort que Claire faillit crier.

— C'est en train d'arriver, dit celle-ci. La fin approche.

Avant que Claire n'ait pu demander des précisions, Myrnin lui murmura, en lui effleurant l'épaule :

— La cérémonie débute.

John de Leeds était sorti des coulisses derrière l'estrade pour se poster devant un pupitre en bois sombre. Il avait revêtu un tabard, un manteau moyenâgeux – Claire en avait vu de pareils dans ses livres d'histoire et sur des tableaux. Il ouvrit le registre qu'il avait entre les mains lors de l'annonce des convives.

— Oyez oyez, lança-t-il de sa voix moelleuse et soyeuse, voici que nous arrive en ce jour un homme digne de notre fidélité, et nous l'accueillons dans notre demeure les bras grands ouverts.

Bishop se leva. Un rideau au fond de l'estrade coulissa, révélant un énorme trône en bois sculpté. Bishop monta dessus. Mme Danvers resta à table, elle.

— Que se passe-t-il ? répéta Claire.

Myrnin lui imposa le silence.

— Lorsque j'appellerai votre nom, vous avancerez avec votre tribut, poursuivit John de Leeds. Maria Theresa.

Une grande Espagnole vêtue d'un costume de matador qui brillait de mille feux se leva et entraîna son cavalier jusqu'à l'estrade. Elle s'inclina devant Amelie avant de pivoter vers Bishop, qu'elle salua à son tour.

— Je vous fais allégeance, dit-elle. Et je vous offre ce tribut.

Elle considéra l'homme qui se tenait à côté d'elle. Il semblait cloué sur place par la surprise. Bishop baissa les yeux sur lui en souriant.

— Un présent royal, remarqua-t-il. Je vous remercie.

D'un claquement de doigts, il les congédia.

— Vassili Ivanovitch, appela John de Leeds.

Et le défilé se poursuivit de la sorte. Personne n'y laissa la vie. Ainsi que Myrnin l'avait prédit : il s'agissait d'un geste… symbolique. Claire put à nouveau respirer – elle avait la cage thoracique endolorie à force d'avoir retenu son souffle.

— Il pourrait les tuer, non ? s'enquit-elle. S'il le voulait ?

— Exact, répondit Myrnin. Pourtant il n'en fait rien... Je me demande ce qui le retient.

Sous son maquillage de clown, il était grave.

Cette petite parade allait durer des heures, et Claire se félicita d'avoir une place assise. À chaque nouveau nom énoncé par John de Leeds, un vampire se présentait, en compagnie d'un humain, devant Bishop. Ce dernier les gratifiait d'un signe de tête, puis c'était au tour des suivants. En vérité, Claire avait rarement assisté à un truc aussi rasoir. Jusqu'à ce qu'un événement vienne pimenter la cérémonie.

Lorsque son tour arriva, Sam s'inclina devant Amelie mais ne salua Bishop que d'un mouvement de tête. Un petit grognement échappa à Myrnin, qui se pencha en avant pour mieux voir. Bishop, lui, se redressa sur son trône.

— Je vous souhaite la bienvenue à Morganville, déclara Sam. En revanche, je ne vous jurerai pas fidélité.

Un silence parfait retomba sur l'assemblée, sans le moindre frémissement de tissu ou cliquetis de vaisselle. Amelie, nota Claire, s'était rapprochée de Sam.

— Ah, non ? demanda Bishop en faisant signe à celui-ci d'avancer.

Le grand-père de Michael se contenta d'un seul pas.

— Ta maîtresse est prête à reconnaître mon autorité, poursuivit le doyen des vampires. Pourquoi pas toi ?

— J'ai d'autres serments à honorer.

— Celui qui te lie à elle.

Sam confirma d'un hochement.

— Dans ce cas, ajouta Bishop, en me jurant fidélité, elle te liera aussi à moi, Samuel. Je crois que nous en avons terminé. Laisse ton présent, conclut-il en posant les yeux sur la cavalière de celui-ci.

— Non, répondit-il sans bouger.

Amelie lui murmura quelque chose, si bas que Claire ne put distinguer un seul mot en dépit de l'excellente acoustique de la salle.

— Elle est placée sous ma responsabilité, reprit Sam. Si vous voulez un cadeau, acceptez ce que Morganville a à vous offrir : la liberté.

Il plongea la main dans la poche de son pantalon de toile maintenu par une corde et en sortit une poche de sang. Ysandre bondit sur ses pieds, tout comme François.

— Comment oses-tu ? cracha-t-il en balayant le sachet d'un revers de la main. Ôte cette immondice de notre vue !

Ysandre empoigna la cavalière de Sam par les cheveux et lança :

— C'est elle qui constitue le présent, et tu n'as aucun droit de la lui refuser.

— Il n'a peut-être aucun droit, intervint Amelie en faisant sonner chaque mot de sa voix cristalline. Mais moi, oui.

Les yeux de Bishop rencontrèrent les siens et pendant un long, un très long moment, personne ne fit un mouvement. Celui-ci finit par sourire et par se caler contre le dossier de son trône. Il agita la main avec dédain.

— Emmène-la, Samuel. Je ne la trouve pas à mon goût en fin de compte.

Sam entraîna la fille, écarta François et descendit la volée de marches jusqu'à la salle de bal. Sur son passage, les murmures enflaient. Il fonça droit à la table où se trouvait Michael et lui confia quelque chose au creux de l'oreille. Michael répondit, l'air tendu et désespéré. Ça le déchirait, d'avoir à aller contre son grand-père.

Sam le força pourtant à se lever et, cette fois, Claire entendit ce qu'il lui disait.

— Viens avec moi !

Que Michael soit ou non prêt à obtempérer n'avait plus d'importance ; John de Leeds venait d'annoncer :

— Michael Glass de Morganville.

L'assemblée entière retint son souffle dans l'attente de la réaction du plus jeune vampire de la ville. Il prit la main de Monica et rejoignit l'estrade. Après avoir gravi les marches, il salua Amelie et Bishop d'un signe de tête, pas particulièrement docile.

— Ah, la fille Morrell, remarqua Bishop. On m'a beaucoup parlé de toi, mon enfant.

Monica, cette imbécile, parut flattée. Elle faillit perdre sa perruque au moment de faire sa révérence.

— Merci, monsieur, dit-elle.

— Qui t'a donné la parole ? demanda-t-il avant de reporter son attention sur Michael. Ton aïeul a refusé de me jurer allégeance. Qu'en penses-tu, toi ?

— Je suis là, répondit-il, mais je ne jure rien.

Après une interminable minute de tension, Bishop le chassa de l'estrade. Monica le suivit à contrecœur en minaudant au profit du grand méchant vampire.

— Quelle andouille, lâcha Claire entre ses dents.

En gloussant, Myrnin répliqua :

— Il y en a toujours quelques-unes. Dieu merci !

Le vampire suivant se présentait à Bishop. Un peu plus diplomate que Michael, il lui souhaita la bienvenue, sans pour autant lui jurer fidélité. L'aigreur de celui-ci se lisait sur ses traits.

— Eh bien, voilà qui prend un tour pour le moins intéressant, commenta Myrnin. J'ignore combien de temps encore il acceptera la situation.

Pas longtemps sans doute, car Oliver était le prochain sur la liste. Et, même s'il s'inclina, son salut s'apparentait davantage à une mise au défi. Bishop le perçut aussitôt.

— Qu'as-tu à me dire, Oliver de Heidelberg ?

— Vous êtes ici le bienvenu. Rien de plus.

Il s'inclina à nouveau, d'un mouvement moqueur cette fois.

— L'époque où vous nous teniez sous votre coupe, maître Bishop, est révolue. Ne l'avez-vous pas remarqué ?

Celui-ci se leva, tout comme François et Ysandre.

— Apporte ton présent, dit-il, et dispose avant que je décide de disposer de toi selon mon bon vouloir.

Oliver, ce lâche, abandonna Eve sur l'estrade.

Michael voulut voler à son secours, mais Sam le retint.

— Laisse-moi ! hurla-t-il, en se débattant. Tu ne peux pas lui…

Ils basculèrent sur une table et firent valser la porcelaine fine ainsi que les verres en cristal. Pendant ce temps François et Ysandre prenaient Eve en étau comme deux tigres affamés. Pétrifiée par le regard de Bishop, cette dernière ne bougeait pas. Shane bondit sur ses pieds et arracha le masque de chien que la Française l'avait forcé à porter. Il rejoignit Eve, puis détacha la laisse accrochée autour de son cou, laquelle glissa par terre dans un murmure.

— Je commence à m'ennuyer, lança-t-il en offrant son bras à Eve. Pas toi ?

— Carrément, convint-elle. Même si j'ai toujours eu un faible pour les soirées costumées. Je pourrai garder ton collier après ?

— Sans problème.

Ils avaient beau faire les malins, Claire sentait la menace dans l'air, la violence prête à éclater d'une seconde à l'autre. Et Shane n'avait aucune chance. Il ne pouvait même pas les égratigner. Il pouvait seulement se faire tuer.

Elle voulut les rejoindre mais la main de Myrnin s'abattit sur son épaule, la contraignant à rester assise.

— Non, lui intima-t-il. Attends.

— Ce sont mes amis !

— Attends !

Il avait raison. Amelie vint se placer devant Shane et Eve.

— Ils m'appartiennent, déclara-t-elle. Il ne revient donc pas à Oliver de les offrir.

— Cet argument pourrait valoir pour n'importe qui d'autre dans cette ville, rétorqua Bishop. Me refuses-tu donc tout tribut ?

Elle sourit lentement.

— Je n'ai jamais dit cela. Faites attention, père. Vous semblez aux abois.

Les prunelles de Bishop virèrent au rouge vif avant de devenir d'un blanc menaçant. Amelie ne recula pas. Elle tourna légèrement la tête pour faire signe à Shane et Eve. Il entraîna son amie. Bishop adressa sans doute un message silencieux à François, car celui-ci s'écarta de leur passage.

Sam libéra Michael, qui bondit afin de les accueillir au pied de l'estrade. Celui-là lui avait emboîté le pas, et tous les quatre formèrent un petit groupe perdu au milieu de l'espace libre, entre les tables.

— Nous sommes arrivés au point critique, expliqua Myrnin. Il sait qu'il est en train de perdre et il va devoir agir.

John de Leeds annonça alors de sa voix imperturbable :

— Maître Myrnin de Conwy.

Claire fut prise d'un nouveau vertige. Myrnin, déjà debout, lui tendait la main. Ses yeux brillaient d'un éclat un peu trop vif. Un peu trop dément. Son sourire l'effraya et elle ne pouvait l'imputer uniquement au maquillage.

— Prête ? demanda-t-il.

Elle n'avait pas le choix. Elle se leva, accepta sa main et se dirigea vers le dernier endroit au monde où elle voulait aller.

12.

En gravissant les marches de l'estrade, elle eut l'impression de se rendre au gibet. Amelie, qui se tenait à l'écart, foudroyait Myrnin d'un regard de mécontentement féroce. Il prit sa main pâle et parfaite pour la baiser.

— Ne soyez pas si chagrine, ma vieille amie, lui dit-il. Je vais très bien.

— Non. Ce n'est pas vrai. Et ce le sera encore moins dans quelques instants.

Elle se tourna vers Bishop afin d'ajouter :

— Je regrette, mais maître Myrnin est souffrant. Il doit nous laisser, pour son propre bien.

— Il m'a l'air en forme, rétorqua Bishop. Qu'il approche.

Myrnin se mit à tourbillonner sur lui-même et termina sa pirouette en une révérence jusqu'à terre.

— Insensé, murmura Amelie. Cher insensé...

Claire n'aurait su dire si elle était consternée, furieuse ou triste. Peut-être les trois à la fois. Bishop, lui, semblait amusé.

— Voilà des années que nous ne nous sommes vus, reprit Bishop. Comment les as-tu occupées, Myrnin ?

— Aussi bien que vous pouvez l'imaginer.

— Pierrot... Quel drôle de choix ! Je vous aurais davantage vu dans le rôle d'Arlequin.

— J'ai toujours pensé que Pierrot constituait le véritable danger. Toute cette innocence cache forcément quelque chose.

— Tu m'as manqué, le fou ! s'esclaffa Bishop.

— Vraiment ? Comme c'est étrange. Vous ne m'avez pas manqué un seul instant, maître.

Le rire de Bishop s'éteignit aussitôt, et Claire sentit la peur refermer son étreinte glaciale sur sa poitrine.

— Je me rappelle maintenant pourquoi tu avais cessé de m'amuser, Myrnin. Tu manies l'honnêteté comme une massue.

— Plutôt comme une épée, maître.

Bishop, lassé de leurs bons mots, riposta :

— Jureras-tu ?

À l'effroi de Claire, Myrnin répondit :

— Oui.

Puis il débita un chapelet d'insultes qui la firent frémir. Il conclut par :

— … vieille pomme desséchée qui a de l'écume aux lèvres ! Voleur de truands et amateur de chiens morts !

Il accompagna cette dernière volée de jurons d'une pirouette et d'une révérence. Il tourna ensuite vers Bishop un visage barré d'un sourire si large qu'il en devenait presque obscène.

— Cela satisfait-il à votre désir, maître ?

Deux mains froides se refermèrent sur le cou de Claire et l'attirèrent en arrière. Elles appartenaient à Ysandre qui lui susurra à l'oreille :

— Oui, je t'en prie, débats-toi. J'ai perdu ton petit copain avant de pouvoir le goûter. Je me contenterai de toi.

Claire n'hésita pas. Elle plongea une main sous sa tunique pour en sortir le vieux flacon de parfum que Myrnin lui avait donné. Elle vida le contenu sur la tête d'Ysandre.

Celle-ci poussa des cris si aigus qu'ils firent vibrer tous les objets en cristal de la salle. Elle tournoya sur elle-même en se frottant le crâne ; quelques gouttes d'eau bénite atteignirent François qui s'était approché pour l'aider. Il s'époumona lui aussi. Horrifiée, Claire vit le liquide leur grignoter la peau. Elle avait réussi à leur faire mal. Très mal.

Myrnin partit d'un rire de gorge, grave, et dégaina le couteau tranchant qu'il portait à la ceinture. Lorsque Bishop se jeta sur lui, il l'entailla au bras, toujours hilare. La blessure était superficielle, mais Claire vit distinctement la déchirure dans la robe du doyen des vampires ainsi que le film de sang sur la lame.

Bishop examina avec surprise l'accroc sur son costume. Le rire en cascade de Myrnin ne cessait de monter dans les aigus, et il se remit à tourbillonner sur lui-même si vite qu'il ne formait plus qu'une tache sous les yeux de Claire.

— Myrnin ! s'écria-t-elle.

Elle reculait pour échapper à Ysandre qui, excitée par la brûlure de l'eau bénite, fondait sur elle d'un air menaçant. Elle trébucha et s'étala sur le dos.

— Myrnin ! Faites quelque chose !

Il s'immobilisa et posa les yeux sur le poignard ensanglanté entre ses mains.

— Ainsi que je le disais à Sam plus tôt, il faut savoir renoncer, rétorqua-t-il. L'heure est venue, Claire.

Il lui envoya un baiser, puis bondit dans la salle avant de s'enfuir, ivre de rire, le couteau à la main. Durant quelques secondes, personne ne bougea. Claire observa Ysandre, qui semblait tout aussi décontenancée et interrogeait Bishop du regard. Lequel effleura le trou dans sa robe en gloussant.

— Mon fou… lâcha-t-il avec tendresse presque. Les déments sont les éclats de rire des Dieux, vous n'êtes pas d'accord ?

Il se rassit sur son trône avec un sourire.

— Ysandre, laisse cette enfant. Je suis d'humeur à tolérer les petits actes de défiance de nos amis, ce soir.

— Elle m'a brûlée ! cracha Ysandre.

— Et tu guériras. Ne gémis pas comme un chien battu. Tu n'as que ce que tu mérites.

Claire se rendit soudain compte qu'Amelie n'avait pas bougé d'un iota. Même lorsqu'elle avait été en danger de mort. Celle-là lui tendit néanmoins une main pour l'aider à se relever.

— Assez, père. Vous vous êtes bien diverti, mettez-y un terme à présent.

— Fort bien. L'heure est venue de te tester, mon enfant. Jure-moi fidélité, et ce sera terminé.

— Si je le fais, ce ne sera jamais terminé, rectifia-t-elle. Je ne vous ai jamais prêté aucun serment. Pensiez-vous réellement que cela changerait ce soir ?

Ses yeux froids et inhumains se plissèrent.

— Tu trahis les tiens, sorcière meurtrière. M'accueilles-tu dans ta petite bourgade ? M'accordes-tu l'autorisation d'arpenter tes rues et de prendre tes serfs ? Je ne crois pas que tu oserais. Tu me connais trop bien.

— Je ne vous accorde aucun droit. Je ne vous jurerai pas fidélité. Je ne vous accueillerai pas. Je ne vous donnerai rien, père.

Aussi incroyable que cela paraisse, Amelie semblait subitement… humaine. Vulnérable.

— Tu me donneras une chose si tu veux garder ce que tu as bâti ici. Je veux mon livre. Celui que tu m'as dérobé après m'avoir enterré à la hâte, ma fille.

Elle se figea, les yeux écarquillés. Contrairement à son habitude, Amelie était prise au dépourvu.

— Le livre ?

— Tu te figures que j'en ai après ta ville misérable ? Tes serfs ridicules ?

Le regard de Bishop balaya l'estrade, puis le reste de la salle.

— Je veux ce qui m'appartient, poursuivit-il. Rends-le-moi, et je partirai. Voilà. Maintenant que toutes les cartes sont sur la table, enfant, que décides-tu ?

— Le livre n'est pas à vous.

— Je l'ai pris à un rival mort, ce qui en fait le mien de plein droit.

Il la toisa avec dédain avant d'ajouter :

— Tu as mis la main dessus dans des circonstances similaires, si tu n'as pas oublié. À ce détail près que je n'étais pas entièrement mort. Dommage que tu ne t'en sois pas assurée, n'est-ce pas ?

La situation prenait un tour vraiment inquiétant. Myrnin avait disparu alors qu'il était censé rester, se battre. De son aveu même, Amelie ne pouvait pas réussir seule. Quant aux autres vampires, ils se contentaient d'assister à la scène en spectateurs.

— Amelie, conclut Bishop, je te détruirai si tu refuses, tu ne le comprends donc pas ? Ne l'as-tu pas compris depuis que j'ai posé le pied ici ?

Claire se glissa dans le dos de la Fondatrice.

— Elle veut que vous partiez, lança-t-elle. Tout de suite !

— C'est qu'on mordrait, corniaud ! s'esclaffa Bishop. Comptes-tu m'y forcer, petit chiot ?

— Non, intervint Sam Glass, qui sauta avec élégance sur l'estrade pour se poster à côté d'Amelie. Pas toute seule en tout cas.

Il avait retiré son chapeau de paille de Huckleberry Finn même si celui-ci n'aurait pas empêché qu'on le prenne au sérieux. Michael les rejoignit d'un bond, tandis que Shane et Eve gravissaient les marches. L'assemblée retint son souffle une seconde, puis d'autres vinrent grossir leurs rangs. Oliver. Monica. Charles et Miranda. Le père de Claire emmena sa femme à l'écart, loin du danger. De minute en minute les partisans d'Amelie étaient plus nombreux. Les vampires et les humains faisaient front commun face à Bishop, Ysandre et François. Pas tous, mais plus de la moitié des convives.

— Vous n'êtes pas le bienvenu ici, maître Bishop, lança Oliver. Il s'agit de notre ville. De nos citoyens. L'heure du départ a sonné.

— Une rébellion, rétorqua le doyen des vampires. Comme c'est rafraîchissant ! Et moderne !

Il donna le signal à Ysandre et François. Celui-ci se jeta sur Jennifer. Ysandre, elle, fit mine de fondre sur Shane puis happa Jason Rosser et planta ses crocs dans son cou. Ce fut la cohue généralisée. Sam et Michael s'attaquèrent à François, l'attirant en arrière au moment où il essayait de mordre Jennifer, qui hurlait à pleins poumons. Claire les perdit presque aussitôt de vue. Bishop, lui, en était venu aux mains avec Oliver. Amelie, aux yeux pareils à deux diamants, attrapa Ysandre par la nuque et la sépara de Jason.

— Il est à moi, dit-elle sèchement en maintenant celle-ci à distance.

Voyant que Jason ne réagissait pas, la Fondatrice se pencha vers lui et lui effleura le visage. Il souleva les paupières. Claire crut qu'il pleurait avant de comprendre que c'était tout le contraire. Il riait !

— Idiote, lâcha-t-il.

— Non ! s'écria Claire, trop tard.

Jason sortit un pieu des plis de sa robe de bure et l'enfonça en plein dans le cœur d'Amelie.

La scène se figea.

Amelie se redressa et recula en vacillant. Le morceau de bois dans sa poitrine paraissait irréel, incongru. Elle était invulnérable. Personne ne pouvait lui faire de mal.

Une auréole de sang apparut sur le tissu blanc autour de la blessure, s'élargissant sous les yeux de Claire. Un cri échappa à Sam, qui abandonna François lorsque Amelie perdit l'équilibre. Il arriva à temps pour la recueillir entre ses bras, les traits déformés par le chagrin. Claire n'avait jamais lu une telle souffrance sur le visage de personne. Oliver décocha un coup de poing si violent que Bishop s'écroula sur l'accoudoir de son trône ; celui-là en profita et se précipita auprès d'Amelie.

— Non ! s'écria-t-il en voyant que Sam s'apprêtait à retirer le pieu. Son ancienneté lui permettra de survivre jusqu'à ce que nous l'ayons mise en lieu sûr. Emmène-la !

Il fit alors volte-face au moment où Jason se jetait sur lui, le regard dévoré par la folie et armé d'un second pieu. Oliver l'intercepta et lui brisa le bras avec une facilité déconcertante, avant de l'envoyer à l'autre bout de l'estrade, où il bouscula François, qui avait plaqué Michael au sol.

— Maman ! Papa ! Partez d'ici ! s'écria Claire.

M. Danvers aurait voulu qu'elle les accompagne, mais elle secoua la tête : elle n'abandonnerait pas ses amis. Elle refusait d'agir comme Myrnin.

Les Danvers n'était pas les seuls à courir vers la sortie – pour la plupart ceux qui ne s'étaient pas dressés contre Bishop. Claire vit Maria Theresa filer à l'anglaise par une porte dérobée, entraînant son cavalier terrifié, qui se débattait.

De l'extérieur lui parvint un hurlement.

Les yeux d'Amelie papillotèrent, puis elle murmura quelque chose à Sam. Celui-ci tourna vers Claire un visage de marbre.

— Fin de la partie, dit-il. Bishop contre-attaque.

En jetant un regard autour d'elle, Claire vit que certains de ceux qui avaient fait allégeance à Bishop s'attaquaient aux humains, ou aux autres vampires. Le doyen des vampires avait infiltré l'assemblée avec ses agents, et ce n'était plus qu'une question de temps avant qu'ils atteignent l'estrade. Ça serait la foire d'empoigne.

Michael s'approcha. Ses vêtements étaient déchirés et une estafilade lui barrait la joue – la plaie ne saignait déjà plus.

— Fais-les sortir ! lui ordonna Oliver. Tout de suite !

Il bondit aussitôt sur Bishop pour l'acculer contre le trône ; il tira ensuite un long poignard fin des plis de son costume. Il transperça la poitrine de son opposant, puis le dossier en bois, afin d'immobiliser celui-ci. Plus agacé que blessé, Bishop se libéra en un clin d'œil, et gifla Oliver si violemment que ce dernier fit un vol plané jusqu'au vestibule plongé dans l'obscurité.

— Sam ! cria Michael.

Celui-ci souleva Amelie et quitta la scène d'un bond. Les autres le suivirent. Michael entraîna Eve et Shane. Au moment où Claire s'élançait à leur suite, Ysandre l'arrêta.

— Pas si vite. Toi, tu m'appartiens.

Sa voix n'avait plus rien d'un miaulement suave ; c'était un grognement féroce et cruel. Claire chercha une arme autour d'elle : elle ramassa une fourchette tombée à terre et la planta dans le bras d'Ysandre. Celle-ci poussa un jappement et arracha le couvert ; elle agrippa son adversaire par le cou, la coinçant contre la table. Claire, qui ne pouvait plus respirer, se débattit pour se libérer de la poigne de fer du vampire, mais c'était peine perdue.

Elle allait mourir.

Oliver déboula de nulle part et projeta Ysandre contre Bishop. Avant qu'ils aient touché terre, il avait saisi Claire par le poignet et l'entraînait vers les escaliers. Elle n'avançait pas assez vite à son goût ; Oliver l'enleva dans ses bras et le monde se brouilla autour d'elle. Voilà ce que voyaient les vampires quand ils se déplaçaient à cette vitesse.

Les cris se réduisirent bientôt à un brouhaha indistinct, ponctué de sirènes, puis le silence recouvrit tout.

Claire n'en revenait pas de se sentir en sûreté dans les bras d'Oliver.

Elle se réveilla la tête posée sur les genoux de Shane, qui lui caressait les cheveux. Elle entendit des murmures étouffés.

— Qu'est-ce…

Sa gorge était endolorie, très endolorie. Et elle ne reconnaissait pas sa voix.

— Hé, lui dit Shane en souriant (d'un sourire qui ne parvenait pas à être rassurant). Ne parle pas. On est à la maison… On a vérifié toutes les issues, on est en sûreté.

Elle en doutait. À l'extérieur, les sirènes hurlaient en passant en trombe dans la rue. À l'intérieur, des gens parlaient. Beaucoup de gens. Elle voulut s'asseoir, mais Shane l'en empêcha.

— Sam est en haut avec Amelie, dans la salle de jeux (il surnommait ainsi la chambre secrète). La ville est bouclée. Bishop a déjà réussi à recruter plein de monde. Et pas forcément ceux auxquels on aurait pensé. Il n'a pas chômé.

Elle articula une question silencieuse : « Qui est là ? »

— Ouais, on a des invités ce soir. Impossible de rentrer chez eux, alors ils se sont réfugiés ici. Notamment tes parents…

Ils venaient justement de les rejoindre et écartaient Shane. Mme Danvers pleurait en caressant les joues de sa fille. Son père, plus stoïque, avait néanmoins le visage rougi et la mâchoire contractée.

— Comment ça va, mon lapin ? lui demanda-t-il.

— Bien, chuchota-t-elle avant de pointer un index sur eux.

— Nous allons bien, trésor, la rassura sa mère en lui déposant un baiser sur le front.

Elle n'avait pas quitté sa longue robe blanche, mais ses ailes, qui avaient perdu des plumes, n'étaient plus centrées dans son dos.

— Lorsque Oliver t'a ramenée, j'ai cru… reprit-elle. J'ai cru qu'il était trop tard. J'ai cru…

Ils l'avaient crue morte. Claire se sentit coupable, même si elle n'avait pas perdu connaissance à dessein.

— Je vais bien, réussit-elle à souffler.

Elle essaya de déglutir ce qui était une très, très mauvaise idée. Ce fut encore pire quand elle toussa. Pitoyable.

— Oliver ? ajouta-t-elle dans un murmure.

D'un mouvement de tête, son père indiqua la partie du salon que lui cachait le dossier du canapé où elle était allongée.

— Il téléphone, expliqua-t-il. C'est lui l'homme de la situation, hein ?

Les lumières s'éteignirent subitement, ce qui provoqua des cris. Presque aussitôt, les faisceaux de lampes de poche trouèrent l'obscurité. Eve et Shane en avaient à portée de main, tout comme Michael.

— Pas de panique, dit celui-ci. Tout le monde se calme. La maison est sûre.

Rien n'était sûr face à Bishop, aurait voulu rétorquer Claire. Ysandre et François avaient réussi à entrer une première fois, ils recommenceraient s'ils le voulaient. Les ténèbres qui l'entouraient lui paraissaient épaisses et poisseuses. S'il y avait des fantômes ils sortiraient de leur cachette ce soir-là, attirés par la peur et la colère.

— Hé ! lança Eve postée devant la fenêtre donnant sur la rue. Quelque chose brûle dehors.

Un camion de pompiers ne tarda pas à débarquer, toutes sirènes hurlantes, suivi de près par une flotte de voitures de police. Ils devaient avoir de quoi s'occuper, songea Claire, l'esprit encore embrumé. Elle se leva, en dépit des protestations de sa mère. Le sol tangua un peu sous ses pieds avant de se stabiliser. Elle rejoignit Eve, qui l'étreignit sans détacher ses yeux de l'incendie. Le foyer ne devait pas être à plus de trois rues. Les flammes montaient à près de quatre mètres.

— Comment tu te sens ? s'enquit Eve.

Claire leva les deux pouces, ce qui tira un sourire à son amie.

— Ouais, tu t'es carrément prise pour Spartacus. J'étais fière, tu sais. Enfin, jusqu'à ce que tu te fasses botter l'arrière-train.

En guise de protestation, Claire ne réussit qu'à lâcher un faible : « Hé ! »

— D'accord, reprit Eve en la serrant plus fort, ce n'était peut-être pas entièrement ta faute. La classe, l'eau bénite. J'étais presque impressionnée.

— Quelle maison ? parvint à murmurer Claire.

Deux mots, c'était un progrès. Elle continua sur sa lancée :

— L'incendie ?

— Je pense qu'il est chez les Melville, répondit Eve en se décalant pour avoir une meilleure vue. Mince, j'en vois d'autres. J'aime pas ça…

— Ça fait partie du plan de Bishop, lança Michael, qui venait de les rejoindre. Du moins, c'est comme ça que je vois les choses. Semer le chaos. Empêcher Amelie de retrouver son équilibre.

Claire aurait parié que la coupure de courant faisait aussi partie de son grand plan.

— On est combien ?

— Ici ? Une trentaine, riposta Eve en levant les yeux au ciel. Des vampires pour la moitié. Super, hein ? Tout ça pour ça…

— Trente ? répéta Claire, les yeux comme des soucoupes.

Eve hocha la tête, puis lança :

— Quoi ?

— On constitue une cible de choix.

— Elle a raison, convint Michael, on doit rester sur nos gardes.

Shane vint se presser contre Claire. Il portait encore son pantalon en cuir mais, par-dessus, il avait enfilé un vieux tee-shirt de Marilyn Manson, qu'il semblait avoir repêché au fond du panier à linge sale. Elle s'en fichait cependant, et se colla à lui. Quand il l'enlaça, elle eut l'impression, l'espace d'une seconde, que tout irait bien.

— Lapin tueur, chuchota-t-il d'un air attendri avant de l'embrasser. En qui es-tu déguisée ?

— Arlequin, répondit-elle d'une voix rauque. Myrnin…

Le souvenir de ce qu'il avait fait lui revint tout à coup. Il avait provoqué Bishop. Puis il avait abandonné Amelie, la laissant seule prendre les coups. Il ne s'était pas davantage soucié d'elle.

— C'est lui, Myrnin ? Le dingo ? Claire ! Comment as-tu pu faire confiance à un type pareil ?

Il lui attrapa le menton pour plonger les yeux dans les siens. Il ajouta ensuite :

— Il t'a forcée, c'est ça ?

Pas vraiment. Elle avait voulu croire Myrnin. Elle avait voulu croire à cette part de son âme bonne et innocente qu'elle apercevait de temps à autre. À présent, cependant, elle se demandait si elle ne l'avait pas rêvée. À moins que, si cette part avait véritablement existé, le remède ne l'ait détruite.

— Je ne pouvais pas…

Claire tenta d'assembler les mots dans son esprit, mais c'était trop dur, et le regard de Shane trop attendrissant. Il l'embrassa et, malgré les circonstances, malgré la présence de ses parents et d'une quinzaine de vampires sous leur toit, malgré le danger qui menaçait la moitié de la ville, elle aurait pu passer la nuit et la journée suivante là, dans ses bras.

— Je sais, chuchota-t-il sans décoller ses lèvres douces des siennes. Je sais.

Elle faillit le croire.

— Désolé de vous interrompre, lança Michael dans le dos de Claire, simplement je pense qu'il faudrait garder les issues.

— Bonne idée, convint Shane en reculant, surtout s'ils brûlent les baraques pour forcer les gens à sortir dans la rue.

— Exactement, rétorqua Michael avant de lui tendre un pied-de-biche, que Shane cala sous son bras. Claire a raison, on constitue une cible idéale. Comme toutes les maisons de la Fondatrice. Je prends l'arrière, tu te charges de devant.

— Je peux m'en occuper, proposa Claire.

Shane et Michael l'attrapèrent chacun par un bras et l'entraînèrent jusqu'au canapé, où ils la forcèrent à se rallonger.

— Hé !

L'ignorant, Shane s'adressa directement à ses parents :

— Veillez à ce qu'elle ne bouge pas de là.

— Comptez sur nous, répondit Mme Danvers en s'asseyant à côté de sa fille. Franchement, chérie, quelle mouche t'a piquée ? C'est dangereux dehors !

C'était bien pour cette raison que Claire n'avait aucune envie que Shane y aille seul. Néanmoins, elle savait que, dans son état présent, elle ne serait pas d'une grande aide. Dans ce domaine-là en tout cas.

— Toilettes, soupira-t-elle.

Personne n'allait l'empêcher d'aller au petit coin quand même ! Ses parents échangèrent un regard, puis son père haussa les épaules.

— Je t'accompagne, proposa sa mère.

— Maman, je suis assez grande pour y aller toute seule.

Elle récupérait progressivement l'usage de sa langue ; elle ne marqua que deux petites hésitations au cours de la phrase. Bien sûr, à l'entendre, on aurait toujours pu croire qu'elle fumait un paquet par jour. Mais une voix cassée, c'était sexy, non ?

Sa mère ne semblait pas adhérer à la théorie selon laquelle elle était assez grande, toutefois elle resta sur le canapé. Claire contourna un groupe d'étrangers – des vampires au regard froid et méfiant – et gagna le premier.

Miranda était assise sur le palier, la tête dans les mains. Claire se laissa glisser à côté d'elle.

— Ça va ? lui demanda-t-elle.

Celle-ci acquiesça.

— Je vous avais prévenus. Le sang. Le feu. Tout s'en va.

— Tu vois quelque chose nous concernant ? Et la maison ?

— Non… suis trop fatiguée. Mal au crâne.

Elle parlait d'une voix traînante, presque désincarnée.

— Viens, lui dit Claire en la forçant à se lever. J'ai un lit, autant qu'il serve à quelqu'un.

Après avoir bordé Miranda, qui somnolait déjà, elle se rendit, comme elle l'avait promis à ses parents, aux toilettes. Il y avait la queue. Ensuite, elle se sentit autorisée à enquêter sur la situation. Après tout, elle n'avait pas promis de revenir directement.

Dans le couloir, un garde du corps d'Amelie faisait le pied de grue – celui qui l'avait gratifiée d'un signe de tête, légèrement moins sévère que les autres mais pas moins intimidant. Claire leva les yeux vers lui, bien consciente que les marques autour de son cou devaient virer au violet.

— Je peux monter ?

Il la considéra pendant une minute interminable avant de s'effacer et de la laisser passer. Il cogna au mur et la porte secrète s'ouvrit. Claire se faufila par l'ouverture et referma derrière elle.

Une seconde armoire à glace était postée au pied de l'escalier. Elle ne se montra pas aussi amicale. Pourtant, après s'être entretenue avec quelqu'un au sommet des marches, la brute finit par lui permettre de grimper.

À l'étage, Amelie gisait sur le sofa dans une cascade de soie blanche. Sam et Oliver se trouvaient à son chevet. Le pieu n'avait pas bougé de sa poitrine et ses yeux, grands ouverts, étaient vides. À la seconde où Claire franchit le seuil, Oliver lui lança :

— Va-t'en !

Elle allait obtempérer quand Sam intervint :

— Non. Elle a gagné le droit d'être là. Elle a été la première à soutenir ouvertement Amelie. Tu ne peux pas en dire autant. Ni moi non plus.

Oliver reporta son attention sur le visage immobile et pâle de la Fondatrice. Il appliqua ses longs doigts sur les tempes de celle-ci, avec une douceur surprenante de sa part. Il avait quitté son costume d'épouvantail, en grande partie du moins, mais il lui restait quelques brins de paille dans les cheveux et quelques taches de graisse sur la peau. Il se pencha vers Amelie, plongeant son regard dans le sien. Plusieurs secondes s'écoulèrent ; Sam patientait.

— Maintenant, lui chuchota Oliver.

Sam saisit à deux mains le pieu et tira un grand coup. Le corps d'Amelie suivit le mouvement et se souleva dans un spasme. Sa bouche, largement ouverte, dévoilait ses dents au tranchant mortel, qui scintillaient dans la pénombre.

Elle n'émit pas un seul son.

Sam était en proie au tourment. Oliver chuchotait des paroles, trop bas pour que Claire puisse les comprendre ; il approcha tant sa tête de celle de la Fondatrice qu'il la toucha presque. Lorsque le grand-père de Michael voulut lui prendre la main, Oliver le lui interdit d'un regard pénétrant et celui-là se pétrifia.

— Prends le relais, finit-il par lui dire avant de s'écarter.

Sam ne se fit pas prier pour se glisser à sa place, tandis qu'Oliver remontait la manche de sa chemise grise. Il marqua une pause puis colla son avant-bras contre les lèvres d'Amelie. Claire ne put s'empêcher de tressaillir en la voyant y enfoncer profondément les crocs. Oliver ne cilla pas, lui. Le regard de Sam naviguait d'un vampire à l'autre, à la recherche de quelque chose que Claire ne comprenait pas tout à fait. Soudain, il lâcha Amelie et repoussa le bras d'Oliver. Après avoir reculé en vacillant, celui-ci s'écroula à terre et se couvrit les yeux des deux mains. Le flot de sang qui s'échappait de sa plaie béante se tarit à mesure qu'il guérissait. Amelie cligna des paupières, puis se tourna vers Claire ; elle semblait morte, même si elle bougeait. Ses pupilles s'étaient dilatées dans son regard fixe et sa peau avait pris une teinte irréelle, d'un blanc bleuté.

— La fille, murmura-t-elle. Elle doit partir. J'ai faim.

Par-dessus son épaule, Sam lui lança :

— Va lui chercher du sang. Il doit y en avoir dans le frigo.

Claire eut un choc quand elle réalisa qu'il n'y en avait plus. Leur stock était épuisé.

— Mince… souffla Shane en observant, avec elle, le contenu du frigo.

Sur les clayettes, des restes de chili con carne, de raviolis et des petits pains à hamburger, qui en temps normal leur auraient permis de tenir deux jours. Mais qui ne suffiraient pas à nourrir l'ensemble de leurs invités pour un repas, même sans compter les vampires.

— Tu penses à la même chose que moi ? ajouta-t-il.

— Je pense qu'il y a une quinzaine de vampires sous notre toit et qu'on n'a plus de sang, répondit-elle. C'est ça ?

— Non, je me disais qu'on manquait de chips. Bien sûr que c'est ça.

Il déplaça à nouveau plusieurs pots de condiments dans l'espoir vain de dénicher une bouteille de sang.

— Bordel, bordel, bordel !

— Tu te répètes, remarqua Claire. Tu ne ferais pas mieux de retourner monter la garde ?

— J'ai chargé un vampire de me remplacer. Autant que ce soit eux qui traînent dehors en pleine nuit plutôt que nous. Et puis, dans l'immédiat, moins ils sont nombreux à l'intérieur…

— Mieux on se porte, compléta-t-elle. Je suis d'accord. D'après Sam, Amelie a besoin de se nourrir, autrement dit de boire du sang. Et elle n'est pas la seule, je suppose. Pourquoi pas le centre sanguin ?

— Ils ne livrent pas, riposta Shane avant de claquer des doigts. Attends. Attends un peu. Si, bien sûr qu'ils livrent.

— Quoi ?

Il se jeta sur le téléphone et le remit aussi sec sur son socle.

— La ligne est morte.

— J'ai une tonalité, rétorqua Claire, qui avait sorti son portable.

Elle le lui lança, puis demanda :

— Tu appelles qui ?

— Pizza Hut.

— Très drôle.

Il leva l'index pour lui signifier de se taire.

— Allô, Richard ?

Claire remarqua que Shane avait un ton beaucoup plus respectueux que lors de leur précédent échange.

— Écoute, mec, poursuivit-il, on a un problème ici.

Claire pouvait restituer, presque au mot près, la réponse du policier : « Parce qu'à ton avis je n'en ai pas, moi, avec la ville à feu et à sang ? »

— On manque d'hémoglobine, dit Shane. Amelie est blessée. Je te laisse faire le calcul, mec. Une petite livraison à domicile du meilleur traiteur de Morganville ne serait pas un luxe à l'heure qu'il est.

Richard ne devait pas se montrer très compréhensif ; Shane reprit :

— Tu plaisantes ?

Son ton avait changé du tout au tout. Il était inquiet.

— Tu ne plaisantes pas. Purée… Ouais, mec, je pige. Bien sûr que je pige. D'accord, alors. Fais gaffe.

C'était la première fois que Claire assistait à un échange aussi cordial entre Richard et Shane. Presque amical. Après avoir rabattu le clapet du téléphone, celui-ci le lui rendit, en s'efforçant de contrôler l'expression de son visage.

— Quoi ? lança-t-elle.

— Le centre sanguin est en train de cramer. Ça te dirait de donner ton sang ?

La collecte-mobile se gara devant leur maison quinze minutes plus tard exactement. Une masse noire, toujours aussi impressionnante. Elle était escortée par une patrouille de policiers vêtus de gilets pare-balles, qui se postèrent aux deux extrémités de la rue.

Claire regarda sa montre : il était près de quatre heures du matin, le jour ne se lèverait pas tout de suite, même si les incendies donnaient l'impression que le soleil brillait déjà. Les pompiers étaient dépassés par les événements. Les pyromanes embauchés par Bishop travaillaient bien.

Claire se demanda ce qu'il faisait pendant ce temps. Il attendait, sans doute. Il n'avait pas vraiment d'autre choix. Ses agents démantelaient Morganville, en s'attaquant aux points névralgiques, au centre sanguin et, ainsi qu'elle l'avait appris de la bouche de certains de leurs invités, à l'hôpital. Jusqu'à présent la fac semblait épargnée. Il y avait un stock de sang sur le campus, inaccessible dans un tel chaos.

Michael sortit à la rencontre du conducteur de la collecte-mobile et revint en secouant la tête.

— Il ne reste rien. Il avait déjà déposé les dons du jour au centre. Il n'a pas de réserves. D'après lui, celles de l'hôpital ont été sabotées, elles aussi.

— Il ne reste plus qu'à faire du porte-à-porte pour récupérer des bouteilles et des poches, commenta le vampire sinistre qui l'avait rejoint. J'ai toujours dit au Conseil qu'il fallait prévoir davantage de provisions.

— Et celles de l'université ?

— Elles nous permettraient de tenir deux jours. Je n'en connais pas d'autre, répondit le conducteur.

— Moi, si, intervint Claire, la gorge nouée en constatant que tous les regards étaient braqués sur elle. Mais je dois demander à Amelie la permission de vous y emmener.

— Elle n'est pas en état de te l'accorder. Et Oliver ?

— Ça ne peut être qu'Amelie, désolée, rétorqua-t-elle.

Le conducteur, épuisé, se pinça l'arête du nez.

— Très bien, concéda-t-il. Seulement, pour qu'elle puisse se prononcer, il faut qu'elle se nourrisse. J'ai besoin de donneurs.

Eve, qui avait conservé un silence inhabituel, se porta volontaire.

— Moi aussi.

C'était Monica Morrell. Elle retira sa lourde perruque et la laissa tomber. En se rappelant ce que Richard lui avait dit, Claire faillit éclater de rire : M. Morrell pouvait toujours rêver s'il espérait ramener le costume au magasin.

— Gina ! Jennifer ! Ramenez vos fesses ! Et celles d'un max de personnes !

Monica, aussi autoritaire qu'une reine française, employait pour une fois son talent d'intimidatrice à un but noble. Dix minutes après, plusieurs donneurs faisaient la queue, et les quatre postes de la collecte marchaient.

Claire se faufila dans la maison : tous les vampires étaient rassemblés devant les fenêtres, guettant le moindre incident. La plupart des humains, eux, étaient dehors pour donner leur sang.

Elle se plaça face au mur vide, dans le salon, à côté de la table. Il fallait agir vite. La cloison fut remplacée, en son milieu, par de la brume, et Claire s'y engouffra aussitôt.

Elle déboula dans la prison et sortit de sous son haut d'Arlequin la croix à la pointe acérée que Myrnin lui avait donnée. « À n'utiliser que pour te défendre. » Elle était préparée à cette éventualité.

Dans la cellule, vide, du vampire, la télévision diffusait une émission de jeu. Claire se rendit à l'armoire réfrigérée : elle contenait un bon stock de sang. Restait à savoir si elle réussirait à le récupérer le moment venu.

Myrnin pouvait être n'importe où. Rectification : il pouvait être dans n'importe lequel des vingt endroits à Morganville, du moins s'il empruntait les passages. Elle retourna au mur qui servait de portail et se concentra afin de faire apparaître le tunnel menant au laboratoire.

Il était bien de l'autre côté. Il travaillait avec une application enfiévrée dans la pièce éclairée par toutes les lampes et bougies qu'elle contenait. Il n'avait pas pris la peine de se changer, même s'il avait perdu son chapeau conique en route. Tandis qu'elle l'observait, Claire le vit enflammer une de ses manches bouffantes en l'approchant trop près d'une bougie.

— *Cachiad !* s'exclama-t-il avant d'arracher la manche et de la piétiner.

De rage, il retira sa tunique et la jeta par terre. Puis il releva la tête et découvrit que Claire l'examinait. L'espace d'une seconde, aucun d'eux ne bougea ; Myrnin brisa le silence :

— Ce n'est pas ce que tu crois.

Elle s'écarta de la porte, puis la claqua et referma le verrou.

— Si vous vouliez être tranquille, vous auriez dû fermer.

— Je n'ai pas de temps à perdre avec ces bêtises, et toi non plus. Bien, veux-tu m'aider ou…

— Je vous ai assez aidé !

Sa voix se brisa en mille morceaux sur ses cordes vocales endolories, et sa colère se déversa en un torrent de paroles.

— Vous vous êtes enfui ! Vous nous auriez tous laissés mourir !

Myrnin tressaillit. Il détourna le regard, le reportant sur les lames qu'il avait préparées.

— J'avais mes raisons, répondit-il. La partie ne fait que commencer, Claire. Amelie comprend.

— Amelie a été frappée en plein cœur.

Il releva lentement la tête avant de lancer :

— Quoi ?

— Bishop avait acheté son cavalier, Jason. Il lui a planté un pieu dans la poitrine.

— Non, riposta Myrnin en fermant les yeux. Non, c'est impossible. Elle savait… je lui ai dit…

— Vous l'avez abandonnée !

Les jambes flageolantes, il se laissa tomber à genoux, puis enfouit son visage dans ses mains, en proie à une angoisse muette. Claire resserra les doigts sur la croix, qu'elle portait plaquée contre son flanc, et s'approcha de lui. Il ne fit pas un seul mouvement.

— Est-elle en vie ? s'enquit-il.

— Aucune idée. Peut-être.

— Alors, c'est ma faute. Ça n'aurait pas dû se produire.

— Parce que le reste, oui ?

— La partie est longue, murmura Myrnin. Tu ne comprends pas.

Dans le coin où il se retirait généralement pour lire se trouvait un plateau d'échecs. Claire l'avait déjà vu. Une partie était en cours. En fixant le damier, elle eut soudain une vision d'Amelie, installée face à Myrnin, déplaçant les pions de ses doigts blancs et froids.

— Elle savait, souffla-t-elle. Elle vous a aidé. Je me trompe ?

Il se remit debout, et Claire brandit la croix entre eux deux. Il ne lui accorda pas même un regard. Elle la poussa vers lui – peut-être n'agissait-elle que dans un faible rayon ? Myrnin referma sa main sur l'objet, avant de le présenter dans sa paume ouverte. Aucun grésillement. Aucune réaction.

— Les croix ne nous font aucun effet, dit-il. Nous prétendons tous le contraire, mais c'est un leurre.

La mâchoire décrochée, Claire finit par rétorquer :

— Pourquoi ?

Super, ses dernières paroles seraient encore une question.

— La réponse va de soi. Ça évite aux gens de recourir à des moyens qui peuvent vraiment nous blesser.

Myrnin haussa les sourcils d'un air taquin, toutefois les yeux dessous étaient méfiants, et tristes.

— Claire, ajouta-t-il, je n'étais pas censé rester. Je devais faire diversion, récupérer un échantillon et tirer ma révérence.

— Un échantillon ?

Il indiqua la paillasse : Claire aperçut l'éclat argenté du couteau qu'il avait sur lui, au bal. La lame ne comportait plus une seule trace de sang. En revanche, il y en avait sur les lames, soigneusement alignées.

— C'est celui de Bishop ?

Myrnin hocha la tête.

— Nous n'avons jamais réussi à prélever d'échantillon sur un vampire extérieur à Morganville. À ce que nous en savions, il n'y avait pas de vampires hors de Morganville. Regarde.

Claire ne lui faisait toujours pas confiance. Il recula, de plusieurs pas, avant de s'incliner en direction du microscope.

— Ça vous embête si je prends ça ? lança-t-elle en se munissant du couteau.

— Tant que tu ne le pointes pas dans ma direction.

Le poids de l'arme dans sa main réussit à la rassurer un peu, mais il lui fallut tout de même plusieurs essais pour parvenir à se concentrer sur ce qu'elle voyait dans la lentille au lieu de vérifier la position du vampire.

Et lorsqu'elle y parvint, elle comprit aussitôt ce qu'elle avait sous les yeux. Les globules de Bishop étaient, pour un vampire, parfaitement sains. Elle fit un pas en arrière et leva les yeux vers Myrnin.

— Il n'est pas infecté.

— Ce n'est pas le meilleur, rétorqua-t-il en désignant du menton la rangée de lames. Essaie la huit.

Elle obtempéra.

— Je ne vois aucune différence.

— Exactement. C'est mon sang, mêlé au sien. Maintenant regarde la sept… Mon sang seul.

C'était un cauchemar. Claire n'avait jamais vu des globules dans un tel état. L'antidote détruisait Myrnin.

Elle étudia à nouveau la lame huit. Puis la sept.

— Il est le remède, conclut-elle.

— À présent tu comprends pourquoi j'étais prêt à tout, y compris sacrifier les vies de tous, pour obtenir confirmation.

L'état de Myrnin déclina à nouveau au bout d'une heure – Claire ne lui aurait pas donné autant en se fiant aux échantillons qu'elle venait d'observer. Aux premiers signes de fatigue et d'incohérence, elle déverrouilla la porte de la prison et le ramena à sa cellule. Elle se rappela soudain que la serrure était cassée.

— On doit vous trouver un autre endroit.

Le déménagement leur prit un certain temps, même si Claire se contenta, sur les indications de Myrnin, de déplacer l'essentiel – vêtements, couvertures, tapis et livres. Le temps qu'elle ait tout installé dans le nouveau cachot, et troqué la vieille paillasse mitée contre le lit de camp propre, il s'était réfugié dans un coin. Roulé en boule, il se balançait d'avant en arrière. Elle l'approcha le plus précautionneusement possible.

— J'ai fini, dit-elle. Venez, je vais vous apporter de quoi vous nourrir.

Myrnin tourna vers elle des yeux hagards, et elle ne sut qu'il avait compris le message que lorsqu'il se hissa sur ses pieds et l'écarta du passage d'une main tremblante. Il referma la porte de la cellule sur lui, vérifia la serrure, puis s'écroula sur son lit.

— Amelie, murmura-t-il. Veille sur elle.

— Promis, répondit-elle en lui tendant (et non en lui jetant) une poche de sang. Je suis désolée. Je n'avais pas compris.

Son hochement de tête s'apparentait davantage à une convulsion. La poche de sang aimantait son regard, pourtant il se força à le poser sur elle.

— La partie commence tout juste. Servez-vous de ce que veut Bishop. Laissez-le croire à la victoire. Gagnez du temps. Amène le médecin.

— Le Dr Mills ?

— J'ai besoin d'aide.

— Je trouverai le moyen de le faire venir.

Claire ne voulait pas abandonner Myrnin, cependant il avait raison : sa mission n'était pas terminée.

— Vous pouvez rester seul ? ajouta-t-elle.

Les lèvres étirées en un sourire brisé, mais beau, il répondit :

— Oui. Merci de ta confiance.

Si elle avait douté de lui, ce n'était plus le cas, à présent. Au moment de tourner les talons, elle l'entendit chuchoter :

— Je suis tellement désolé, mon enfant, tellement désolé de t'avoir abandonnée.

Elle prétendit n'avoir rien entendu.

13.

Les passages fonctionnaient moins bien maintenant que l'électricité avait été coupée. La plupart des endroits étaient plongés dans le noir et, en dépit des efforts de concentration que Claire fournissait, elle ne réussit pas à convoquer trois des destinations habituelles. Ce qui signifiait sans doute qu'elles n'existaient plus. Elle se représenta l'intérieur de la maison Glass mais ne rencontra que les ténèbres. Des bribes de conversations lui parvinrent, toutefois, et elle aperçut la flamme vacillante d'une bougie. Laquelle éclairait le visage d'Eve. Elle avait retrouvé son chemin.

Elle s'apprêtait à franchir le tunnel quand un objet s'abattit sur son crâne. Le portail se referma pendant qu'elle tombait en hurlant. Elle entendit Myrnin lancer, loin derrière elle :

— Claire ? Que se passe-t-il, Claire ?

Elle crut que son agresseur était un des prisonniers avant de sentir une main plonger dans ses cheveux et des lèvres lui effleurer le cou. Elle reconnut alors le ricanement de Bishop.

— Merci, dit-il. Merci de m'avoir conduit à mon fou.

Il la poussa dans le passage, qui s'était à nouveau matérialisé, et elle heurta le sol, de l'autre côté. Après avoir roulé sur elle-même, elle réussit à se redresser. Elle se jeta sur le mur, qui refusa de s'ouvrir. Elle le martela de ses poings. Rien.

Claire jeta un regard autour d'elle : elle n'était pas dans un lieu familier. Elle ne rencontrait que l'obscurité et le silence.

— Y a quelqu'un ?

Pas de réponse.

— Shane ? Maman ?

Elle n'était pas chez Michael. Bishop avait changé sa destination au moment de se débarrasser d'elle, et Claire ignorait où elle se trouvait.

En larmes, elle tâtonna dans le noir. Ses doigts effleurèrent un tissu doux, sans doute un rideau. Elle l'écarta et aperçut une lueur derrière la vitre. Un éclat orange.

Elle l'ouvrit alors entièrement et découvrit Morganville en flammes. Le feu était assez vif pour éclairer l'intérieur de la pièce où elle se tenait. Un salon qui ressemblait à celui des Glass : elle était dans une des maisons de la Fondatrice. Une des treize bâtisses. Mais laquelle ? Pas celle de Katherine Day, elle la connaissait, le mobilier y était très présent. Ici, il y avait surtout des cartons…

Les yeux de Claire se posèrent sur la silhouette familière d'un canapé. Elle laissa courir ses doigts sur l'arrondi de l'accoudoir. À l'endroit où il rejoignait le dossier, il y avait une petite zone plus rêche, là où elle avait renversé un soda deux ans plus tôt. Elle n'avait jamais réussi à récupérer entièrement le tissu. Sur certains des cartons empilés dans un coin il était indiqué : CLAIRE.

La nouvelle résidence de ses parents.

Claire se représenta sa position sur une carte de la ville. Elle se trouvait au nord-ouest ; en se rendant dans la chambre correspondant à celle qu'elle occupait chez Michael, elle devrait apercevoir son chez-elle. Elle ignorait où ça la mènerait. Peut-être à une meilleure estimation de ses chances de rentrer. En tout cas, elle avait besoin de la voir. De savoir que ses amis et sa famille étaient en vie.

Il y avait un bâtiment en feu dans cette direction ; celui qui brûlait déjà, plus tôt. La maison des Melville. Au-delà du brasier, elle n'apercevait rien hormis quelques fenêtres faiblement éclairées.

Ils étaient sains et saufs, pour le moment.

Une voiture de police fonçait vers l'incendie, gyrophare allumé.

— Banane, grommela Claire en se frappant le front d'agacement.

Comme elle n'avait pas de poches où ranger son portable, elle l'avait glissé dans son chapeau. Grâce à l'élastique, il n'avait pas bougé de sa tête. Un soupir de soulagement lui échappa lorsqu'elle le repêcha dans un trou de la doublure. Elle composa le numéro de Richard Morrell.

— J'ai besoin d'un chauffeur.

Richard était au milieu de sa tirade téléphonique – de quel droit le prenait-elle pour un taxi, il était important que la police occupe le terrain, etc. –, quand il se gara juste devant la maison dans un crissement de pneus. Claire dévala les marches du perron et courut jusqu'à la voiture tandis qu'il lui ouvrait la portière.

Elle la claqua derrière elle et la verrouilla. Richard la dévisagea. Il n'avait plus aussi fière allure à présent qu'il était couvert de suie, fatigué et débraillé. Pourtant, elle se réjouissait de le voir.

— Bon sang, tu es censée être déguisée en quoi ? demanda-t-il.

— Arlequin.

— C'est un méchant dans Batman ?

— Je croyais que vous étiez pressé.

Richard démarra en trombe.

— Mets ta ceinture, dit-il d'un air absent. Alors, tu as passé une bonne soirée ?

— Excellente, et vous ?

— Sensas.

Il braqua à droite et faillit renverser la voiture sur le toit.

— Deux gars d'Amelie occupent la centrale électrique et refusent de remettre le courant. Trois d'entre eux nous ont forcés à regarder, les bras croisés, le centre sanguin cramer. Tu n'aurais pas une idée de ce qui se trame ?

— La partie ne fait que commencer, rétorqua Claire.

Il lui coula un regard en biais.

— Pas vraiment, non, reprit-elle. Mais aux échecs, on crée des ouvertures pour forcer l'adversaire à avancer ses pions dans la mauvaise direction.

— Aux échecs… Je te parle de vies. Tu commences à me faire flipper, la môme.

— Je me fais flipper moi-même, riposta-t-elle.

En revanche, elle ne sentait pas comme une môme. Elle avait l'impression d'avoir un million d'années. Et elle était éreintée.

— Ramenez-moi à la maison, s'il vous plaît.

Il fallait qu'elle annonce à Amelie qu'elle venait de laisser Myrnin seul. À la merci de Bishop.

À son arrivée, Claire trouva la Fondatrice dans le salon. Richard, qui l'avait escortée, fut aussitôt assailli par son père et sa sœur – ils le serraient dans leurs bras en le noyant sous les questions. Amelie n'avait pas l'air en forme, mais elle était vivante. Enfin, façon de parler. Claire n'éprouvait aucune compassion pour elle.

— Vous vous êtes servie de Myrnin, commença-t-elle.

Juché sur l'accoudoir du fauteuil que la Fondatrice occupait, Sam considéra Claire avec sévérité.

— Elle est très fatiguée, dit-il.

— Ouais, eh bien, on a tous nos problèmes.

Elle écarta la main de Michael avant de reprendre :

— Le sang de Bishop est le remède. Myrnin et vous, aviez raison.

Amelie ne broncha pas. Elle restait de marbre, distante, inaccessible. Tout à coup, Claire éprouva le besoin irrésistible de lui faire mal, très mal. Elle n'hésita pas :

— Bishop est là-bas, il a Myrnin.

Amelie rencontra le regard de Claire et, aussitôt, celle-ci sentit sa colère s'évanouir.

— Je sais, répondit la Fondatrice. Mon instinct me l'a soufflé. Nous avions conscience de courir un risque en utilisant Myrnin comme leurre, mais nous ne pouvions pas rester les bras croisés.

— Vous n'avez pas le droit de l'abandonner là-bas, pas le droit !

— Non, soupira Amelie, en effet. J'ai toujours besoin de lui. Il est beaucoup trop tôt, dans la partie, pour le sacrifier.

La gorge nouée, Claire demanda :

— Est-ce que nous représentons quoi que ce soit à vos yeux ?

Amelie jeta un regard circulaire dans le salon, observant les humains avec leur bandage au bras – ils avaient donné leur sang afin de la sauver –, et aux autres vampires, qui attendaient les ordres.

— Vous êtes tout pour moi. La survie des miens et des tiens est tout ce que j'ai toujours souhaité, Claire. C'est la raison de ma venue ici. Ce à quoi j'œuvre depuis longtemps.

Son regard se durcit, l'ancienne Amelie reprenait le dessus.

— Je sacrifierais Myrnin afin d'atteindre cet objectif. Et Oliver. Et Sam. Et moi-même. Malheureusement ça ne suffit pas.

Un silence religieux régnait dans la pièce. Shane s'approcha de Claire, suivi de Michael et d'Eve.

— Que serais-tu prête à sacrifier, Claire ? lui demanda-t-elle. Pour gagner ?

— Ce n'est pas un jeu.

— Exact, rétorqua Amelie en inclinant la tête. C'est la guerre. Et maintenant nous devons tous nous battre pour vos vies.

Claire prit les mains de ses amis avant de répondre :

— Alors dites-nous quoi faire.

Amelie demeura coite un moment, puis se leva. Seuls ceux qui la connaissaient vraiment pouvaient savoir ce qu'il lui en coûtait. Elle éleva la voix afin que celle-ci porte dans toute la pièce.

— Nous devons répartir nos forces. Nous ne pouvons nous permettre de perdre les maisons originelles, la collecte-mobile, l'université et le Starbucks. Nous défendrons ces positions. Les partisans de Bishop se sont vu promettre le droit de chasser librement. Ceux d'entre nous qui en ont la force les priveront de ce droit. Ceux qui constituent des proies seront armés pour se défendre. Nous n'avons pas le choix. Tous les humains apprendront à attaquer un vampire.

— Nous ne pourrons pas revenir en arrière, intervint Oliver. Vous leur donnez trop de pouvoir.

Sa voix restait neutre, mais pas son expression.

— Je leur donne l'égalité, répliqua Amelie. Vous tenez à débattre de ce point avec moi maintenant ?

Au terme d'une seconde qui les mit tous à l'agonie, Oliver finit par secouer la tête.

— Alors partez. Oliver et Eve, allez défendre le Starbucks. Sam, choisis des gardes pour chacune des maisons. Au moins deux vampires et deux humains. Michael, Richard… chargez-vous de l'université. Je vais appeler le directeur, il vous fournira le nécessaire.

Son regard tomba sur Claire.

— J'ai besoin que tu restes à mes côtés. Nous irons chercher Myrnin.

— Bishop est avec lui.

— J'en suis consciente, nous prendrons nos précautions.

Shane s'éclaircit la gorge :

— Vous n'irez nulle part sans moi.

— Je crains que si, rétorqua la Fondatrice. J'ai une mission très spéciale pour toi, Shane Collins.

— Ça ne va pas me plaire, si ?

Elle se contenta d'un sourire.

— J'en étais sûr, souffla-t-il.

— Tu seras en charge de la collecte-mobile. Et d'autre chose.

— Parce que la collecte-mobile ça ne suffit pas ?

Amelie plongea la main dans la poche de sa robe éclaboussée de sang et en sortit un petit ouvrage relié en cuir. Il avait quelque chose de terriblement familier. C'était le livre qui leur avait déjà causé tant d'ennuis… le livre que Bishop convoitait.

— Tu en es responsable, dit-elle en le lui remettant.

Claire comprit soudain ce qu'Amelie venait de faire. Elle avait transformé Shane en appât.

Remerciements

Rien n'aurait été possible sans Sondra Lehman, Josefine Corsten, Sharon Sams, et mes amis de LSG Sky Chefs. Merci aussi à Lucienne Diver et à Anne Bohner, sans qui… bref, vous savez !

Composition JOUVE – 45770 Saran
N° 744031B

Cet ouvrage a été imprimé en France
par CPI Bussière
à Saint-Amand-Montrond (Cher)
en octobre 2011

« Pour l'éditeur, le principe est d'utiliser des papiers composés de fibres naturelles, renouvelables, recyclables et fabriquées à partir de bois issus de forêts qui adoptent un système d'aménagement durable. En outre, l'éditeur attend de ses fournisseurs de papier qu'ils s'inscrivent dans une démarche de certification environnementale reconnue. »

20.19.2129.3/01 – ISBN 978-2-01-202129-7
Dépôt légal : novembre 2011

Loi n° 49-956 du 16 juillet 1949
sur les publications destinées à la jeunesse.